2018年度国家社会科学基金项目
生态叙事的本体性研究（批准号18BZW031）子成果

疼痛的麦田

介　霞／著

村庄不再完整
除了风
已所剩无几
只有麦田固执地坚守
许多回忆遗落在山间
长满杂草和愁怨
那些疯长的乡愁绿了又黄
黄了又绿

远方出版社

图书在版编目(CIP)数据

疼痛的麦田 / 介霞著. -- 呼和浩特 ： 远方出版社,
2022.3
ISBN 978-7-5555-1682-8

Ⅰ. ①疼… Ⅱ. ①介… Ⅲ. ①长篇小说－中国－当代
Ⅳ. ①I247.5

中国版本图书馆 CIP 数据核字(2022)第 023907 号

疼痛的麦田

TENGTONG DE MAITIAN

著　　者　介　霞
责任编辑　蔺　洁
封面设计　介　霞
出版发行　远方出版社
社　　址　呼和浩特市乌兰察布东路 666 号　邮编 010010
电　　话　(0471)2236473 总编室　2236460 发行部
经　　销　新华书店
印　　刷　呼和浩特市圣堂彩印有限责任公司
开　　本　787 毫米×1092 毫米　1/16
字　　数　240 千
印　　张　20.25
版　　次　2022 年 3 月第 1 版
印　　次　2022 年 10 月第 1 次印刷
标准书号　ISBN 978-7-5555-1682-8
定　　价　56.00 元

序

马明奎

2018 年是一个重要的年份，这当然是对我个人来说的。这一年的 6 月，我的生态叙事的本体性研究申报国家社会科学基金项目获得批准。而事实上，关于生态叙事理论的建构，我已有了比较成熟的思路。

早在多年前，家乡的作家满都麦先生，就是我进行生态叙事的本体件研究最早的案例作家了。换言之，我的生态叙事的本体性研究最初就是从满都麦小说的评论开始的。这当然也是有一定前提和背景的。当现实主义及新现实主义已不能够恰切阐释现代主义以来的文学创作，尤其不能概括中国现代化进程中渐趋复杂的文学的严肃性和人类性的时候，与之相应，当形式主义、英美新批评、结构主义乃至荒诞哲学等西方文艺理论也捉襟见肘，不足以概括和阐释中国文学文化的深沉现实的时候，生态叙事成为我能够找到的一种文艺理论。但是，生态叙事不仅是一个理论品种，而且是一个“行动连续统”。它不是按照过去的思维路线，由一种理论做指导，根据特定的标准或典范进入创作，然后就有了生态叙事的成果。我认为，生态叙事是一种生态行为，就是生态实践乃至生态人格。

如果一定要从理论的角度予以概括，那就是生态叙事理论关照从本体审美到创作心理、文本实践、文化建构，乃至生态人格这样一个全过程、全景观，不仅是其中的某一段或某一节。显然，这一理论构想也就不能只凭我一个人来完成了。介霞作为青年作家的代表，愿意就生态叙事做一番努力，遂成为团队中最年轻的一员。

介霞参与了一系列生态叙事研究的讨论，尤其是她愿意以此为参照进行文学创作，这就是长篇小说《疼痛的麦田》。这是一个并不轻松的创作任务。我的要求是不必以标签式的生态头衔晃悠于地域文学文化的畛域，关键是生态生命的“深沉质”，它指涉人类基本生存的生态事实之下个体的价值存在和悲欢离合，从而指涉传统文化牵系的一系列范畴，价值的、道德的、审美的和心理的。

《疼痛的麦田》讲述的是余庆山、余春生、余飞龙、余念祖四代人的生命传承和悲喜人生，概而言之，就是从乡村赤子变成城市孤儿，最后回归大地的人生历程。中间穿插了改革开放、城市创业乃至心灵回归等内容。

从介霞的创作中我们可以看到，四代人的血脉传承中最核心的“质地”是麦田意象所凝结的伦理情感，这是他们的生命内质。不论进城读书，还是创业结婚，生生不息，荣辱不歇，支撑他们的是伦理情怀——对于父母的、对于天地的、对于人生的感念。追根溯源，这些感念来自麦田，来自天地自然。伦理道德成为个体与自然、人心与世事、爱情与婚姻乃至事业与生存的中介。

该小说的一个突出特点，即“质地”，涉及自然（作为情境和景物描写）的地方有百余处，几乎贯穿全篇，成为人物和情节的重要构成因素，而不仅仅是背景渲染或道具设计。这些对于自然的描写，有的外在于情节，有的作为情节场景，更多则是人物潜意识的流露和浸染，成为人物生命的基质和内景。

该小说的第二个“质地”是贫穷。余庆山在最贫穷艰苦的年代因疾病而死；余春生是从贫穷中走过来的，支撑着艰难，领承着苦难，是一个安贫乐道的人；余飞龙是进入城市的新一代，考上北京的大学，成为全村的光荣。在城市，余飞龙历经波折，他的进城，就其心理景象而言，基本是滋养于麦田的传统人格被支离、破损直至逝尽的心理破产过程。

该小说的第三个“质地”是包容和领承。这是解构矛盾冲突模式的根本方式。包容就是一种承担，深刻处在于认同。比如云菲菲，包容了余飞龙的一切：贫穷、愚执，等等。她不懂得真正意义上的爱，她只是在做一个好妻子。她的抑郁而死是《疼痛的麦田》里最令人揪心的“疼痛”，也是余氏家族命运发生转折的重要节点。

作为序，我的发言应该终止了。介霞已经做得相当不错，生态叙事不是生态叙事不是别竖旗帜、另立分店的理论贩卖，而是一种生命和存在的探索，是对于世界和生命无限的怀思和深沉的敬畏。

2021 年 6 月 28 日 马明奎地域文化研究工作室

上

1

暮色开始合拢，薄幕缓慢下沉，仿佛温软的羽毛以悲悯、以宽容、以良善，细致、温柔地抚摸疼痛的大地。四周顿时安静下来，只有从山坡上远道而来的风。东海滩陷落在漫长的黄昏里，仿若不是人间。

远处的群山像年迈的老人，总在沉默中默默清点往事。

一只消瘦的狼崽耷拉着脑袋在寒风瑟瑟的旷野中四处寻觅。许是久未吃到食物，它正拖着虚弱的身体穿过山坡上几处孤零零的坟冢，无力地仰起脖子朝天空“嗷嗷”叫了几声，又途经一片空旷的麦地，然后踱步迈向漫漫东海滩。

东海滩南面是一片秋收后的麦地，寂静、荒芜。偶有残留的麦穗低垂着头，在寒风中低语。黄昏最后一抹余晖悬在西山顶上，彩色的霞光似绘画大师恣意的泼墨，层层叠叠，晕染着天边的云朵，仿佛一幅抽象派油画静静挂于苍穹，映照着空荡荡的土地。

02

眼看夜幕即将降临，星星若隐若现。

十二岁的余春生独自扛着一麻袋牛粪“吭哧吭哧”喘着粗气挪动着脚步。一双脱了皮的干瘦脚丫被泥土和牛粪包裹着，像两只闲置已久锈迹斑斑的铁耙子。他身体前倾，用一双像干瘪的鸡爪一样的手使劲拽着麻袋。每挪动一步，脚上的裂纹就会撕扯一次。有的裂纹流出血来，和牛粪混在一起，一阵阵疼痛传遍全身。这只是一些生活的日常，消除饥饿远比忍受疼痛更加迫切。是的，春生已不记得上次好好吃顿饱饭是什么时候的事情了。或者说，能够放开肚皮痛痛快快吃一顿饭的记忆已经很难找到。怎样才能凭借自己的一身力气让全家人不饿死、不冻死，才是他目前绞尽脑汁要考虑的问题。

脊背上的麻袋仿佛千斤重，在他心里，那可不是一麻袋牛粪，那是温暖的火焰和炽热的希望。

他在心里不停地给自己鼓劲儿，再坚持一会儿，咬咬牙很快就到家了。从前不都是这样吗，再重的力气活儿都没有什么大不了的。再饿、再累，回家睡一觉就没事了，只要坚持，就能活下去。

身上的衣服补丁压着补丁，那是他爹余庆山年轻时穿过的旧军装，套在春生瘦得皮包骨头的身体上，不时在风中飘荡，像一面猎猎的旗帜。衣襟和袖口已经破烂不堪，仿佛刚被狗撕扯过。出门时，周玉莲说晚上让他早点儿回家，再缝补一下还可以继续穿。他怎么舍得扔掉这身衣服呢？仔细看，还可以发现它原本的样子，胸前的两个口袋因为年久，已经完全脱落，只留下两块深色印迹，却依然让余春生爱不释手。他是多么喜欢军装，多么希望自己将来可以参军，做一名令人羡慕的庄严威武的军人啊！

因为内心怀有希望和梦想，所以勤快的春生每天都在竭尽全力地使着浑身的力气。

这不，又是一个星期天，余春生照样兴高采烈地和几个伙伴奔向东海滩。

满滩的牛粪让伙伴们高兴地欢呼雀跃，仿佛那是一坨坨的黄金。他们争先恐后地抢夺牛粪，紧着往自己的麻袋里塞。春生虽年龄最小，但最机灵，不一会儿工夫就将麻袋装满了。

伙伴们个个汗流浃背，又饿又累，大家围坐在一起休息，各自拿出身上带的干粮，有的是玉米面窝头，有的是黑面馒头，有的是大饼，只有春生带的是野菜团子。大家狼吞虎咽，三下两下便吃完了干粮。春生低着头把仅有的几个野菜团子塞进嘴里，还没来得及享受一下吃东西的过程，几口就吞了下去。肚子依然是瘪瘪的，什么感觉都没有，跟没吃东西一样。

伙伴们起身背着牛粪准备回家。大一点儿的孩子走到了前面，他们渐渐拉开了距离。

走到半路，春生的肚子就开始“叽里咕噜”不停地叫唤起来。前胸贴着后背，实在太难受了。他多么希望全家人有一天可以吃饱，甚至只是吃到一个白白的馒头，他就心满意足了。那该是多么美好幸福的生活啊，这样的画面在他脑海里想象了无数次。

脊背上的牛粪变得越来越沉重，他的腿脚变得越来越无力，越走越缓慢，六七里地的路程，变得异常遥远和艰难。他身材瘦削，背上却扛着一麻袋沉重的、散发着湿气的牛粪。那仿佛是一座大山，要把他压倒，让他喘不过气来。

他实在饥渴难耐，疲惫至极，再无半点儿力气继续向前迈步。汗珠从他的头上流下来，一直流到了脖子里。

路边有一处洼地，他喘着粗气，不得不松开手，把自己撂倒在地。那是一个浅浅的土坑，可以遮挡一些风寒。

四下里没有一个人影，秋风又寒又急，东海滩周围显得格外孤冷，甚至让人感到毛骨悚然。这个时候，无论如何都找不到一个人来帮他一把。其他同来的伙伴应该早已回到家，坐在温暖的火炕上吃过晚饭了。他并没有感觉到孤独和害怕，他只是需要休息一小会儿，只要一小会儿就可以继续向前走。

窝在洼地里的春生没一会儿工夫就沉沉睡去。

这时，那匹狼崽从远处踱步而来，向四周张望，几步就走到余春生的身旁。

2

一轮亮晃晃的圆月播撒着温柔的清辉悠悠地爬上半山腰，像一位孤傲的仙女身披雪白的羽毛，心怀慈悲地俯瞰着空寂的东海滩。

东海滩的土地已经熟睡，正发出沉沉的鼾声。

突然，空中传来“啪”的一声巨响，月亮似乎被震得发抖，很快从半山腰升到了高处。

睡梦中的春生猛地被惊醒，肩膀不禁抖动了一下。他抬起干瘪的手揉了揉眼睛，睡眼蒙眬中，一位大叔正伸出手抚摸他的脑袋。

“这是谁家的可怜娃?”大叔俯下身把春生拉起来。

“啊呀呀，太危险了，娃子。”大叔心疼地看着春生。

拉起来凑近一瞅，这个满脸糊着泥巴的孩子正是余庆山家的大儿子。

身穿一身黑衣的大叔是春生的邻居宋福康。这天他赶着牛车回家，路过东海滩，眼瞅着在一处洼地有个孩子，竟然还有狼的黑影，他赶紧用力在空中甩了一下皮鞭，狼被突然的响声吓跑了。

“春娃，这么晚了咋睡在这荒郊野外呢？走，大叔带你回家。”

宋福康把春生抱到牛车上，然后把牛粪放到车上，抬腿坐在前面。皮鞭在空中发出清脆的响声，老牛“哞哞”叫了几声，向西出发。牛车的木轱辘在满是泥坑的路上颠簸前进。

春生坐在牛车上松了一口气，靠在扶手一侧，说了句：“谢谢大叔。”他睁着圆溜溜的眼睛瞅着宋福康宽厚的背，心想：他多么像自己的父亲啊！他的眼睛顿时湿润。

他眼里闪动的光亮在夜幕下显得那么清澈。由于长期挨饿，营养不良，他的眼睛深陷在眼眶里，显得又圆又大。

刚放下牛粪那会儿，他真有点儿发愁，心想自己什么时候才能扛着牛粪走回家呀。这个时候能遇见大叔真是太幸运了，他高兴地咧着嘴笑。

“唉，春娃，可怜啊！五岁起就懂得帮大人干活儿了，不是出门拾煤渣，就是上山搂柴。真是个懂事的好孩子。你的姐姐和弟弟没有一个像你勤劳、懂事的。”宋福康看着前方，好像在和春生说话，又好像在自言自语。尽管他心疼春生，可是要从根本上解决问题，帮助他们摆脱饥饿和寒冷，目前他还做不到。

“大叔，我是家里的长子，应该多干活。”春生却一脸满足。

“唉。”宋福康又叹口气。

天色渐渐暗下来，夜晚的风像一把钝挫的弯刀，生硬地划过春生的皮肤。他抱着双膝，缩在牛粪袋子前。宋福康不禁打了个冷战，扭头发现缩在他身后的春生像一只瘦小的猫，正浑身发抖。他立即把自己身上的夹袄脱了下来，给春生裹在身上。

牛车进了院子，春生立即跳下车，拽着麻袋往肩膀上扛。宋福康扭头一看，赶忙跨了一大步，喊道：“春娃，大叔给你搬。小小年纪别逞能！”

宋福康吃力地把一麻袋牛粪挪下来，用肚皮顶着搬到了墙角。

“谢谢大叔。”

一溜烟儿，春生跑到外屋，从水缸里舀了一瓢凉水，“咕咚咕咚”灌进肚子里。然后扭头又跑回院子里蹲下来，解开麻袋上的绳子，准备整理一下湿牛粪。墙根儿下已经砌了好大一截牛粪，整整齐齐的，像排着队的士兵。到了冬天，可以搭配柴草烧火做饭、生炉子用。这些都是他利用下午放学的时间或者星期天，去东海滩捡回来的。他要多捡点儿牛粪，到了冬天，家里就不会太冷了。

宋福康皱了一下眉头，走过去把春生拽起来，“春娃，走，先进屋。”春生起身，站在原地，并没有进屋的意思。院子里留着活儿，没有干完他是不会进屋的。

正在家里缝补衣服的周玉莲透过窄小的窗户看到宋福康，赶忙放下针线，挪着小脚从里屋走出来。

“他叔，你今天回来晚了吧。我正想着春生这么晚了还不见回家。他叔，快进屋里坐。”

“我说老嫂子，我实在看不下去了，春娃太可怜了。”宋福康拉着脸，黑森森的，像一块生锈的铁，“你也太偏心眼儿了，咋不使唤你那几个娃一起和春娃干活去？把春娃一个人累死了，你们是不是就歇心了！”

懂事的春生一直都深受邻里邻居的喜爱，尤其让宋福康打心眼儿里喜欢。宋福康只有一个比春生小三岁的闺女，名叫白兰芝，她妈生她时因为难产而死。为了纪念她妈，宋福康就让兰芝随她妈姓。这些年，是宋福康一个人把她带大的，他不准备再娶，尽管，他打心眼儿里希望自己还能有个儿子。

他时常想，如果春生是他的儿子该有多好啊。他把春生当成自己的儿子一样疼，有好吃的就偷偷塞给他。谁知春生这个善良、实心眼儿的娃每次都舍不得吃独食，总要把东西揣在兜里拿回家，先给周玉莲吃一口，再分给姐姐和弟弟吃。反倒他自己一口也吃不上，只能看着姐姐和弟弟狼吞虎咽，自己却在一旁咽口水。

宋福康知道后很生气。当然，他不是怪春生，而是气春生的姐姐和弟弟，他们从来不懂得兄弟姊妹之间要互相谦让、互相帮助。他们见到吃的东西就不顾一切地扑上去，轮到干活跑得比兔子都快。

“这个春娃，每天干那么重的活儿还吃不上东西，都留给那几个懒货吃了。”宋福康说。

宋福康一点儿都不喜欢春生好吃懒做的姐姐和弟弟。后来他就不再给春生拿吃的东西了。

“春娃，大叔不是对你有意见。大叔最不喜欢又馋又懒的娃。大叔相信这个世界上，没有一个人会喜欢又馋又懒的人。你这样做，等于大叔把好好的东西喂给了白眼狼。”

不给春生塞东西，宋福康心里也很难受，但即使给了春生，春生一样吃不上，他又恨又气。

“嘿嘿，大叔，姐姐和弟弟都太饿了。我不饿，就先紧着他们吃吧。”春生难为情地挠着后脑勺。

周玉莲深知，宋福康一向护着春生，把春生当成自家人对待，她心里有太多说不出的感激。让她难为情的是四个孩子只有春生懂事。平时宋福康也没少说她，要教育好几个孩子，兄弟姊妹之间应该互敬互爱、团结一心，大家拧成一股绳才能渡过难关。

这黑天半夜的，宋福康竟追到了院子里。她知道宋福康不是真的对她有意见，是看不得春生忍饥挨饿、吃苦受罪。但她还是很不自在，双手捏着衣襟。衣服前面两块大补丁和小鞋上的补丁经她的巧手缝补之后，竟也没有那么难看，仿佛那是一种别出心裁。

“他叔，你也知道，闺女春叶、春花，二小子春旺，哪个都指不上，我一个妇道人家说话没分量，他们个个头皮硬得很，都不听我的话。为这，我天天生气，只有春生一个懂事的娃替我分担，看着春生受苦我也心疼。”

“老嫂子啊，你要是不稀罕这个儿子，干脆过继给我算了。他跟上你们家尽遭罪了。反正我家没有儿子，我稀罕春生。”

周玉莲明白，宋福康真有这个想法。

“你是不知道我为啥这么生气。春娃差点儿让那东海滩的狼给吃了！”

“啊呀呀，他叔，这是咋回事啊？我的春生啊！”周玉莲惊得脸色煞白，挪着小碎步走到春生身边，把他紧紧抱在怀里，双手颤抖着，不停地抚摸着他的脑袋，眼泪“吧嗒吧嗒”地往下掉。

“今天春娃真是命大，要不是我刚好路过，你的大儿子就真的让那狼给吃啦！那茫茫无边的东海滩，只有春娃一个人睡在那儿。可怜的娃啊，唉……”

宋福康又生气又无奈地跺了一下脚，转身出了院子。

3

月亮那轻柔妙曼的身影正斜斜地倚靠在窗沿上，聆听宁静夜色中的呢喃。月光漫到了家里的炕上，映照着屋子，朦朦胧胧，月光虽不那么明亮，但并不影响在屋里干活，还不必点燃煤油灯。

里屋墙角的大红色箱柜上摆放着两个暖瓶，旁边是一面四边锈迹斑斑的小镜子，兰芝划了一根火柴点燃了旁边的一盏煤油灯。她踩着小板凳把火苗调到最小，小火苗在灯罩里跳动着，玻璃灯罩很快被熏得黑乎乎的。

兰芝梳着两条及肩的小辫子，发梢扎了一根红线绳，身上刚洗过的花夹袄下午刚在周玉莲的巧手之下添了新补丁。兰芝正站在锅灶边，脸上挂着满足的微笑，两个深深的梨涡嵌在嘴角上。今天她做了玉米糊糊，笼屉里还有玉米面窝头，只等她爹回家，进门就可以吃到一口热乎饭。

听到邻院里有动静，兰芝便从里屋踱步走到门口，打开大铜锁，推开家门走了出来。

正想着今天她爹怎么还不回家，往常在天黑之前，她爹无论如何都会准时到家。而且今天也没有听到春生的声音，这个时候，春生也该背着牛粪到家了。兰芝几次提出要和春生一起去东海滩捡牛粪，在路上还能帮他分担一些，哪怕只是给他带一块窝头吃。没想到春生为此还生气了，说一个女孩子家，不能和他们几个愣头青一起出去，再说小丫头片子能干啥，如果不听话，以后就不再理她了。兰芝知道春生不是说气话，他真的会做到，万一春生真的不理她，那她就没有更好的伙伴了。兰芝就乖乖在家等，写完作业便开始做饭。

兰芝听到她爹说话，扶着墙踩了一块大石头就爬上了猪圈，那头憨憨的小黑猪听到动静，立即从圈里欢快地跑了出来，抬起圆滚滚的脑袋，噘着嘴朝她“哼哼哼”地叫唤着，一双圆溜溜的黑眼睛，仿佛在朝白兰芝笑。兰芝刚给猪喂过食，猪圈被她打扫得干干净净。小黑猪并不饿，它是在友好地向亲爱的小主人表示感谢。兰芝常常和小黑猪说话，怜爱地摸它的脑袋，甚至亲昵地将它抱在怀里。它可不是一头蠢猪，聪明得很，从来不会在猪圈里胡乱拉屎撒尿，也不会搞破坏。它知道自己该干的事情就是吃饱了睡觉，睡起来再吃。

兰芝站在墙那边探出半个脑袋张望，露出一双清澈的大眼睛。随之一声稚嫩清脆的声音传来：“爹，干啥又说我玉莲大娘。快回家吃饭，我都快饿死了！”

兰芝踮起脚尖，见春生蹲在地上整理牛粪，微笑着朝他摆手，然后两手放在嘴边，压低嗓音说：“春生哥，你也过来吃饭。”

她踩着板凳刚学会做饭，尽管宋福康有些于心不忍，可怜闺女从小没娘，还得自己学做饭，真是苦了孩子。但是他又一想，女娃早点儿学会做饭也有好处，最起码以后能照顾好自己，尤其是没妈的女娃。

春生抬头朝兰芝笑了一下，然后低垂着眼皮，默默摇头。

他蹲在那儿，把麻袋里的牛粪搬出来，一块一块移到墙根，垒在一起。兰芝转身踩着大石头轻巧地跳到地上，推门就进了屋。每次饭做好了，兰芝叫春生过来吃饭，他一定不会来的。但是，兰芝还是希望他能来。她知道，春生不愿意一个人在别人家吃饱了饭再回家，他可没脸那样做，他会感到不安和可耻。他宁愿和全家人一起喝野菜糊糊也不会去她家吃馍馍。

不一会儿工夫，春生高兴地瞅着自己砌好的牛粪墙，工整的样子像他写的那些漂亮的钢笔字。他拍了拍手上的牛粪，嘴角挂着微笑，然后一头扎进外屋。周玉莲帮他从水缸里舀了一瓢水，倒进掉了漆的脸盆里。春生快速地洗了一下手，转身从门后面拿起两只铁桶又快步走了出去，他要去房子后面的那眼大井里吊两桶水。

4

周玉莲见宋福康转身走出院子，怜爱地摸了摸余春生的头，拍拍他身上的牛粪和尘土，又拍拍自己的衣服，叹了一口气，转身从牛粪旁边的草垛上揪了一把干柴折成团，进屋做饭去了。

春叶、春花、春旺依旧坐在炕上等饭吃，听见宋福康说话也没有下地，他们知道宋福康和所有邻居都不喜欢他们。见春生回来，他们都不准备出去帮着干活儿。他们认为都是春生太勤快了，把他们都比下去不说，还让街坊四邻都笑话他们。其实，他们也知道心疼父母，可是饥饿实在太难熬了，哪还有力气干活呢。他们都纳闷儿，春生瘦得皮包骨头，究竟是哪儿来的那么多力气呢。

周玉莲从灶边拉过来一个黑黢黢的小板凳坐下，从灶台的角落里拿出一盒火柴，划了两下，把干柴点燃。一只手用力地拉动风箱，身体随着前后晃动起来。

红漆斑驳的风箱，似一头年老体衰的黄牛，发出沉闷的声响，像一阵阵的叹息声，充满了整个屋子，让人透不过气来。

周玉莲继续加了点儿干牛粪和干树枝，灶里的火开始熊熊燃烧，发出“噼噼啪啪”的声响。她合上灶门，又从旁边的大水缸里舀了几瓢凉水倒进锅里，然后走到里屋，把炕上的针线收拾到笸箩里面。

那是几件满是破洞的旧衣服，衣袖和裤腿已经接了三种颜色。屁股后面缝了好几层补丁，又厚又硬。经过周玉莲的精心缝补倒并未影响美观，要不然春叶和春花才不肯穿呢。她们也很清楚，抗拒补丁是没有用的，多年以来，家里人就没有换过新衣服。

“春叶，妈又说了，你都那么大了，多少帮你弟弟分担一些，妈说的嘴皮子都磨破了。”

“妈，烦不烦，眼看我就要嫁人了，去了婆家指不定会受多少罪、干多少活儿呢，就不能让我清闲几天啊。”

“他可是你亲弟弟，兄弟姊妹之间要团结一心、互相帮助。”

“妈，你还是不要白费口舌了，我到了婆家谁能去帮我呢?”

十八岁的春叶俨然一副大人的样子了，身穿黑色的衣服，梳着两条乌黑油亮及腰的麻花辫子，额前的自然卷发让她俊俏的面容更加楚楚动人。长这么大，她连最简单的缝缝补补、烧火做饭都不会。周玉莲每次教她做什么，她都会生气得好几天不理人。“挨着这样的苦日子，还怎么干活？”

她扭过头一脸厌烦，不再看周玉莲。

“春花，那你呢？你也老大不小的了，人家兰芝可比你还小呢，你就……”

周玉莲瞅着春花的背影，边说话边用笤帚把炕席上的碎布头扫在一起，团成团扔到灶膛里，火苗立刻蹿了起来，红彤彤的火焰跳动了两下后很快又暗淡下去。

“哎呀，烦死了，妈呀，我一个女孩子家家的哪能干重活儿呢。我还要学习呢，眼看我就要考高中了。你咋不心疼闺女，你心里只有春生一个人。你咋不让春旺干活？”十五岁的春花拿起课本，假装看书去了，依然背对着周玉莲。

“春旺？妈能指上春旺半点儿吗？你们一个个也不知道遗传了谁，都是一副懒骨头。余家祖辈可都是勤劳的人啊，尤其是你们的爹，吃苦受罪还爱读书，只有春生像他。”

周玉莲走开，似乎在自言自语，坐在小板凳上继续拉风箱。

春旺的懒惰是家喻户晓的。每次让春旺干活，他就蹲在墙脚哭，甚至躺在地上打滚，就是不肯起来干活。宁愿挨骂、挨打，就算哭死也不会出去干一点儿活。春旺这偷奸耍滑讨人厌的模样真是让周玉莲失望透了。她怎么会生出这么个懒惰的娃，这饿死人的饥荒年月里，他再不勤快点儿刨闹着填饱肚子，以后可咋办呢，她还能养活他一辈子吗？唉……

周玉莲对春旺已经不抱希望。这孩子连个字都懒得写，每次七扭八歪写完几行字，连他自己都不认识。周玉莲想着，如果现在不让他去学校恐怕会惹出什么乱子来，在学校还可以接受教育，识几个字。

5

不觉间，月亮已默默爬上山顶，安静地观看世俗人间。那副冷静的表情让人感觉生活的无望和凄苦，又感觉还尚存一丝温暖和怜惜。

春生罩在一层薄薄的月光中，显得更加清瘦。肩上的两桶水在夜色中晃晃悠悠，从井边回到家一桶水被晃出去少半桶。站在大水缸前，他努着力气，满脸涨红地把一桶水抬起来倒进水缸里。放下水桶，他揪起破旧的衣角擦了一把头上的汗。

屋子里冷飕飕的，除了炕头再没有一处热乎地方了。昏黄的煤油灯下雾气腾腾，锅里熬着野菜和一些小土豆，飘着阵阵白气，包裹着屋子里的孤寂，凝成团，聚在角落里，屋子的每个角落似乎都藏着重重的寒气。

待饭端到炕上，春叶、春花和春旺才拖着沉沉的屁股挪过来。

春旺抢了一个大碗坐在中间。

春花板着脸，说："妈，你看春旺，他又抢大碗。每次都是他吃得最多。"

"哪儿多了？我是男娃，我应该多吃。你是女娃，饭量本来就比我小。"

“不要脸，你是男娃咋不去干活呢?”

“我就不干，你能把我咋样?”

“别说了，烦死了!”春叶端起碗，眉头紧锁。

“妈，我想吃个大白馒头。”春旺哭丧着脸。

“白馒头?妈做梦都梦不到白馒头!”

“想得美吧你!”春花恨恨地瞪了春旺一眼。讨人嫌的春旺总是和她抢东西吃。

春生这才停下手里的活儿，坐在炕边上端起碗来。旁边的春花却嫌弃地躲开了。

“咋了，这是咋了?他是你弟弟。”周玉莲瞪着春花。

“好臭，他身上都是牛粪味，叫人咋吃饭，要把人臭死。”

“臭?他每天一放学就跑到那东海滩捡牛粪，咋能不臭?你们今天也听到了，春生差点儿让那东海滩的狼给吃了。要不是宋大叔正好路过，妈今天怕就见不到春生了。你们咋能这样，不干活也就罢了，还不关心替你们干活的春生。你们为啥都这么自私?”周玉莲盘着腿坐在炕边，放下手里的碗筷，提起衣襟擦眼泪。

“还叫人吃饭不?都快饿死了!每天哭，哭有什么用?我这不是很快就嫁人了吗!我嫁出去就少一张吃饭的嘴。”春叶边吃边说，完全没有把春生遇到狼的事情放在心上。“妈，我和春花早晚都要嫁人，春旺他就是天生的懒骨头，你说再多也没有用。能有啥办法，只能是春生一个人干活了，这就是命。”

一片沉闷，周玉莲还能再说些什么?她也出不了门，帮不到春生。三寸的小脚走不了几步路就疼得走不动了。周玉莲想不通，是什么让他们内心这么冷漠，不关心彼此。只有春生心里有这个家，有姐姐和弟弟，他是在替父母竭尽全力地分担着。

他一个人干好几个人的活儿，从来没有停歇的时候……

一年当中，只有夏天和秋天，在东海滩能捡到干牛粪。到了冬天放寒假时，为了继续捡牛粪，春生去给生产队放牛。只有这样才可以及时得到牛粪，他紧跟在牛屁股后面，地上的牛粪还冒着热气他就赶紧铲到筐子里，生怕被别人抢走了，直到装满两大竹筐。

两大筐湿牛粪足有一百多斤，春生的个头还不及扁担绳索的长度，只有将绳索在扁担上绕几圈，高度才能合适。他怎么能扛得起那么重的筐呢？他走一步摔一跤，摔倒爬起来再继续向前走。走一步歇一歇，走两步停一停。三里地的山坡仿佛是一片遥远的荒漠，春生一步一步艰难地挪回家。

就这样日复一日年复一年，春生毫无怨言地干着活儿，他盼望着天气能早点儿暖和起来。

6

一切都在悄然生发，春天正不紧不慢地踩着细碎的步子努力赶来。

日历牌上的春天早已过去多时，林水县却依然是黄沙漫天，寒风猎猎。林水县并没有水，就像东海滩并没有海，只有一个面积很小的水库，到了夏天，有些调皮的孩子在那里游泳。春生曾经目睹过被淹死的孩子被打捞上来，就那样和父母天人永隔了。春生想不明白他们怎么就那么不珍惜生命，一个旱鸭子怎么会去玩儿水呢？

春生一心只想着家里的事情，牛粪需要节省着用，天气越冷食物就越不扛饿。外面寸草不生，找不到任何可以填饱肚子的东西。

眼看清明节到了，却厚厚实实地下了一场大雪，没过小腿肚的大雪把林水县的道路封堵了。

无论如何都没法去坟地，周玉莲挪着碎步走到街口，为故去的亲人烧了一些纸钱。

“爹，妈，大哥，你们在那边吃得饱穿得暖吗？你们把我一个人撂下，我实在活得太难了。我想你们……”

周玉莲擦干眼泪，起身拄着一根木棍，转身艰难地往回挪动步子，那茫茫白雪严严实实地把这个春天所有的希望都截在世界的另一边。什么时候才能盼到真正的春天呢？这样的季节，连块牛粪都捡不到。前几日，春生又到学校那边捡了一些干树枝回来。幸好，去年秋天的时候，他在地里刨了一些比鸡蛋还小的土豆，勉强填饱了全家人的肚子。

全家人盼啊，盼啊，好不容易盼到了五月中旬，枝头开始萌生嫩嫩的新芽，努着劲儿探出小小的脑袋，怯生生地望着这个世界，仿佛与从前有什么不同。那些娇小的身躯挂在枝头上，在风中摇来晃去，生怕一不小心便会被一阵冷风吹落。那么娇贵的绿，那么欲滴的翠，让人心里直痒痒，期待许久的春天终于来了，残酷的寒冬也该退场了。

经媒人介绍，十九岁的春叶真的要嫁到那座遥远的城市了。她已经迫不及待地想离开这个家了。她讨厌这个家的贫穷，尽管街坊四邻都不富裕，可是至少比她家强吧。贫穷让她心里充满了苦闷和怨恨。除了承受饥饿和贫穷，她们还要不时地被揪去拷问，被迫坐在一个亮得快要刺瞎眼睛的灯泡下“交代问题”。她们家有什么问题可以“交代”出来呢？她爹得罪了生产队的某些干部，她们家就跟着遭殃。她恨他们，她恨透了这个地方。她发誓，无论如何，一定要离开这里，永远都不再回来，永远都不再见到那些人。

春叶和对方未曾谋面。去年腊月，她只见过媒人拿来的一张黑白照片。从照片上看，周玉莲感觉那个男人不是什么好人，长相也仅仅是勉强过得去，比春叶大八岁，还是二婚。这样的条件怎么能配得上春叶呢？可是，春叶说无论如何都要赶紧嫁过去，她什么都不在乎。

听媒人说，男人是因为前妻不能生育刚离了婚。宋福康提醒周玉莲，这样的男人靠不住，因为媳妇不能生育就离婚的男人，不是什么好东西。

周玉莲心里发慌，她何尝不明白这些，何尝不是一样的想法。可是春叶才不会听这些呢，再加上媒人绘声绘色的描述，说那可是个很大的城市，有宽阔的马路，有繁华的商场，有漂亮的衣服，街上的人来来往往很热闹。那里的人们骑着漂亮轻巧的自行车，有的人还开着洋气的小汽车，而且还有火车呢。人们住着整齐的砖瓦房，甚至还有漂亮的楼房。而春叶生活的林水县只有马车和牛车，自行车只有寥寥几辆，只有小土房。春叶想象不到楼房究竟是个什么样子。只知道这个男人住的就是楼房。他在城市里是一个有稳定工作的体面人，每个月都有不少工资，不时还可以吃到白面馒头，甚至还可以吃到鸡鸭鱼肉。春叶想象着那可真是一个美好的世界。她已经非常满足了，不能再要求别的，也不能再计较什么。只要那个男人愿意把她娶回去就是最好的了。

周玉莲当然明白，除了这个人本身，其他条件真的是很好很好的。可是，最让人不能放心的就是这个人，人心是多么复杂，人一旦狠毒起来简直比那东海滩的狼都可怕。如果不是因为某些狠毒、可怕的人，她们家又怎么会是现在这样的光景。

但她知道以春叶的倔脾气，说什么都没用，只会弄得大家都不高兴。春叶一心要嫁到大城市，说只有这样才能摆脱折磨，才能很快过上好日子。

周玉莲内心无比纠结，阻拦也不是，不阻拦又不踏实，那么远的地方，她恐怕这辈子都去不了一次。

除了家境贫寒，春叶生的眉清目秀，皮肤细嫩白皙，身材小巧玲珑，如果换一身像样的衣服，和那些城市里的姑娘没什么两样。这样美丽娇嫩的春叶，就是春天树枝上那新崭崭的嫩芽。对方见了春叶的照片，自然是喜欢的不得了。比自己小了八岁，又是个黄花大闺女，水灵灵的样子当然让他满意地偷着乐，简直就是天上掉下来个林妹妹，白捡了一个大便宜，这让他有些得意忘形。这个对城市生活一无所知的女孩，完全能够被他掌控。

7

林水县出了名的大媒婆魏喜贞风风火火地从门外跌了进来，与正要出门的春生撞了个满怀。她立即拉住春生。

“玉莲大妹子，赶紧的，让春生陪我去汽车站。”

“喜贞大姐，春生还是个娃，他去合适不?”

“春生是家里的长子，他去就行。要不让宋福康帮个忙，别让人家许文艺等久了，该不高兴了。”

魏喜贞朝墙那边扯着嗓子喊了一句，顺手抹了一把油光水滑的头发。

“宋福康，快出来!”

宋福康正在院子里收拾牛车呢。

“这……”周玉莲有些为难。

“有什么好犹豫的?”魏喜贞心急得厉害。

周玉莲明白，其实魏喜贞这次说媒，收了对方不少好处。为了尽快说成这门亲事，她把男方说得过于完美了。

这么大的事情，宋福康怎么能袖手旁观呢，其实他早就准备好了。当初从山西来到林水县，余庆山给他找了这个房子，帮他安置了家，还给他介绍营生做。所谓滴水之恩当涌泉相报，宋福康一辈子都会铭记余庆山的好，无论做什么都义不容辞。

“我说，她婶子，你总是和我拿心，虽说我这牛车不体面吧，但好歹也是辆车，总比走路强多了吧。”

“那……他大叔啊，怎么好总麻烦你呢。”

宋福康哪里知道周玉莲的心事，她是怕别人说闲话。唾沫星子能淹死人啊！她尽可能避免让宋福康帮忙。

可是，实在没有更好的办法了，周玉莲只好同意让宋福康赶着牛车，拉着媒人和春生去了汽车站。

春生一眼就看到了那个男人，比照片上看起来还显老些。身上那套挺阔的藏青色中山装在林水县没有几个人穿。让春生羡慕的是那人胸口别着一支精美的钢笔，他多么希望自己也能够拥有一支那样漂亮的钢笔呀！这支钢笔让那男人看起来好像很有文化的样子，但依然没能让春生对他生出些许好感来。而许文艺对春生也是不屑一顾，正眼儿都不瞧，当他是空气。

在春生看来，许文艺长得贼眉鼠眼的。一路上宋福康和春生都闷着头，没说一句话，只有媒人有一句没一句地和他客套。

许文艺给春叶买了一条红色纱巾和一些小点心，此外，再没有见到任何有诚意的见面礼了。春花被一条纱巾感动得不行了，她对那样的纱巾爱慕已久。春生当然知道他妈不会计较这些，可他就是看不上这个男人，大老远来娶媳妇，竟然是这样敷衍的态度。最让人难以忍受的是，这个男人和春叶站在一起时有点儿像春叶的爹，但是许文艺看起来还是一副牛气哄哄的样子，抬起鼻孔看他们。

结婚当天，没有任何仪式，全家人围坐在炕上吃了一顿有史以来最像样的饭。那是周玉莲攒了好久的钱，好不容易置办的一桌饭：一盆红烧肉，一盆大拌凉菜，一盆大烩菜，还有六个白面馍馍。

春旺狼吞虎咽地抢着吃，一口气吃了三个大白馍馍。他满嘴流油，大大地打了个饱嗝，让那个男人生出极度厌恶的表情。春旺才不管那么多呢，他好不容易遇到这样的机会。

吃罢这顿饭，春叶就跟着许文艺离开了家，像一个物件似的，被轻易带走了。周玉莲心里空空的，像丢了魂，没着没落的。

春生知道，这个男人压根儿看不起他们这样的穷人家，也看不起春叶。尽管春叶也算是貌若天仙，但是家里的贫穷让一切都失去了原本的光彩。男人很是傲慢，用鼻音哼哼唧唧地说话，一副爱搭不理的样子。

春生替春叶感到不值。他心里憋着一股气，担心大姐将来会受委屈。春叶却喜形于色，陷入对城市生活的完美想象中无法自拔，完全无视许文艺的傲慢，也完全没有顾及周玉莲的不舍。她做梦都想着自己能够像画报里的女人一样，每天都穿着漂亮的衣服搽油抹粉，过着富足的生活。春叶急迫地想要跳出穷困的藩篱。她的愿望马上就要实现了，已经顾不了那么多了。春生心想：春叶真傻，她在那座城市无亲无故，连个诉苦的人都没有，以后有她哭的时候。但是，春生还是真心希望大姐能够过得幸福。

春叶嫁出去以后，春花还想着自己能上高中，将来要比春叶过得更好。谁都明白，她的成绩实在太差了，怎么可能考上高中呢？春叶刚嫁过去，给家里来信曾多次说不如让春花也进城，先帮着她带带孩子，或许，在那座大城市里可以给春花踅摸个好人家。周玉莲当然也是这样琢磨着，她担心春叶一个人在城市里无依无靠，姐妹俩好歹可以做个伴儿。

春叶的日子过得并不轻松。她从来没有告诉过家里人，自从她生了孩子，许文艺就在外面有了别的女人。她怎么敢说呢，她去了以后才知道，在那座城市，女人们比她洋气多了，她即便再好看，在别人眼里也是土里土气的。无论怎样她都不能说出去，唯恐她和孩子会没有了容身之处。而春花去了，便是那座城市中唯一可以和她说些心里话的亲人，可以陪伴她在异乡熬过孤寂和凄凉。

后来，春花连结婚都没有回来。周玉莲日夜惦念着她们，多么希望她们一起回来一趟。她嘴上却说，不回就不回吧，省去了不少路费盘缠，在城市里好好过日子是最要紧的。

没过几年，春叶还是被抛弃了，原因是她只生了两个女孩。春叶一个人带着两个孩子过得实在辛苦。而春花也帮不到她半点儿，结婚后春花才发现，她男人有病，需要常年服药，什么都指望不上。家里家外全靠她一个人张罗，什么重活累活都得她自己干。

每次听春生读完春叶简短的信，周玉莲心里就不踏实，可又不敢多问。以春花的性格，如果生活富裕、婚姻幸福，她怎么可能忍得住，早就嚷嚷着回来炫耀了。

8

最难熬的冬天总是很快就到，那是让人害怕和恐惧的季节，是漫长的无望和煎熬。

尤其让人无法忍受的是林水县的西北风，常常鬼哭狼嚎般席卷这片荒裸的土地。树枝上一片叶子都不会留下，土地灰漫漫的，没有一丝生动的色彩，所有的草木都被寒风吹得四散逃窜。风雪吹着嘶哑的口哨响彻寂静的夜空，玻璃窗极不情愿地配合着不均匀的节奏。

又是滴水成冰的凌晨时分，天仍是黑漆漆的，人们还在温暖的被窝里不愿意醒来面对这困顿的现实。风却像一个醉汉，跌跌撞撞，粗暴地敲打着低矮的土屋，似乎即将破门而入。

春生已经摸着黑起来了，揉揉惺忪的睡眼，坐在炕边上用干瘪的脚丫在地上摸索到一双打着补丁的黑色灯芯绒布鞋，他要在上学前先到外面捡一些煤渣回来。

“春生，再睡一会儿吧，等太阳出来再去吧，这会儿天气多冷啊。”周玉莲听见春生的动静，迷迷糊糊地起身，披了一件灰色的旧棉袄，坐在被窝里瞅着春生。

“妈，那怎么行啊，等太阳出来，好煤渣都被别人捡走了。再说，我怕上学迟到。”春生拿起大箩筐，头也不回地出门了。

一出门，寒风像一个硕大的巴掌扇过来，春生打了一个趔趄，后退几步。他那细得像麻秆一样的胳膊上挎着一个足够装得下他自己的大箩筐。忽然一阵风猛烈地吹过来，箩筐被风打落在地上，“骨碌碌”地滚了几圈，滚到了他身后，他回过头跑着追回箩筐，然后定了定身子，继续向前走。

他哆嗦着，紧紧抱着自己，边走边仔细地看，不放过一粒煤渣。为了不耽误上学，春生几乎每天都是凌晨五点起来，披着星星出去捡煤渣。

他把箩筐挎在胳膊上，斜着身体往家走。把煤渣倒在院子里，胳膊已经酸麻得没有了知觉。他快速用凉水洗了一把脸，抓起书包扭头就要去上学。家里什么吃的都没有，前一天晚上的野菜粥没有让他的胃感到多少满足和温暖，早已饿过了劲儿。

“春生，吃口饭，妈给你熬口糊糊。哪怕喝口热水呢。”

“妈，来不及了，上学要迟到了。”

周玉莲把头发简单梳成发髻盘在脑后。她已经点燃了灶膛里的火，刚刚蹿起来的红红的火苗摇摇晃晃，发出轻微的轰隆声，似乎只有这种声响能够证明这个房子里还有活着的人。

春旺还蒙着头在被窝里睡觉，如果一整晚露出头，等到早上起来时，鼻子和耳朵都是冰凉冰凉的，甚至会被冻僵。这时候他睡得正香，暖烘烘的被子完全覆盖在他身上，或许熟睡可以将饥饿忘却吧。此时，恐怕外面有任何动静都无法影响他睡觉。

邻居家，宋福康刚备好牛车，见兰芝在外屋正掀开笼屉，拿了一个黄灿灿的玉米面窝头装进书包里，他走过来从笼屉里又抓了一个窝头塞给兰芝。

“春生都是大小伙子了，一个哪够啊，一天到晚尽喝稀汤寡水的，哪有力气干活儿。”

“对啊爹，春生现在是大小伙子了。”

白兰芝冲她爹一笑，把窝头塞进书包里，高兴地背着花书包跑出门。扎着红头绳的麻花辫在肩膀两头晃着，像两只美丽的蝴蝶在空中欢快地飞舞。宋福康看着闺女高兴的样子，脸上也绽放着喜悦和满足。兰芝她妈去世早，让他有盼头的就是这个懂事的闺女了。这寻常人家的日子，是穷或是富，有个盼头就是最好的。宋福康只盼望着兰芝可以健康快乐地长大。

“春生哥，一起上学去吧。”

兰芝清脆的声音仿佛一阵春风吹过来。春旺倒是一个激灵便从被窝里爬了起来，摸到炕上的衣服胡乱套在身上，跳到地上，光着脚穿上鞋，抓起书包跌跌撞撞地就跑到了院子里。

“兰芝，等我，我们一起去上学。”

春旺的脸简直就是一张地图，头发杂乱，像刚被羊群踩踏过的草地。上衣的扣子是错位的，裤子还穿反了。他总是不愿意洗脸，说洗脸是女娃的事。春旺简直懒透了。

“不，我才不想和你一起去上学。懒鬼！讨厌你！”

兰芝撇撇嘴，背上花书包先跑了。她穿着花布鞋的脚在地上轻巧地弹跳着。兰芝是一个招人喜欢的孩子，无论在学校还是在家里，在老师和邻居眼里，兰芝对人热情有礼貌，做什么事情都是有板有眼的。

“等等我！”春旺踉踉跄跄地跑着，似乎还在睡梦中，没有完全清醒过来。

在春旺眼里，不，在整个班级甚至整个年级当中，兰芝也是数一数二的俊俏闺女，不知道多少男生都在默默喜欢着兰芝。尤其是她那双毛茸茸的大眼睛仿佛会说话，那简直就是一潭清澈洁净的湖水。当然，春旺如果用心洗漱一番，也是蛮英俊的小伙子，可是他太懒了，从来都没有把自己捯饬干净过。

“不要跟在我后面，丢人。”

兰芝书包里揣着两个窝头是要拿给春生吃的，如果让春旺看到了，指定又被春旺抢去了。再说，春旺这个懒骨头怎么看都遭人嫌。连三岁的孩子都知道春旺极其懒惰，还嘴馋奸猾。大人们就更别说了，见了春旺都躲着走，因为他看见谁家做饭就直接去蹭吃蹭喝，撵都撵不走，一点儿都不会见外，而且光挑干的吃。

兰芝一直小跑着，把花书包紧紧抱在怀里，生怕窝头掉出去被春旺抢走。她要赶在上课之前找到春生，把窝头交给他，亲眼看着他吃完，才能放心去自己的班级上课。

春旺跟在后面实在跑不动了，蹲在地上“哈哈”地直喘气，喉咙干燥极了，干脆一屁股坐在地上。

“兰芝，你咋这么能跑？为啥不能等等我。”

兰芝没有回头看春旺，脚下仿佛踩着云朵，像一只轻快的小鸟，不一会儿就飞到了学校。

9

待春旺到了学校，路过春生的教室，正巧看到站在墙角处的春生把最后一口窝头塞进嘴巴里。最可气的是兰芝竟然还帮春生拍后背，怕他噎着。春旺顿时气的肚子鼓了起来，眼睛红红的。他委屈极了，而且非常生气，他和兰芝在一个教室上课，从来都没有吃过兰芝给的窝头。

他心里真窝火，冲到他们面前气急败坏地大喊大叫起来，用袖口抹了一把鼻涕。

“余春生，你可真会装可怜！难怪在家你只喝汤，原来你在外面吃饱了，还能吃到窝头呢！”

春旺不给家里干活儿，还可以理直气壮，甚至还觉得自己是最委屈的。只要春生拿回来大叔家的东西，他总是第一个抢着吃。

“你说啥呢？你还有脸说春生哥，你不知道自己的脸皮比城墙还厚啊！你咋这么讨厌！”

兰芝丢下一句话，气呼呼地扭头走了。

上课铃响了，同学们都回到教室里。院子里只有春旺一个人呆呆地傻站着，迟迟不愿意进教室。他又不想上课了。坐在教室里，他感觉像坐在针毡上一样煎熬。老师讲什么，他完全听不进去，他的脑子里反复出现大白馒头、烧鸡、红烧肉，甚至能流出口水，掉在课本上。

春旺越想越觉得委屈，他也是兰芝的邻居，还是同班同学，为什么兰芝只对春生好？

他又没去上课，耷拉着脑袋到了操场南面的一棵大杨树下，太阳正暖洋洋地照耀着万物，驱散了冬日的些许寒冷。大杨树光秃秃的，从土地里冒出几条树根，在两条凸起的树根中间有一个凹处，春旺一屁股跌在坑洼处，靠着树一个人“呜呜”地哭了起来，一把鼻涕一把眼泪，哭得很伤心。

老师看到春旺的课桌又是空空的，无奈地叹口气：“唉，这个余春旺，不守纪律。”他是余春生的亲弟弟，余春生学习认真刻苦，成绩名列前茅，余春旺却好吃懒做，不学无术。亲兄弟怎么就没有一点儿相似之处呢。余春旺不仅学习成绩差，还时常给她惹祸，不能再纵容他这样下去了。

下课后，老师又把兰芝叫到办公室，让她再次转告春旺的父母，让春旺以后不要来上学了。春旺不是因为起不来而迟到，就是因为偷吃别人的东西引起同学间的矛盾，要么就是上课睡觉打呼噜影响别的同学。老师请兰芝转告春旺父母一句话：“还是不要在这里浪费时间了，让春旺回家帮父母干活儿去吧。”

兰芝放学回来转告了老师的话，周玉莲气得捶打自己的胸脯。老师不止一次给她这样传话了，她真想找个耗子洞钻进去。她真是一点儿办法都没有。她说服不了春旺，更没脸去找老师。

“兰芝啊，春旺这个懒货，可把我们全家人的脸面都给丢尽了。大娘以后可咋见人呀?”

“大娘，您别生气了。春旺就不是块读书的料，不是还有春生哥吗。”

“唉，春旺不是读书的料，那他是做什么的料呢？他做过什么让人高兴的事情呢?”

到了午饭时间，春旺耷拉着脑袋回了家，垂头丧气地把书包扔到箱柜上，然后横躺在炕沿上。

“妈，我快饿死了。什么时候能吃到一块肉呀?”

“吃肉！你，你看看这年不年、节不节的，谁家能有肉吃呢?”

“那吃馍馍呢？我饿得没法上课了。”

“唉，春旺啊，你自己看吧，想上学就好好上，不想上学妈也没办法。妈更没有本事给你准备肉和馍馍吃。”

春旺觉得自己受到了打击，天底下竟然没有一个人喜欢他，连他的亲妈都不待见他。最让他伤心的是，心地善良的白兰芝也躲着他。白兰芝是一个多么好的姑娘啊，她是那么热情、友善，在邻居和同学面前总是面带微笑。她有清纯的眸子、白净的皮肤，简直比画上的仙女都美丽，像天山上的一朵雪莲花。尽管春旺没有见过雪莲花，但他心里觉得，也许世界上最美丽圣洁的花就是雪莲花了。他是多么喜欢兰芝啊，自她和宋大叔从山西来到了这里，成了他的邻居，他就深深地喜欢上了这个懂事又极其漂亮的姑娘。

春旺噘着嘴不说话，想着自己的心事。为什么兰芝和大家都喜欢春生，可是春生长得真的很丑，尖嘴猴腮，眼窝深陷，比猴子好看不到哪里去。可是，大家都在夸奖春生，说春生懂事、勤劳、好学，是个难得的好孩子。他从来都不服气，他觉得春生一点儿都不好，就是个傻子，每天都在不知疲惫地干活儿。干那么多活儿有什么用呢？还不是一样吃不饱穿不暖，还不是照样穷吗？再说，春生就不能省省力气吗？干吗那么傻，还把他远远地比了下去，不给他留下一点儿赶上去的机会。

“你看看你哥，每学期都是第一名，字还写得那么漂亮。他一有空就练习写字，把那草纸里里外外都写得密密麻麻的。你爹看到你哥的字高兴得都掉眼泪。”

春旺才不想听周玉莲说这些呢，他从来都没有得到过任何人的赞许。春生被人喜欢，他心里就不舒服。

外屋的锅里咕嘟着土豆糊糊，就等着春生回来吃饭了。

周玉莲把春旺的腿扒拉到一边，拿起笤帚把炕席清扫一遍。

“你看你这么大个子，比你哥都高了，四仰八叉地占了满炕，像什么样子啊，没规矩。”

周玉莲坐在炕上，一边缝补袜子一边念叨春旺。

“你就不能学你哥点儿好啊，哪怕一点儿!”

“好好好，他好，我不好。他什么都好！妈，你整天就知道唠叨我。你就是偏心眼儿，成天把春生的名字挂在嘴上夸。我觉得我不是你们亲生的儿子，是从野地里捡回来的。”春旺缩在炕头上，用胳膊把脸埋住。

“你……唉……”周玉莲叹口气。她还能说什么呢？家里总算有一个春生是争气的，她应该满足，她从来都不敢奢望什么。哪怕春叶和春花从此再不回来看她，哪怕春旺变成现在这个样子，她也无能为力了。

和周玉莲预料的一样，开春后，春生又得了全校第一名。春旺则自己放弃了上学，成天见不到人影儿，照样不给家里干活儿。周玉莲管不了他，那么大的人，总不能把他拴在家里吧。

10

转眼又是年三十，寒冷的冬季因为节日的气氛似乎变得温暖了许多。皱了一冬的眉头开始慢慢舒展，被冻僵的思绪也开始渐渐复苏。

过了年，距离春天就不远了。春天是一个富有希望，充满生机的季节。尽管过着没吃没穿，勒紧裤腰带都嫌肚子大的日子，但春天依然令春生期待不已。

刚吃过午饭，窗外飘起了片片零星的雪花，铅灰色的云层严严实实地遮挡住了红彤彤的日头。屋子里泛着灰蒙蒙的光线，炉火悄无声息地燃烧着，牛粪和木头混合的味道缭绕在小屋里。那是一种微弱而温馨的人间烟火气息，是一种冒着丝丝缕缕希望的平凡光阴。尽管藏匿着巨大的悲怆和凄凉，尽管掩盖着深深的伤痛和失望，但是，在春生的心里仍然燃烧着火热的希望，即使那燃烧的仅仅只是东海滩取之不尽的一块块干牛粪。春生依然为了那不可预知的未来充满干劲，充满信心。

吃罢午饭，春旺一推碗筷便倒在炕上，像一只慵懒的老猫蜷着身体窝在炕头上不愿意动弹。周玉莲又把针线活儿拿了起来。为了迎接新年，旧衣服这时该再次清洗和缝补一下了。春生动作麻利地收拾了炕上的碗筷，用一块破旧的抹布把炕席擦干净。

眼见外面的雪渐渐大了起来，周玉莲瞅了一眼睡着的春旺，赶忙下地，掀开箱柜取了几张纸币悄悄塞给春生。就算不说什么春生也明白，他赶紧接过来几毛钱，光着脑袋兴高采烈地出了门，一路小跑着去了供销社。他一边跑一边盘算着，既要买几张红纸和麻纸，还得买一挂小鞭炮，剩下几分钱，可以买一些水果糖和红枣。

春生把买好的东西揣在肚皮里，生怕被雪打湿，一刻都没有耽搁，一路小跑回家。他浓浓的眉毛和睫毛上挂着密密的白霜，手被冻得发紫。周玉莲忙放下针线，心疼地捧着春生通红的小脸。

“这大雪天的，冻坏了吧。”

“妈，没事，很快就暖和过来了。”

他伸出僵硬的手在火炉上烤了烤手心，翻过来又烤了烤手背，捂住嘴巴呵了几口热气，使劲地搓了搓。

周玉莲把刚熬好的糨糊从炉子上取下来，用一个秃头刷子搅了几下。春生脱鞋跳到炕上，铺开麻纸，刷上糨糊，认真细致地把上面两层窗糊得严严实实的。窗户上不再有破洞，这下夜里跑不进风沙了。

周玉莲坐在炕上，拿起一把旧剪刀仔细地剪起了窗花。待春生转过身，炕上已经被红彤彤的牡丹、喜鹊、鸳鸯、福字铺满了。几张普普通通的红纸在周玉莲的剪刀下变成栩栩如生、活灵活现的窗花，让整个屋子都绽放着年的味道。年究竟是什么样的味道，也许是希望，是吉祥和力量吧。

春生心里一阵喜悦，小心地提起一对喜鹊对着窗户仔细瞧。

“我的妈呀，这简直就是变戏法！妈，您咋能剪得这么好看呢？瞧瞧，这眼睛，这羽毛，就跟真的一样，太好看了，简直就是艺术品。我也想学剪纸。”

周玉莲瞅着春生没说话。春生真是一个好学上进的娃，什么都想学，而且一学就会。只是可怜春生从小干了太多重活，肚子又缺了粮食，个子一直不见长。周玉莲总是担心他的身体。万一哪天把春生累倒了，这个家可怎么办，她还能指望谁？

“学这有什么用，不当吃不当喝的。”

春旺在炕头睡得正香，翻身嘟囔了一句继续睡。

春生把剪好的窗花认真地贴在最下面的一层玻璃上，靠着周玉莲的身体，左看右看，心里喜滋滋的。每逢春节，尽管没有什么吃和穿，但只要有窗花和春联就足以让春生开心了。

“妈，真好看，剪得这么好看，可以拿出去卖钱了。”

“谁买啊？谁家当妈的不会剪个窗花啊。”

“谁说的？她们剪的哪有妈剪的好看呢，真的，妈的手可是这林水县最灵巧的手。”

周玉莲不说话了，谁说不是呢。她做的衣服也是这十里八乡最漂亮的。可是，光那几个手工钱能有多少呢。

春生高兴地拿起一张麻纸包了剩余的窗花下地穿上鞋，转身就去了宋福康家。

兰芝揉好馒头刚放在锅上蒸，灶上热气腾腾的，屋子缭绕着浓浓的白雾。见春生拿着窗花，高兴地接过来，眼睛眯成一条弯弯的月牙，两个小梨涡越发可爱。

“玉莲大娘这手艺真是绝了，咱县城里再没有比这更好看的窗花了。我得学学。”

“学吧，你心灵手巧得很，看一眼就学会了。”

“那是，我是玉莲大娘教出来的徒弟呢。”

“嗯，我妈能当你的师傅了。”

“哈哈。”

兰芝扭头朝春生幸福地笑，立即脱鞋上炕，把窗花贴在玻璃上。院子里宋福康正埋头用木头搭旺火，扭头看到玻璃上的窗花，竖起大拇指，朝兰芝绽放出慈祥的笑容。

没等兰芝拉住春生吃个热气腾腾的馒头，扭头一看春生已经走到院子里了。宋福康刚从小凉房里钻出来，手里拿着麻纸包好的几块冻点心，却发现春生一溜烟就不见了。宋福康心想，这个春生总是这么见外，真拿他没有办法。

11

春生回到家里，在炕上铺开剩余的红纸，拿出毛笔和墨汁，“唰唰”几下便写好了几副对联。周玉莲定定地看着春生瘦弱的身影，心里感到很欣慰，又无比心疼，她有这么一个好儿子就足够了。尽管她对春旺已经失望透了，但是，春生的懂事和勤劳足以填补她心里的失望，让她感到满足。

周玉莲在凝固的糨糊里添了一些水，放在炉子上又搅拌了几下。

春生一手端着糨糊锅，一手拿着对联走到院子里，把对联贴在大门口和家门口两侧的墙壁上面。白雪映照着红红的对联，给贫寒的小屋增色不少，顿时有种喜气洋洋的感觉。

春生没有进屋，走到墙角把一些柴草和牛粪搬到院子中间，认认真真地垒了一个精致的旺火。一层柴草一层干牛粪，在中间的孔里又放了几根干树枝，像一个精致的小宝塔。

拍拍手上的泥土，提着锅走进屋里，他心里很满足，除夕夜可以吃到蒸馒头和蒸糕了，还有宋大叔送来的蒸包子和猪头肉。兰芝说，今年蒸的包子馅里还有猪油渣呢。

让他一直回味的还有那碗冒着浓浓香味的腊八粥和翡翠一样的腊八蒜，都是宋大叔送来的。那简直就是人间最美味的佳肴，再没有什么东西比腊八粥好吃的了，吃到嘴里又软又糯，满是豆香和米香味。兰芝说，她放了一些碱面，还放了几粒糖精呢。春生无比幸福地说兰芝真是心灵手巧，怪不得这粥这么甜，甜到心里了。

对于宋福康的好意，周玉莲实在盛情难却，如果她不收下这些年货，宋福康就真的生气了。她把宋福康送来的东西悄悄藏在小房里，已经冻成冰坨子了。当然，春旺是不会知道放在哪里的，如果他知道了，那些东西一定会被他全部偷吃，一点儿都不会剩下。那样，等到除夕夜，全家人就什么都吃不上了。

无论春旺是什么样的，春生从来都没有抱怨过，更不会对生活有丝毫的懈怠，哪怕一丝一毫都没有犯过懒。

腊月二十四那天，春生一个人早早起来把屋里屋外都打扫得干干净净。周玉莲醒来时，春生早已经把院子收拾利落，没有一丝杂乱的地方。他还帮宋大叔把家里和院子清扫了一遍。为迎接新年，春生浑身都充满了力量。因为过了年他又长一岁，他巴望着新的一年会出现新的希望，仿佛日子也会随着年龄的增长变得越来越好。

过年的事务都已完成，就等着除夕夜守岁接神了。新衣服是没有的，原本宋福康给春生是有预备的，特意多扯了几尺布料，让周玉莲给兰芝做新衣服时顺便就拿了过来。可是周玉莲怎么都不肯收下，说欠他们太多还不上心里不踏实，执意让兰芝又拿了回去。旧衣服缝缝补补可以再穿，即便她们全家一直穿着灰蒙蒙的补丁衣服，她还是婉言谢绝了宋福康的好意。其实，她多么希望给春生穿一次新衣服啊，可怜春生几乎没有穿过新衣服。

见春生总算忙完了，周玉莲让春生脱下棉裤，掏出棉花，把洗干净的棉裤外罩放在锅里煮成黑色，晾在火炉前等待烤干，她坐在炕上重新整理棉絮。

仅有一条裤子的春生只能坐在被窝里等待。他捧着一本书静静地阅读，沉浸在书中，完全忘记了外面的天寒地冻。

12

窗外的雪突然下得急速而密集了起来，瞬间像棉絮一样覆盖着天空，天渐渐暗下来，屋子里的光线变得昏暗了许多。坐在炕上的余春生心里着急，他顾不上天寒地冻，也不顾周玉莲的阻拦，穿着刚烤干的单裤就跑了出去。他要在年夜饭前再多捡一些煤渣，回来好把炕和炉子烧得热乎乎的。

一转眼，大雪铺天盖地气势汹汹的，像厚厚的棉被将地面铺得平平整整，四下里白茫茫一片，天地之间连成整体。白毛风“呼呼”地打在春生的脸上像刀割一样疼，刮得人喘不上气来，连路都走不动了，被风雪拍打着直往后退。

春生猫着腰，眼睛死死地盯着四处看。走到一个角落里，突然发现一个红色的东西隐约藏在雪中。他走近前扒拉开雪，一本红色精装的《毛主席语录》映入眼帘。春生心里“咯噔”一下，又惊又喜，见四下里没人，赶紧抓起来，用袖头拂去上面的雪花和尘土，捧在胸前如获至宝。

他把书紧紧揣在怀里，生怕一不小心就飞走了。一路上兴奋地跑回家，面带神秘地凑到周玉莲眼前。

“妈，看，这是啥！”

见春生因激动而更加通红的脸，跟个冰坨子一样，周玉莲无比心疼，立即放下手里的活儿，把春生头上和身上的雪拍落。

“春生不听话，这数九寒天穿件单裤冻坏了。呀，这可是《毛主席语录》啊！”她小心地抚摸着红灿灿的一本小书，又抚摸着春生的脑袋。

“春生啊，这是哪儿来的？你一直念叨着想要看呢，这回可算是如愿了。”

“妈，我在外面捡到的，神奇吧？”春生附在周玉莲耳边压低声音，生怕被春旺听到。

“呀，真的？这一趟你没白跑。”

周玉莲继续低头缝补衣服。春生跳上炕，如饥似渴地读了起来。

“有什么了不起的，哼。”

春旺还是听到了春生说的话。他早就饿醒了，闷着头不想起来，肚子里正叽里咕噜地叫唤着。他知道现在要吃东西也是没有指望的，只能等到接神的时候吃。他转过头瞅了一眼，不屑一顾地又倒头睡去。他对读书不感兴趣，如果这是吃的东西他指定比猴子还敏捷，会一把抢了过去。

“看个书有什么可高兴的，看书就是浪费时间，买书就是浪费钱。”他小声嘟囔着，完全不能理解春生，读本书还能那么高兴。

除夕夜守岁，春生一直捧着《毛主席语录》，在煤油灯下专注地看到接神的时间才肯放下。一本《毛主席语录》给余春生的内心涂抹了鲜亮的色彩，让灰色的生活生动起来。他感觉那个除夕夜的饭格外香甜，鞭炮声分外响亮，旺火分外温暖。

第二天，春生早早醒来。他从枕头底下摸到一毛钱，那是周玉莲给他放的压岁钱。春生高兴地把一毛钱放在口袋里，一个纵身跳到地上，穿了鞋便去洗漱。

待周玉莲热好了饭，春生已将满是积雪的院子清扫出一条小路来，连院门外面也清扫出一条小路，一直通往大路。这厚实的白雪映照着红彤彤的春联，真是瑞雪兆丰年，来年一定是个好年头。

吃过饭，周玉莲要带着春生和春旺去长辈家拜年了。

春旺一抹嘴，又倒头睡觉去了。周玉莲怎么喊他都不起来。她摇摇头，转身去小凉房取了几个馒头和几块蒸糕，用麻纸包好放在箩筐里。春生挎着箩筐，搀扶着周玉莲一起出去拜年。

一场没过膝盖的大雪直刺眼睛，老天爷似乎将他心里憋了许久的不痛快统统倒了出来。

一路上，只有“嘎吱嘎吱”的踩雪声，仿佛一曲动听的音乐。春生心里是多么愉快，这个春节他最大的收获就是那本《毛主席语录》。等拜完年回了家，他会第一时间拿给兰芝看，她一定会很高兴的。他们一起读书的时光是那么美好，书中的故事给他们内心增添了无限的力量和信念，让饥饿和寒冷变得没那么痛苦难熬。

不知不觉就到了奶奶家，进门前周玉莲和春生将鞋底上的雪清理干净。一进门，春生便拿起一块毡垫子放在地上，双膝跪了下来，严肃、认真地给奶奶磕头，然后双手举过头顶接过奶奶给他的一毛钱压岁钱。

满嘴没有几颗牙齿的奶奶刚吃过饭，正含着一块糖，腮帮子顶出来个小鼓包。她用手抹了一把嘴角，说：“春生又长一岁啊，咋不见长个头呢？可怜的春娃，拿上钱去买糖吃吧。这糖可甜了。”

春生点头，起身把毡垫子放回原处。每年他都是最早给奶奶拜年的，但他知道奶奶最疼爱的其实是春旺，因为春旺不但长得好看，而且会和奶奶说好听话、会诉苦，更会逗奶奶高兴。平时奶奶家里有什么吃喝，总会偷偷留给春旺。他也知道奶奶会给春旺两毛钱的压岁钱，但他心里还是很高兴，当然不会真的计较这些。他已经很满足了，他想攒钱买几本书。

“玉莲啊，春旺这个懒小子，又没起来吧？”

“是啊，妈。真拿他没办法，他每天就是吃了睡，睡了吃。”

“别成天数落他，长大就会好的，现在他不是还小吗。娃娃可怜的，就让他睡吧，在家睡觉总比到外面闯祸好吧。”奶奶总是无原则地袒护春旺。

…………

说到春旺，春生突然想起来一件重要的事情，心里一急，就说要先回家，让妈妈留在奶奶家聊天。

春旺果然不在家，炕席下面什么都没有，真的如他所料，书不见了踪影。他昨天才捡回来，还没有在自己的手心里捂热，还没有来得及仔细看个明白呢。春生用拳头重重地捶在炕席上，唉，春旺又偷走他的书拿去换东西吃了。

春生正坐在炕上发愁，听见外屋的门被推开了，一定是兰芝过来了。春生下地，见兰芝手里端着一碗冒着热气的白胖胖的饺子。

“春生哥，刚才我站在猪圈墙上见春旺跑出去了，赶紧给你热了饺子，有肉呢，快吃几个。”

“嗯，好。”

春生忍不住吃了半碗饺子，兰芝做的饺子真是太好吃了，香喷喷的饺子让他失望的心情好了很多。剩下半碗，他用一个盆子盖在上面，又放进笼里盖上锅盖，准备等一会儿去奶奶家把妈妈接回来后给妈妈吃。

13

春生是那么喜爱读书。在贫瘠的土地上，唯有读书可以让他寻找到生命的希望。每一个可以换钱的废品都是他眼里的至宝，无论走到哪里，他的眼睛里总能看到可以换钱的宝贝，哪怕是一小块铁片或是一只生锈的铜锁。

那个贫困交加的岁月，尽管过着吃了上顿没下顿的日子，但他宁可不穿新衣服，也要想方设法买喜欢的书。那时，他已经无比骄傲自豪地拥有了《铁道游击队》《智取威虎山》《红灯记》《杨虎城》《杨家将》《董存瑞》《黄继光》《水浒传》等五十多本连环画。他常常沉浸在这些书中，无比兴奋。书里面的内容是多么有意义啊，激励和振奋着春生的心灵，那是他少年时期最宝贵的财富。

为了保护好这些书，春生可是费了一番心思。他用捡回来的木头精心制作了一个箱子，把这些书当成宝贝一样珍藏在箱子里，然后掩藏在院子里一个隐秘的地方。一定要好好藏起来才行，绝对不能让春旺发现这个秘密。

只要一有空，他便坐在安静的角落里津津有味地阅读，一页一页，一本一本地翻看，小心地保护着他的宝贝，爱不释手。

那天下午放学，春生和兰芝高兴地跑回家，他们约定一起读连环画。只有兰芝知道他有几本连环画，他们读书的时候，会特意洗干净手，生怕弄脏、弄皱了这些书。

然而，一进院子他们就被惊得后退了几步。

“呀，春生哥，这是怎么了，这是谁干的啊？”兰芝顿时吓傻了，呆呆地站在原地，捂着脸伤心地哭了起来。

“他们为什么要这样？”春生的心一下子变得冰凉冰凉的，比冬天外屋那口大水缸的冰还厚实。

“春生哥，这可怎么办……”

院子里到处乱扔着坛子、罐子、盆和碗，乱糟糟的样子像一块块流血的伤疤，真是让人揪心。

春生赶忙跑进家里，仅有的一口大水缸也被他们砸开了一个大窟窿，满地都是水，家里乱作一团。春生的心猛地抽紧，头皮发麻，瞬间感觉魂不附体了。他突然想到了那些连环画，赶紧冲到院子里找那个木头箱子，却看到破损的箱子被丢在墙角，连环画一本不剩，都被他们拿走了。

“春生哥，你的连环画一本都没有了……”

春生捧着空空的箱子直跺脚，又气又急，浑身都在颤抖，这可怎么办？那些书可是他的命根子啊！

周玉莲拿着刚做好的衣服给人送去。等她挪着小脚回到家却看到这惨不忍睹的场景。

“老天爷啊！还让不让我活了？这是要逼死我们啊！”

“妈，您别气坏身体……”

“这都是什么命啊！春生，妈还怎么活，怎么活……”

“妈，有我呢，一切都有我呢，会好的，会好起来的。”

“玉莲大娘，还有我……”

深夜，伤心的春生从梦中醒来，屋子外面的风更加猛烈，仿佛要掀翻这轻薄的屋顶，上面的茅草在风中东倒西歪，似乎濒临死亡。紧接着窗户缝隙仿佛有海浪涌了进来，流进月光摔碎的声音。春生的心也被摔碎了。他用棉被闷着头悄悄流泪。最可惜的是那些书，他忍受着极度饥饿和极度疲惫，捡了数不清的废品，攒了很长时间的零钱，才买回来这些书。春生视为唯一珍贵的财富和巨大的精神支柱却被他们全部摧毁。一颗蓬勃向上的少年的心再次遭受了巨大的打击。

春生知道是因为他的父亲。但他心里很清楚父亲是一位多么有才华、多么正直的人。

从小父亲就鼓励他，一定要多读书，只有勤奋地读书，将来才会有出息。一个人的成长和社会的发展必须要靠知识的力量。人只有读了书，才会有更多的智慧去改变生活，为国家做出更多的贡献。父亲又是一位多么热心、善良的人，他对身边的人那么友好，即使自己家境贫寒，依然愿意帮助街坊邻居。方圆百里没有人不知道余庆山的名字，都说他回到这个小小的县城真是屈才了。

余庆山原本是部队连部文书兼司务长。部队整编后他却选择回乡务农。他为人正派，聪慧过人，能写会算，而且做事极其认真。回到林水县后就被安排同时担任十五个生产队的会计和保管。

不久后，余庆山发现队里的某些干部时时刻刻瞅着空子想多吃多占，他怎么能对此视而不见呢，他是一个极其坚持原则的人。他曾多次提醒他们，要遵守纪律，不能把公家的财物占为己有。尽管被他们恨得咬牙切齿，但余庆山并没有因此惧怕过什么。

最终，余庆山还是忍无可忍，将多吃多占的几个生产队干部如实举报了。

14

余庆山白天劳动，晚上被拉到队里批斗。但他一次又一次地挺过来，带着新伤旧痛继续劳动。

那是一个极其寒冷的冬夜，余春生背着一捆柴草走进院门。兰芝左等右等，不见春生的身影。她刚给爹给牛加了草料，听到春生的脚步便立即从大门迎了出来。

“兰芝，这么冷的天，你咋在外面呢？别冻坏了。”

“春生哥，不好了，不好了，刚才来了好几个人，一阵吵吵嚷嚷，又把你爹带走了。”

“我爹身上都是伤，还没好……”春生低下头，他多想替他爹去，眼看他爹身体一天天虚弱下去。

“是啊，余大爷的脸色很不好。现在咋办呢？”

“他们……就是一群畜生……”春生心里恨恨的，眼圈红红的。

“春生哥，我们没有一点儿办法……”兰芝呜呜哭了起来。

冷风呜咽着来回穿梭，破旧的木门被重重地拍打，发出“吱吱呀呀”的声响，仿佛即将被扯断筋骨从门框上掉下来。

夜深了，风依然很大，天空像被捅破的马蜂窝，雪花乱糟糟地奔涌向地面。黑暗里，余庆山在雪地里爬啊爬，他真想躺在这雪地里不再挪动，干脆就这样冻死算了，自己忍受冤屈，受尽折磨，还要连累家人。他心里憋屈、痛心，但他想着真相总会大白于天下，他要等到还他公道的那一天。

就这样，不知过了多久，时间仿佛凝滞了。余庆山在模糊的视线里看到了那扇熟悉的大门。他硬是爬回了家，伤口已被冰冻，但他的思想还有温度，他心里有妻儿，他得活着。勉强爬到家门口，他伸出布满血迹的手臂用尽全力推开家门，然后就陷入了昏迷。

“我的天啊！庆山啊！这还有没有天理……”

“爹……”

周玉莲跌坐在地上，跪着爬到余庆山面前号啕大哭起来。她感觉天塌地陷，眩晕不止。庆山是多么善良啊，他总是那么包容、谦虚，他可是天下最好的人，无论如何都不该被这样折磨。

“庆山，你醒醒！他们怎么能这样对你？你受罪了。老天爷，你睁开眼睛吧！睁开眼睛看看我们，给我们一个公道啊……”

余庆山一动不动，满脸血渍。周玉莲捶打着自己的胸膛，撕心裂肺般的哭声划破宁静的冬夜。天空仿佛被哭声划破了，敞开一个硕大的窟窿，外面的风雪嗷嗷地吹着，发出鬼哭狼嚎般的声响。

“庆山，他爹啊，这样活着还不如死了痛快……”

春生只觉得胸腔憋气，巨大的悲怆堵在嗓子眼，他咬着嘴唇不让眼泪流出来。

宋福康听到哭声心如刀绞。唉，一定是老余大哥又被他们那帮人毒打了。他紧锁眉头，重重叹了口气，揪起棉袄披到身上，翻墙跳过来。众人小心地将余庆山慢慢地抬到了炕上。破烂不堪的棉裤被鲜血染红，到处都是已经凝固的血渍。

谁能料到呢，余庆山可是县城里最有学问的正派人。宋福康叹口气，扭头跨着大步回了家，把止痛药、酒精棉花和一卷白纱布都拿了过来。

宋福康一边小心翼翼地给余庆山擦伤口，一边止不住地流着泪。

“庆山大哥，你一定要挺住。咱不能就这么屈服，不能白白受冤屈啊。你一定要挺住！”

余庆山紧闭着眼睛和嘴巴，一动不动，宋福康轻轻地把破碎的衣服一块一块剥离，鲜血流了出来，一道道伤口血肉模糊。

周玉莲晕了过去。

“妈，妈……”

“春生，你要坚强，照顾好你爹和你妈。”

“嗯。”

春生的眼泪再也抑制不住，如洪水决堤似的冲了出来。

悲伤将家里包围，继而冲破了屋顶，掀开一个大口子，风像许多双魔鬼的手涌了进来，无情地撕扯着他的伤口，不断有血腥味刺进他的喉咙。嘶喊声从四周漫了过来，淹没了一切。

春生猛地跳下炕，宋福康压低嗓音，生怕喊疼了余庆山。

“春生，大叔知道你要干啥去。听话，越是这个时候越不能冲动，你不能拿着鸡蛋去和石头碰。”

“我要和他们拼命，为我爹报仇！”

“春生，不要犟。你记住，好好活下去。要说拼命，大叔该去和他们拼一条老命，可是不值。”

春生心里恨啊。又是一个无眠的夜晚，全家人抱头痛哭。多少个像这样令人心碎的夜晚过去了，余庆山一次又一次坚强地承受着一切。

春生被生产队干部安排到“青年突击队”，跟着大人一起拔麦子。他毫不示弱，汗流浃背地跟在大人身后干活儿，顾不上满身泥土和两手水泡，常常累得头晕眼花，大人休息他不休息。

即使每天要干很多苦活儿、重活儿，他依然热爱学习。

从前的小伙伴都不和他玩耍了，只有兰芝不管那么多，在春生伤心时，陪在他身边开导、鼓励他。就这样，春生在饥饿和无休止的劳动中一天天地煎熬着。

15

生命就这样一直被浸泡在苦水里，是什么让春生内心埋藏着一股力量，究竟是对命运的抗争还是对生活的希望，他捋不出头绪。

转眼熬到了高中。

那个秋日的清晨，一缕耀眼的光芒从窗户透过，铺满窗沿，瞬间就点亮了屋里的一切，灰蒙蒙的屋子和灰色的心情都变得亮堂了许多。春生刚叠完被褥，炕上飞扬的尘土在明亮的光线中来回飘动着。他跳到地上，前天晚上他妈刚给他那双黑布鞋缝好新补丁，这下好穿多了。裤子膝盖上那块大补丁上也重新缝补了一块小补丁。他高兴地穿上了裤子，动作麻利地洗漱完毕。

周玉莲又开始了缝纫机前一天的劳作。伴随着极有节奏的声响，她娴熟地转动着手里的布料，一块裁剪好的布料很快就会在她的手里变成一件漂亮的衣服。做了这么多衣服，周玉莲还从未给春生做过一件新衣。倒是春旺在她耳朵旁边吵个不停，她便给他做了一条新裤子。春旺却早已把新裤子磨破了好几个洞，他和那些伙伴们出去玩儿的时候，爬墙头、钻山洞，完全不会爱惜这条来之不易的新裤了。周玉莲心疼那条裤子，她想如果那条裤子穿在春生身上，他一定会加倍爱惜的，可是春生怎么都不肯穿，硬是让给了春旺。春生说只要衣服能够遮羞就可以了。

春旺还赖在被窝里，睡在温暖的炕头上发出响亮的鼾声。后炕的角落里一只乖巧的花猫正蜷曲着身体睡得香甜。那是春生从外面捡回来的。花猫受了伤，窝在路边舔伤口，春生就把花猫抱回了家。他想，只要给花猫一口饭汤，它就可以活下来。好歹它也是一条命，春生怎么能见死不救，让花猫带着伤流浪。

春生看了一眼花猫，他是感谢它的，它给他们家增添了许多乐趣和生机。他给花猫取了一个好听的名字，叫“欢欢”，在他烦恼和疲惫时，抱着这个软乎乎的肉团团可以得到些许安慰。

假期很快结束，终于迎来新学期的第一天，春生兴致勃勃地跑去学校报名。

“余春生，很遗憾，你的成绩很好，但是政策不允许你继续读高中。如果你愿意，可以做旁听生。”老师遗憾地看着春生。

春生顿时愣住了，只感觉一股冰凉的气体正从他的耳膜进入，穿过他的大脑，流经五脏六腑，直抵脚心，仿佛被冰块封在原地，动弹不得。同学们一个个兴高采烈地报名，脸上满是喜悦。他的成绩又是全班第一名，他是那么渴望读书，他还有那么多想要读的书和远大的理想……

“不，我不做旁听生！你们不让我上学，我一样能活得很好！”

“余春生，只要可以继续读书，当旁听生又有什么关系？”老师极力挽留。

宋福康听周玉莲说春生一大早就去学校报名了，赶紧给兰芝塞了一些钱让她给春生送去，万一交学费钱不够，春生着急可怎么办。兰芝高兴地一路追着春生到了学校，刚在人群中找到他，却听到了春生的气话。

兰芝急忙劝道："春生，千万别赌气！你就做旁听生不行吗？别那么犟……"

"不！与其被人瞧不起，我宁可放弃上学。不上学，我也照样可以争口气。"

"你要是不上学，我也不上了。"兰芝默默地跟在余春生身后。

"兰芝，你一定要继续读书，你不要犯糊涂。"

"我不糊涂。我长大了，我要和你一起干活儿养家。"

…………

"春生，咋这么快就回来了？"

"大娘，春生哥不上学了。学校不让他上学，因为……"

"春生，是因为你爹？"

"妈，其实这样也挺好，我可以早点儿出去赚钱养家了。"

春生表面上看起来云淡风轻，其实内心背负着一座沉重的大山，让他觉得喘不过气来。

夜深人静的时候，他用被子蒙住头，不争气的眼泪流了出来，打湿了枕头。

春生只能找个力气活儿。听说赶马车可以多赚一些钱，他便不顾周玉莲的极力反对，执意跟着大人去赶马车。

在送货途中，一个同伴的马车翻到了沟里，差点儿丢了性命。

宋福康听说后惊出一身冷汗，在他心里，春生是他半个儿子，他怎么能看着春生遭罪呢。他其实早已经盘算着，将来春生就是兰芝最好的依靠。

宋福康琢磨着得抓紧时间给春生另外找个营生做。可是他从山西来到这林水县，无亲无故，实在想不出什么办法。

几天不见春生回来，兰芝心里焦虑万分。

“爹，咱认识的人少，该找谁帮忙呢？”

“爹想了半天也想不出一个可以帮忙的人。还是得和你玉莲大娘商量商量。”

“爹，那你赶紧去呀！”

宋福康来到春生家，屋子里黑灯瞎火的，他知道周玉莲舍不得点煤油灯。

“她婶子啊，把煤油灯给咱点上吧。”

周玉莲听到动静，忙划着火柴，玻璃罩里燃起微弱的灯火，一个高大魁梧的黑影投到了墙壁上。

“我说她婶子啊，可不能让春生继续赶马车了，我可是听说了，春生的一个同伴赶马车时掉进路边的沟里，就剩下半条命了。这后半辈子就只能靠爹妈养活了。”

“哎呀呀，他大叔，那可了不得啊。我这半天正心慌得坐立不安呢。当初就不想让春生去赶马车，他偏不听。这可咋办呢。”

“她婶子，别着急，你好好想一下，在这县城里能找找谁，托个熟人，给春生找个别的营生做。他现在都大小伙子了，找个有前途的营生才是长久的事。”

周玉莲思来想去，还真有一个亲戚或许可以帮得上春生，可她怎么好意思上门麻烦人家呢。虽是远房亲戚，但这突然跑去求人办事，她怎么拉得下脸面。

眼下为了给春生尽快换个安全的营生，周玉莲只能瞒着春生，硬着头皮找到那个远房亲戚。

这亲戚正是林水县小学的校长。他当下便毫不迟疑地给了周玉莲一个建议，让春生在学校里和老师傅学习木匠手艺。学校有个手艺不错的老师傅，年老体衰实在干不动了。跟着老师傅学会手艺，可以在学校里制作或者修补桌椅板凳，以后到外面打家具赚钱。周玉莲顿时感觉心里暖烘烘的。这可是天大的好事啊，她终于找到了大救星。现如今，这是个不错的差事。只要春生能把这手艺学好，将来就有了吃饭的本事。

16

春生并非害怕艰难险阻，也并非害怕面对困难，而是目睹了同伴的惨痛遭遇却无能为力。

如果自己能够学到一技之长，自己可以养活自己，还可以帮助别人，那才是他的价值。很快他就去学校拜了师傅。慈祥可亲的老师傅看到春生的模样，一眼便喜欢上了这个小伙子。春生那双充满坚毅、炯炯有神的大眼睛，浓重有力的一对剑眉，眉宇间流露着英武之气和善良正直。老师傅对他喜爱有加。

可是，这件让人兴奋的事情还没有在心里热乎上几天，消息很快传到了生产队那些干部的耳朵里。

生产队干部又给余春生下了新的命令，让他参加打井队。春旺肯定是死活都不会去的，家里只有春生能去。

春生左思右想，尽管他真的不想再面对生产队那几个干部，但这事肯定是躲不过去的，只要能让他学木匠，什么苦都可以忍受。他硬着头皮找到生产队干部，低声下气地请求他们，允许他白天在学校学木匠，晚上去打井队干活。生产队干部心里琢磨着，这样也好，几天下来春生这木匠也就学不成了，白天晚上连轴转，就他那小身板能承受几天呢。

无论酷暑或是寒冬，每个黑漆漆的夜里，余春生都是拖着满身的疲惫坚持干活到深夜，没有一天放松过。打掉牙吞到肚子里，他不会叫一声苦。

周玉莲知道，队里那些干部眼下虽是同意春生继续学木匠，但他们是不会就此罢休的，只要春生学一天木匠他们就会变着法儿地阻挠，横加破坏。她担心春生不能顺利学成木匠，只能忍气吞声地讨好队里的干部，不分昼夜地为他们和家属做衣服。

春生当然不希望，更不忍心看着他妈那么辛苦。尤其是在夜深人静时，缝纫机的声响总能让他从睡梦中醒来。

周玉莲脚踩缝纫机缩在寒冷的角落里，仍旧坐在昏暗的煤油灯下埋头做衣服。冬天的夜晚，家里比外面暖和不了多少，牛粪还得节省着用。家里的煤炉舍不得一直烧火，水缸里的水也被冻成了大冰坨，中间只剩一个小小的冰窟窿可以舀出水来。周玉莲常年坐在缝纫机前做衣服，年轻时便患上了严重的腿疾。春生想劝他妈不要这么辛苦，可是，他知道他妈是不会听的，为了早日让他妈不这么辛苦的唯一办法就是，他尽早学成木匠手艺。

就这样，日复一日，年复一年。熬过冬天，又熬过春天和夏天，到了秋天。生产队干部没想到春生竟然可以坚持这么久，既完成了队里的劳动，也没有耽误学木匠。这让他们既惊讶又气愤。他们又命令春生锄地、拔麦子，而且，故意将他们家的三十亩责任田分配到距离县城最远的地方。

往返那么远的路要耽搁不少时间。这可怎么办呢，那片麦地在县城边上，距离家有十几里地，眼看春生就要学出徒了。

“春生，你能坚持下去吗?”

“妈，放心吧，我怎么会半途而废呢，我一定会坚持下去的。”

“妈不担心你的决心，妈担心你的身体吃不消。”

“妈，不会的。我结实得很，我是铁打的。”

“你就是铁打的，也吃不住这样连轴转啊。”

实在没有办法，春生又一次硬着头皮去队长家里请求他们，白天学木匠，晚上再去麦地里干活。

春生知道他们很得意，他恨透了他们。但是宋福康大叔和他妈曾多次嘱咐他，千万不能冲动。春生心里憋屈，但还是忍了下来。

晚上下班后，春生从学校独自走到离家十几里的麦地里干活，一直干到晚上十点多。他又累又饿，拖着满身疲惫走回家。第二天早上四点天不亮他就起床，再徒步十几里去麦地里干活儿。

春生几次晕倒在麦地里，醒来后继续干活。他在心里为自己鼓劲儿，绝对不可以轻言放弃。他一定要挺胸抬头地做人，家里的生活全靠他了。

这样下去可怎么得了呢！周玉莲心急如焚。

白天，兰芝去家里帮周玉莲干家务，多少日子一直见不到春生。她几次都说要去地里帮春生一起拔麦子，每次都被春生回绝，说女孩子家家的哪能跟着他去那么远的地方干粗活。帮他照顾好家里就已经让他难以回报了。

那天早上，春生依然头顶星光，独自一人大步走到了麦地里。远远望去，一个清瘦的影子在无边的麦地里缓慢地移动，时间仿佛静止了，已经过去了多少个日夜，三十亩麦地怎么不见少呢，仿佛今生今世他就长在那片麦地里，变成一株麦穗，任凭风吹雨打。在一阵阵的凉风中，麦穗时而把春生淹没，时而又露出他弯着腰干活儿的身影。满是水泡的一双手不停地挥舞在麦穗间，他感觉时间已经过去很久很久了。

明晃晃的阳光渐渐铺满了麦地，闪着金灿灿的光芒，无比温柔地抚慰着春生的疲惫。他抓起腰间的水壶，“咕咚咕咚”喝下半壶水，浇灭了嗓子里升腾的火焰，顿时感觉舒坦了许多。一扭头，他发现全校的学生正排着浩浩荡荡的队伍走进麦地。大家二话没说，齐刷刷地弯下腰开始拔麦子。他站在麦地里呆住了，怔怔地看着校长，心里不知道有多感动。他该怎么回报这些可爱的学生，又该怎么感谢敬爱的校长呢。

春生的眼泪夺眶而出。长这么大，除了要感恩宋福康大叔和兰芝对他的关心，就是要感谢校长对他如此的爱护和照顾了。那些年他所受的委屈和苦痛瞬间被温暖包围。

校长朝春生挥手微笑……

众人齐心协力，一上午就把麦子全部拔完了。生产队的干部万万没有想到，校长竟然召集全校的师生帮助春生拔麦子。春生不但没有被累死，还摆脱了他们的管制。

春生善良正直，做事认真可靠，是校长看在眼里，记在心里的。校长很看重春生，于是想尽办法从教育局为他办理了民办代课教师的手续。

17

有句话常被挂在嘴边安慰人——“苦难是人生的财富”。可春生从不这么认为，苦难并不值得炫耀，也不是人生的财富。它是人生的伤疤，是心灵的伤痛。只不过，经历过苦难的人更加懂得珍惜，明白一餐一饭、一针一线来之不易。从苦难中走过来的人，更加坚强。

无论今后的路还有多少荆棘，他有信心战胜困难和挫折。尽管前路漫漫，但只要活着，他的家人都好好地活着，一切就会有希望……

余庆山去了乡下的金矿变电站，他技术精湛、聪明过人，能够出色地完成变电站的每一项工作任务，得到了站里领导的认可和尊重。

听说余庆山在金矿变电站工作很顺利，周玉莲和春生悬着的心总算放进肚子里了。

那年冬天，春生终于学成木匠手艺。县城里有条件的人家都开始把老旧的箱柜扔掉，换成新潮的家具。最受欢迎的就是带镜子的“高低高”组合柜，或者有写字台和书架的组合柜。有人从老师傅那里听说，他的闭门徒弟余春生木匠手艺很不错，便邀请春生去家里打家具。他在心里暗暗发誓，一定要做出全县城最漂亮的家具，让更多人知道他的手艺。他爹看到他做的家具一定会替他高兴的。

这个冬日的傍晚时分，春生正准备收工回家，外面的风突然变得猛烈起来，玻璃窗仿佛是在被皮鞭抽打，发出一阵阵“噼噼啪啪”的声响。地上的土和沙子都被卷了起来，在空中乱飞乱撞。天空混沌一片，像一锅熬糊的野菜粥，散发着腥味，呛得人嗓子干燥发痒。外面看不到街道和行人，这个时候街面上恐怕也不会有什么行人了。春生担心他妈，不知道春旺在不在家。他心里着急，动作麻利地收拾好地板上的木屑，依然没有留下吃饭，执意要回家。

他抽紧了棉袄腰间的绳子，把旧毡帽戴在头上，双手插进袖筒就出了门。

终于，他顶着大风举步维艰地回到了家。周玉莲刚熬好野菜粥，屋子里热气缭绕，白茫茫一片，只有火炉周围泛着一点点微红的光亮。见春生进门，周玉莲拿起笤帚把春生衣服上面的尘土清扫一遍。

“这黄沙漫天的，耳朵的冻疮是不更严重了？”

“妈，没事，我看天寒地冻的，不放心您自己在家。春旺还没有回家吗？”

“别提春旺了，这一整天我都没有见到他的影子，快吃饭吧。”

周玉莲说着去箱柜上拿了煤油灯放在炕席上。春生从炕头的席子底下取了火柴，点燃煤油灯，一串小小的火苗像是受到了惊吓，在风中不停地抖动着，几次差点儿熄灭。外面的风太大了，从窗户缝隙钻了进来，简直要把屋顶掀翻。

借着微弱的火光，周玉莲挪着小脚走到灶台边上。掀开锅盖，熟悉的野菜粥的味道顿时弥漫开来。

“玉莲大姐，玉莲大姐在家吗？”

“外面好像有人。”

“春生，妈好像也听到外面有人在喊。快，快出去看看!”

“妈，别急，我这就出去。”

春生大步跑出去，周玉莲忙放下锅盖，挪着小脚往外走。

“一定是庆山回家探亲了，他都多久没有回家了。我说我这眼皮跳了一天。可也不能选这样的天气呀，这一路上该冻坏了。”

周玉莲一边兴奋地自言自语，一边走向院子外面，却听到春生失声痛哭，瞬间又转为一种骇人的嘶吼。

“爹……爹，不会的……不会这样的，我爹还年轻……”

周玉莲走到大门口，见牛车上躺着一个人，一动不动。外面裹着一块破烂不堪的席子，裸露着一双红肿的脚，看不清脸面。赶牛车的刘善新低着头用袖筒擦眼泪，不敢看周玉莲。

“善新，这……”

“玉莲大姐，我……”

春生趴在牛车上大哭，声音响彻天际，狂风顿时安静下来，知趣地走远了。

“爹，您不会丢下我们的，您是最坚强的人，您还没有看到我做的家具……爹，您不要丢下我们……”

周玉莲顿时愣住了，良久，她颤抖着双手掀开了席子。余庆山面容安详，是的，这是余庆山，可是，他应该坐起来，自己走进家。周玉莲的脑子一片空白，跌坐在地上。

“庆山啊，到家了，你咋不进屋？我熬了野菜粥，你好歹喝一碗啊。”

“玉莲大姐，对不起，对不起，我没有照顾好庆山大哥，是我的错，我……我没脸见你啊。庆山大哥，是突发脑溢血……”

刘善新“扑通”一声跪在周玉莲面前，一直低着头。他们一起下乡时，比余庆山年轻的刘善新曾拍着胸脯答应周玉莲，让她放心，说用不了多久，他们就会回来的，让他们一家人团圆。可是，余庆山好几次生病都不肯放下工作去休息。当初，刘善新全家揭不开锅时，余庆山把他推荐到了生产队干活，他心里一直记着庆山大哥的恩情，说好以后要报答他的。

“不，善新，怎么能怪你呢？”

“玉莲大姐，庆山大哥，他……最后说……”

“说了什么？”

“说这辈子最对不住的就是玉莲大姐，更对不住几个娃。来生他愿意为你们做牛做马……”

“不，庆山啊，你不要走！我们不要你来生做牛做马，我们只要你这辈子好好活着。他爹啊，那些年受那么多苦，你都没有倒下，为啥现在……你让我们孤儿寡母可咋活呀……”

余庆山躺在破席子上一动不动。他再也听不到任何声音，再也看不到任何事物，好与不好，他都没有任何感觉了。

宋福康和兰芝闻声从家里跑了出来。

“她玉莲婶子啊，快，快把庆山大哥抬回家。这外面天寒地冻的，别把大哥的身子冻疼了。”

眼泪顺着宋福康的脸颊滑落，他用袖口拭去眼泪，赶紧上前和春生一起把余庆山抬了起来。

“咱给庆山大哥换身新衣服吧，他活着的时候都穿着破衣服。”

“他大叔，庆山他不该这么早就走了，庆山这辈子受尽了折磨。老天爷啊，庆山是个善良的大好人啊，你不应该这样对待他啊……”

周玉莲突然跪在地上，然后趴在那儿哭喊着，无力地捶打着冰冷的地面。

“老天爷啊，我每天盼星星盼月亮，结果盼回来的居然是庆山的尸骨……庆山他什么坏事都没有做过啊……”

“大娘，您快起来吧。大爷会心疼的，他心里不好受，走得会不安心的。”

“是啊，她玉莲大娘，快起来。让庆山安心吧。”

“庆山啊庆山，你不能就这样走了呀……不能呀……你把我也带走吧……”

“爹……”

…………

东海滩山坡上那些孤零零的坟冢旁边，又多了一座新坟。余庆山就这样走了，除了一张破烂不堪的旧席子，什么都没有带走。

失去父亲的春生悲痛欲绝，曾一度消沉。他最敬爱的父亲是那么善良，性格温和又有学问。

在他最痛苦的那些日子里，兰芝一有空就陪着他，默默为他做事，哪怕只是送过来一碗饭，缝补一粒扣子或一块补丁。

自从余庆山去世后，兰芝便经常帮助周玉莲干家务。宋福康知道闺女的心思，他不说出来，但打心眼儿里赞成闺女的想法，因为那也是他自己多年的想法。他知道自己的闺女不愁嫁个好人家，但他就是认准了春生，说什么都不会改变初衷。近些日子，也有不少媒婆和他提亲，都被他一口回绝了，兰芝一辈子的幸福只有交给春生，宋福康才会放心。

18

春旺一直游手好闲，这个流里流气的自私鬼早已看上了美丽善良的兰芝。十八岁的兰芝出落得更加亭亭玉立，在林水县再找不出比兰芝好看的姑娘了。春旺总是用他那邪恶的眼神偷偷瞅着兰芝，时刻琢磨着，这个世界上怎么可以有这么好看的姑娘，从那干净白皙的脸庞可以联想到，兰芝是浑身上下都找不到一颗小痣的美玉般的姑娘。在宽松的花布衣服下包裹着怎样的玉体，如绸缎般丝滑娇嫩，温润柔软。春旺浮想联翩，都快被这无尽的想象整疯了。

那天，眼瞅着宋福康赶着牛车出了门，春旺便鬼鬼祟祟地从墙头翻了过去，猫着腰推开了兰芝还未来得及上锁的家门。

宋福康刚出门，兰芝便赶紧从箱柜里取出来一叠布料，坐在炕上。她要缝制一套新衣服，当然是要送给春生的。她美滋滋地想象着，新崭崭的藏蓝色中山装穿在春生身上的样子。兰芝明知自己的手艺远不及玉莲大娘，但她还是要亲手为春生做一身新衣服。趁她爹不在家，她要抓紧时间悄悄缝。尽管她知道她爹不仅不会反对，而且会大力支持，但少女那份羞涩的心事还是愿意隐藏起来，不愿被任何人知道，这是她的秘密。这份情感在她心里无比神圣和庄严。

春生在兰芝心里的形象从来没有受到外表的影响。除了余庆山和宋福康，春生就是最让她敬重的人了。兰芝要在冬天来临前把衣服做好送给春生。现在他是大人了，总不能还像从前那样不顾穿着，走到哪里都是一身破破烂烂的衣服。想到春生以后可以穿着她缝制的新衣服，她不禁抿嘴一笑。

她坐在炕上，面朝玻璃窗户专心缝衣服，时不时用针在头发上抹一抹。热炕头上欢欢正睡得香甜，兰芝极其喜爱这只花猫，时常抱回家给它东西吃，欢欢很快和兰芝亲近了起来。花猫见春生出门，总是乐于从墙头上跳过来，在玻璃窗前耐心等待兰芝为它打开家门。

院子里的几只鸡正“咯咯咯”地叫唤，仿佛是与小主人对话，她是多么怜爱这些可爱的动物，一只猫，几只鸡和一头憨憨的小黑猪都是她最亲密的伙伴。

兰芝独自沉浸在少女羞涩的心事中，冷不防被一双大手死死地抱住腰身，一针扎在手指上，瞬间就流出了血。她惊叫一声，吓得花猫蹿到了窗台的角落。

“谁？”

“兰芝，别叫，是我。”春旺压低嗓音，腾出一只手，捂住了她的嘴巴。

花猫瞪着惊恐的眼睛，尾巴竖了起来，像一团燃烧的火焰，它瞬间跳跃起来，箭一样向春旺的头上冲了过来。春旺的脸被花猫划破一道血印，他感觉一阵刺痛。花猫一溜烟从门缝挤了出去，跃上墙头跑回了家。

“你……你要干吗？”兰芝趁机推开他的手，在他胳膊上狠狠地咬了一口。

“啊……”春旺像即将被宰杀的猪嚎叫起来。

“啪”一记耳光落在兰芝的脸颊上，“从小你就看不起我，居然还敢咬我，就连春生养的那只猫都敢欺负我。”

春旺像一匹饿狼，红着眼睛扑到兰芝身上，疯狂地撕扯她的衣服，在她胸脯上乱拱。

兰芝像一只受惊的小鹿，躺在炕上手脚并用，不停地在空中慌乱地挥舞。

“滚开，你这个畜生！流氓！你不得好死！”

无意中兰芝一脚踹在春旺的裤裆处，只听春旺“哇”的大叫一声，从炕沿边上翻了下去，重重地跌在地上。

兰芝披头散发地跳下炕，光着脚就跑出了家门，跌跌撞撞地转身冲进春生家。

“大娘！大娘，救我！”兰芝连哭都顾不上了。

周玉莲刚收拾好针线，正埋头在灶前准备做饭，见花猫惊慌地从墙那边跑回了家，躲在炕角团成一个圆球。她还在纳闷，欢欢自打来了这个家里，吃得饱、睡得暖，渐渐胖了起来，前几天还抓住一只偷吃粮食的耗子呢。欢欢乖巧得很，从不乱叫，总是悄悄地睡觉，时不时还会逗她们开心，今天怎么变成了这个样子。

周玉莲转念又想，春旺这个懒东西，不知道跑到哪里惹祸去了。春生出去干活一口饭都没顾得上吃，估计早已经饿坏了，应该会早点儿收工回来吧。她要提前为他准备好饭，只要春生一进门，便可以有口热饭吃。

她正坐在灶边拉风箱，低头向灶里添了几块干牛粪，火星“噼噼啪啪”响起来。抬头时，却看到脸色苍白、神情惊慌的兰芝从外面跌了进来。周玉莲心里一惊，赶忙起身，锅里的水“咕嘟咕嘟”冒着白气，一个破旧的木头锅盖搭在锅边，还没有来得及盖上。

“闺女，这是咋了，咋了？”

“大娘，救我！”

兰芝浑身瘫软，跌坐在地上，抱着周玉莲的腿，身体直哆嗦。在见到周玉莲的一瞬，她立刻泣不成声。

周玉莲低头一看，兰芝头发蓬乱，衣服敞着，白花花的露出一片，她心里“咯噔”，惊了一下，后背直发凉。

“难道是春旺！”

周玉莲猛地想起来，这几天春旺在她耳边不住地念叨，说他要娶媳妇，而且一定要娶兰芝。她正为这个事发愁呢。这个不争气的东西！

“闺女，听大娘的，不哭。你先上炕，慢慢和大娘说。”

周玉莲强装镇定，刚把兰芝扶到炕上，还没等开口说什么，春生便提着工具走了进来。

“妈呀，这是咋了？兰芝咋成这样了？”

春生惊出一身冷汗，从来都是干净整洁的兰芝，怎么变成这样了？这是怎么回事？

“春生啊，这可咋办？春旺那个畜生啊……你宋大叔回来，我可咋向他交代呀！我没法儿活了！”

周玉莲见春生回家了，再没力气强装下去，顿时瘫软在炕上，侧卧着身体起不来，一边无力地拍打着炕席，一边用袖口擦眼泪。

“兰芝，你说，到底咋了？是不是春旺？他真的……我去找那个畜生，今天我打不死他！”

此时的春生正值青春，虽只有一米六多，但眉宇间满是男子汉的英武之气。

他正要冲出家门，却见春旺捂着裤裆挪回了家，指着兰芝劈头盖脸地大骂起来。

“你这个狐狸精，敢踢你大爷的命根子！妈呀，完了完了，我完了啊！”

春生眼睛冒着火星子，家里怎么会出了这样一个不争气的混账东西呢。他二话没说，拽起春旺的衣领，一记重重的拳头落在春旺的脸上，鲜血瞬间从春旺的鼻子里流了出来。

“别打了，别打了。”兰芝整理好自己的衣服，光着脚跳下炕拦住春生，“没怎么样，真的没怎么样。别打他了。”

“妈，我哥要打死我！我啥都没做呢，你们一个个的，都不想让我活了是吧？”春旺两腿乱蹬，坐在地上不起来。

“妈，我都废了，我哥还打我。你们对我咋这么无情？”

“你个没用的东西，自己不争气，倒怪起别人来。你还有理了？你大哥打你是轻的。要是让你宋大叔知道了，看他一鞭子抽死你不。你这个作孽的东西！”

周玉莲有气无力地指着春旺数落他。

“春生哥，他真没把我怎么样，别再打他了。”

兰芝扭头就跑了出去。

“兰芝，让你受委屈了，对不起。”春生心情沉重，脱下自己的鞋追了上去，“兰芝，你先穿上大哥的鞋。”春生光着一双粗糙的脚，把鞋放在地上给兰芝套在脚上。

19

兰芝打起精神洗了一把脸，镇静下来把晚饭做好。她爹很快就要回家了，可千万不能让爹看出来点儿啥。这事儿如果被她爹知道了，她爹一定会找春旺算账的，到时候最难受的还是玉莲大娘。她心里已经够苦了，旧伤还没有好，怎能给她再添新伤呢。

饭在锅里，木头锅盖的缝隙冒着丝丝缕缕的热气，缭绕在锅灶上面，玻璃被薄薄的白雾覆盖着。天色渐渐暗了下来，兰芝坐在炕上焦急地等待宋福康回家，她用手抹开玻璃上的雾气，大门紧紧锁着，一直没有动静。她左等右等仍是不见她爹的身影。往常，宋福康宁愿少赚点儿钱也会在天黑前赶回来。

宋福康知道，近些日子，春旺的那些狐朋狗友经常戏弄兰芝。林水县不算大，好多人家惦记着和宋福康做亲家呢。宋福康担心那些人找到家里骚扰兰芝，就让兰芝白天也要从里面把大门锁好。他抓紧时间赚钱，好给兰芝多攒一些嫁妆。

眼看天就要黑了，窗外的云层渐渐堆积起来，厚厚的一大片云向窗户重重地压了过来，屋子里的光线暗淡下来。兰芝只觉得胸口憋闷，她爹今天为啥迟迟不回来。突然，一道闪电将云层划开一道口子，仿佛有血迹流了出来。她心跳得厉害，猛地有一种不祥的预感掠过心头，坐也不是，站也不是。不行，还是到大门口看看吧。她从后炕揪了一件夹袄穿上，快步走出了家门。

她站在大门口向四周张望，等了十几分钟都没有看到她爹和牛车的影子。她越等越着急，这可咋办呢？前几天她爹感冒了，一直不肯在家休息，说她是没妈的闺女，以后嫁妆预备得丰厚一些，好让婆家善待她。其实，宋福康更是为春生着想，他不忍心让春生为难，只图春生这个好孩子他就满足了，他要尽力为春生多分担一些。庆山大哥走得早，又受了那么多罪，他这心里一直都痛得慌，为春生多置办些家用，他才会安心一些，让庆山大哥在地下也安心一些。

春生挑着两桶水从西边走回来，见兰芝站在门口四处张望，忙从肩膀上卸下扁担，把水桶放在地上。

“兰芝，你这是出来干啥呢？外面这么冷，快回屋吧。”

“不冷。”

“兰芝，对不起……你……还好吧。”

“春生哥，没事。我就是担心我爹。我爹到现在还没有回来，他不会出什么事吧？”

“不会的，宋大叔是多么精干的人，做事从来都是很小心的，咋会出事呢，不要瞎想了。”

“可是，我这心里咋这么慌呢，眼皮直跳。”

“你还是来我家吧，黑天半夜的你一个人在家肯定害怕。”

“不去了。”

“兰芝，我和我妈心里都愧得慌。”

“春生哥，和你们没关系。”

“不，兰芝，我们家欠你太多了。”

两个人正说着话，春旺提着裤裆像一个醉汉从院子里跌了出来。他对春生的一拳头耿耿于怀，他恨，从小他就生活在春生的对比之下，让他显得更加令人讨厌。他认为都是春生故意在人前显摆，故意让他难堪，他对春生越来越没有感情。他总在想，他可能真的是周玉莲从野地里捡回来的，所以从小就不招人待见。

有时他吵着要去找大姐和二姐，可是春花和春叶完全没有邀请他去的意思，当然，他并不知道春花和春叶过得不好。姐姐们一次次委婉的拒绝，更加让他觉得，所有人都是亲生的，只有他是个外人。春花和春叶心里很清楚，如果真的把春旺招惹去了，那是给她们自己找了个大麻烦，一时摆脱不了不说，也许还得帮他娶媳妇呢。她们哪有这个能力呢，虽说离开林水县去了大城市，可是她们自己的日子也不好过，每天都得精打细算。大家都自求多福吧，既然谁也帮不了谁，那么不要给别人找麻烦就是好事了。

其实，周玉莲何尝没有这样想过呢，春旺去了大城市也许能有所改变，当然她知道自己是痴人说梦。春花和春叶一直未曾提过，她们在大城市的生活究竟过得怎样。每次写信总是三言两语，模模糊糊地说几句。周玉莲也只求她们能过得很好，平平安安的。至于哪天能让两个闺女接济一下家里，她想都没有想过。

可是春旺不这么想，他认为姐姐们有馒头吃，就应该想着给他留一份，姐姐们不是外人，就应该想着他这个弟弟。如果她们都不想着他，那他一定就是周玉莲捡回来的。

他在这个家里，这也不行，那也不行，喜欢兰芝总行吧，他仪表堂堂，配兰芝不是正合适吗？可是，兰芝竟然那样对待他，把他的心伤透了。所有的人都把他的心伤透了。

他越想越气不过，和周玉莲又拌了嘴，一气之下从家里跑出来，最后撂下一句话，说让周玉莲明天就和宋福康去提亲，如果不给他提亲，他是不会罢休的，他非娶兰芝做媳妇不可。

周玉莲被他气得浑身发抖，实在无力应对，躺在炕头上闭着眼睛不想看他。也许该早点儿去找老头子了，这个家她实在支撑不下去了。如果春旺稍微懂点儿事，她还有心气儿活下去。可是，这个不争气的东西，每天尽给她惹祸，她也不想再白费力气了。

春旺想着怎样才能让他妈赶紧去提亲，早日把兰芝娶到手。刚从家里出来，却看见春生正和兰芝站在一起，两个人亲密的样子让春旺更加愤怒。

“余春生，你……你们……我和你势不两立！从此以后，我们不是兄弟！”

春旺像条疯狗一样冲过来，抓住春生的衣领。别看他比春生高出一头，但那一副懒骨头就是一个空架子，被春生反手按倒在地，怎么反抗都起不来。他憋涨着脸“吭哧吭哧”直喘气。

“兰芝，我一定要娶你！谁都别想娶你做媳妇，你是我的媳妇！如果你不同意，咱俩就同归于尽！”春旺喘着粗气在地上胡乱扑腾。

“春旺，你也老大不小了，你想娶谁做媳妇也得问问人家愿意不愿意。”

“从小我就讨厌你，多一眼都不想看你。”

兰芝收紧夹袄，扭头不再看他。如果不是因为玉莲大娘人好，她一辈子都不会原谅春旺。

“你别做梦了！春旺，你也不撒泡尿照照自己，你哪一点能配得上兰芝。春生，帮妈狠狠教训他，这个东西，没救了！”

周玉莲勉强支撑着下了地，她要去看看兰芝，这个可怜的闺女从小没妈，如今还受了这么大的委屈。她挪着小碎步走出来却看见春旺在撒野，气得捂着胸口一直咳嗽，说了几句话就扶着墙直喘粗气。

“妈，您怎么了？最近总是不停地咳嗽。咱回屋吧，外面凉。”

春生挑起水桶，又回头用恳切的眼神看着兰芝。

“兰芝，回屋里等你爹吧。”

兰芝苦笑，一对迷人的梨涡嵌在嘴角。她裹紧衣服，扶着周玉莲进了屋。

没人再搭理春旺，他死死地盯着兰芝的背影，在地上吐了一口唾沫，骂骂咧咧地爬了起来。

“好，都嫌弃我，我走！”

春旺用力吸了一下鼻子，把双手放在袖筒里，垂头丧气地朝东走了。

20

春生和兰芝把周玉莲扶进屋里，春生拿起暖瓶倒了一杯热水。

“妈，先喝口热水，刚才您都没吃饭。”

“妈哪能吃得下东西，胸口憋得慌。来，兰芝，坐到大娘身边，让你受委屈了，大娘对不住你。”

“大娘，快别这么说。怎么能怪您呢……”

“兰芝，你是咱林水县最好的闺女，大娘心里有数，现在大娘都没脸面对你了。”

“大娘，可千万别这么说……”兰芝又嘤嘤地哭了起来。

春生给兰芝也倒了一茶缸热水。周玉莲刚端起茶缸，热气笼罩在她脸上，隐约听到外面有人喊。

“宋福康闺女在家不？这家里咋黑灯瞎火的。老宋家闺女，兰芝啊，兰芝……”

“谁，春生哥，谁在喊我？”兰芝闻声跑了出去，“大叔，我，我是兰芝，咋了？”

“哎呀，闺女呀，你都长这么大了。老爹都快认不出你了。我是苏老爹，快，快跟老爹去医院。”

不等兰芝反应过来，苏羊倌儿拉着她连走带跑地到了县医院。

窄小的病房里，一张单薄的铁管床上，宋福康微闭眼睛，奄奄一息，脸色灰突突的，像一张陈年的麻纸。他的手臂上扎了针，旁边的铁架子上面挂着吊瓶。听见兰芝的声音，他努力睁开眼睛，探着手拉住兰芝。

“爹啊，您这是咋了呀？上午出门不是还好好的。”兰芝双腿发软，浑身感觉凉飕飕的，“扑通”一声跪在地上，抱着宋福康的身体大哭起来。

“傻闺女，不哭……爹给你挣了嫁妆钱。听爹的话……以后你就跟着春生过，他……会对你好一辈子，不会让你受一点儿委屈……春生，那……可真是个好小子……”宋福康断断续续地在兰芝耳边嘱咐。

“爹，您咋说这种话。不要吓我，爹！我不能没有爹啊！咱花钱看病。我回家取钱给您看病。不许您乱说话……”

兰芝泪眼模糊，感觉头重脚轻，勉强扶着床站起来，抹了一把眼泪，身体晃了一下便朝后倒去。春生一直跟在后面，喘着粗气刚站在门口，就见兰芝要晕倒，一个健步上去扶住兰芝。

宋福康抬起虚弱的眼睛，嘴角露出一丝微笑。

春生把兰芝扶到椅子上坐下来，兰芝软软地靠在椅背上，无力地哭泣着。春生心如刀绞，进来前，他已经跟苏老爹和医生都打听过了，宋大叔是赶着牛车翻到沟里了。

本来，这几天他就是重感冒，早上吃罢饭还有些发烧，出门后遇到风寒更是浑身酸痛、头晕目眩。他赶着牛车走在东海滩，一不留神就翻到了沟里，头被一块尖锐的石头碰破了。宋福康浑身无力，窝在沟里动弹不得。苏羊倌儿和他儿子苏瑞声赶着几只羊准备收工，正说着好几天没有见到宋福康了，真有点儿想念他呢，结果就见到了受伤的宋福康。他们之间的兄弟情谊真比那亲兄弟还亲。

“春生，你听见了吗？我把兰芝交给你了……一定要照顾好她，答应大叔。”

“大叔，您在医院安心治病，很快就会好起来的。”

“不，春生……大叔自己知道。你答应大叔，答应啊……你……如果不答应大叔……大叔……心里更难过……”

“好，大叔，我答应……答应……”

“大叔……就……相信你……”

“嗯，您尽管放心。咱先安心治病，不要胡思乱想。”

…………

兰芝一直以为她最亲爱的爹爹会永远和她生活在一起，永远不分开。这个世界上最疼爱她的爹就这样匆匆离开了她。

21

春旺恨透了春生。如果没有春生，兰芝和他才是最般配的。瘦猴似的春生根本配不上兰芝，简直就是鲜花插在了牛粪上。他想不通，为什么宋大叔一定要把漂亮的兰芝嫁给春生这个瘦猴子呢，春生究竟哪里好。

春旺琢磨着，好啊，既然兰芝不能做我的媳妇，春生你也别想得到她。他要把他们搅散，不让他好过，谁也别想好过。

那天，家里只剩春旺一个人。他就等着这个机会呢。他翻箱倒柜终于找到了周玉莲藏着的钱，那是家里所有的积蓄，是给春生和春旺娶媳妇用的，尽管还差很多，还不足以买几尺布裁剪新衣服，更不够做两床新棉被。周玉莲和春生还在努力挣钱，努力攒钱。

一叠钱整整齐齐地被紧紧包裹在一块布头里，这些钱让春旺太意外了，没想到这么快就找到了。他心头一喜，抓起所有的钱装进自己的口袋里，摇头摆尾地哼着小曲走出家门。

周玉莲把刚做好的衣服给人送过去，接过工钱小心翼翼地揣在衣兜里，匆匆道别，并未多做停留。她不能耽搁哪怕一分钟，还得赶回家继续给别人做衣服。

周玉莲挪着小脚走回家，见院门敞开着，家门竟然也敞开着。日头正热烘烘地温暖着大地，窗户玻璃亮堂堂的，是兰芝前几日帮她擦干净的，周玉莲心里感到一阵阵欣慰。墙头上几只麻雀在风中欢快地跳跃着，小脑袋一晃一晃的。

见春旺不在家，周玉莲赶紧关好家门，从衣兜里掏出钱，准备再放进那个小布包里。待她翻出布包，打开一看，里面空空的。她的心顿时“忽忽”地晃着，简直要从嗓子眼儿跳出来了。周玉莲胸口憋闷，眼前发黑，差点儿晕倒在地。她一手扶着箱柜的盖子，一手捂着胸口，糟了，这可糟了，钱呢？钱哪儿去了？怎么会没有了？

周玉莲以为是自己记错了，把所有包裹都拿出来放在炕上一个一个翻找。哪里都没有，那些钱一直都是放在那个包裹里，用一块布头又包了几层，她怎么会记错呢？春旺不在家时，她每天都要数一遍，好提醒自己还差多少才能给春生娶媳妇，同时，也可以给她一丝安慰和希望。

这些年，她挨饿受冻，省吃俭用。现在春生可以赚钱了，生活总算见到了一丝亮光。眼看春生二十多岁早已到了娶媳妇的年纪，周玉莲没白没黑地给人做衣服。春生也是昼赶夜赶没命地干活儿。谁都不指望春旺能干点儿活，也不指望他能替谁考虑半点儿。

现在倒好，家里所有的钱都不见了，除了春旺还有谁能把钱拿走。周玉莲心急如焚，这可怎么办呢？这个事情也不好和谁说，只能等春旺回来盘问他。她没心思做衣服，坐也不是站也不是。

没多久，院子里传来春旺的声音，哼着小曲就走了进来，人还没到，刺鼻的酒精味先冲进屋子里。一进屋，他一头栽倒在炕上，哼哼唧唧地翻了个身，四仰八叉地躺在炕头上。花猫见春旺回了家，

“嗖”的一下从炕头跳到地上，箭一样冲出家门，轻巧地纵身一跃跳到墙头上。

春旺死狗一样横在炕上，周玉莲无力地摇晃着春旺的腿。

“春旺，你醒醒。你这是喝了多少酒，你去哪儿喝酒了？你哪儿来的钱喝酒呢？起来，起来！你是不是把家里的钱偷去喝酒了？”

春旺醉醺醺的，那张英俊的脸被酒精烧得通红，还泛着油光。他翻了个身继续睡。

看春旺这个样子，不用多猜，一定是把钱拿去喝酒了。他整天在外面和那些狐朋狗友吃吃喝喝，前几天还嚷嚷着说要请他们吃饭，要不然朋友都不愿意跟他玩儿了。周玉莲翻找春旺身上所有的衣兜，一分钱都没有，她的心顿时凉到脚底，继而又生出一身冷汗，夹袄都湿透了，浑身的骨头都要散架了。完了，这下完了！钱已经被他花得干干净净的了。

“你这个混账！你把全家人的命根子祸害个精光！你这个没良心的东西，我和你爹上辈子做了什么坏事，怎么会生下你这么个没用的东西。作孽啊……”

周玉莲一边无力地拍打春旺一边哭。她真想去那边找庆山，那样就可以一了百了，不必再承受这些苦了。可是，她放不下春生和兰芝，宋福康临终的嘱托她还没有完成。

见花猫又在窗外踱步，兰芝知道欢欢是在躲避春旺。欢欢不喜欢春旺，一见到春旺回家就会迅速跑到兰芝家的窗台上。

兰芝很快跳下炕打开家门，准备把欢欢抱回家，却听到周玉莲的哭声一阵阵揪人心肺。

她顾不得多想，赶忙跑过去。

“大娘，咋了，这是咋了？怎么这么重的酒味啊？春旺又出去喝酒了？”

“兰芝啊，大娘不想活了！这个混账把家里所有积蓄都偷走，祸害得一干二净啊，一干二净！”周玉莲有气无力地看着兰芝。

“大娘，别瞎说。咱想办法活，大娘……”兰芝上前拥着周玉莲虚弱的身体，又想到自己死去的爹，伤心涌上心头。可怜的春生肩负全家的重担，却总被春旺这个懒东西拖后腿。

春旺闭着眼睛，嘟嘟囔囔地坐起来。

“咋啦，咋啦，哭丧呢？”

“啪”，一个响亮的大耳光落在春旺的脸上，春旺从醉酒中清醒过来。

“妈，你咋又打我？”

“你说，是不是偷走家里的钱去喝酒了？”周玉莲被气的胸口疼，双手不停地哆嗦，脸色一阵似一阵苍白，没有一点儿血色。

“就是啊，咋了？喝酒咋了？我想娶兰芝，你们谁都不同意。你们都让春生娶兰芝，我连媳妇都娶不上了。你们高兴了。我心情不好喝点儿酒还不行，还这样对我，太过分了。”

“你……你个不长脑子的东西……”

22

从大门外面闯进来两个壮汉，气势汹汹地进了屋，见屋子里只有两个女人和春旺在，他们便放肆起来。

“余春旺，你个小兔崽子。你到底什么时候还钱呢？你有钱请别人吃大肉、喝好酒，没钱还你大爷我的钱？”

两个壮汉衣衫敞开，嘴里叼着烟，其中一个黑脸的男人叫黑子，跟在他身边的叫二狗子，都是春旺平时混在一起玩儿的狐朋狗友。黑子上前拽住春旺的衣领，恶狠狠地盯着他。

“小兔崽子，老子宽限你多少天了，你还敢耍滑头。跟老子耍滑头，你活腻味了。快还钱，他妈的，今天你必须还钱！”

“还钱！黑子哥的钱你敢不还？欠揍！”二狗子在旁边咬着牙帮子附和。

周玉莲被气得光是张大了嘴巴，愣在旁边一句话都说不出来。

“你们……你们这是咋回事啊？你们说清楚，什么还钱，还……还什么钱？”

兰芝颤抖着说：“这大白天的，你们，你们要干啥？”

她害怕极了，手不停地哆嗦。他们两个人凶神恶煞的样子，吓得她们娘俩抱在一起缩在墙角。

“嘿，这么好看的闺女。谁家的俊闺女了，没想到春旺家还藏着这么一个大美人儿，让大爷瞧瞧。哟，这不是咱林水县最俊的美人儿白兰芝吗，大爷我喜欢你。”

黑子把头转向兰芝，放开了春旺。

“黑子哥，把这天仙一样的白兰芝娶回家做媳妇呗。”二狗子站在黑子身后直流口水，眼睛一动不动，直勾勾地盯着兰芝。

“对啊，二狗子，你这狗头军师，今儿还真出了一个好主意啊。”

木匠活收工后，春生又去了一趟麦地。他背着一捆麦秸秆走进院子，把柴草立在墙角，拍拍身上的泥土和草根。

正准备在外屋洗把脸，却见屋里黑压压有几个人。眼看一个脸黑乎乎的壮汉伸手要摸兰芝的脸，春生顿时瞪着眼睛，一个健步冲上去，狠劲地劈过去一巴掌，立即就打开了黑脸人的手臂。

“你要干啥？无法无天了你们！跑到我家干啥？”

“嘿，你个瘦干猴，就你这个小身板还想打老子。你是不是活腻味了！”

黑子吸了一下鼻子，揉揉手臂，伸出大拳头朝春生的头抡过来。春生一个闪躲，从他的胳膊下钻过去，闪到黑子身后，抬起脚冲他的屁股猛地踹过去。黑子朝前打了个趔趄，一头撞到墙上，又一屁股坐到了地上，这狭小的屋子里，真是伸展不开手脚。没等他反应过来，春生已经跳到箱柜旁边，从墙上取下了一把镰刀。

“你们有事说事，不要对女人动手动脚，堂堂七尺男儿不要让女人小瞧了。有什么事尽管冲我来，我余春生从来不怕死，不信你们试试看。”

春生瞪大眼睛，手握镰刀对着黑子，眼神里是逼人的正气，让黑子和二狗子脊背直发凉。

他们两个大块头，光是看着外表唬人，其实是怂包。眼瞅着春生不怕死的架势，他们便软了下来，心想为几个钱受点儿伤不值得，而且那本来就是诓来的钱。

“好……好汉……你放下镰刀。我说……我说……余春旺赌博输了钱，和我借了一些钱……我已经宽限他好些日子了。今天我看见他请别人吃大肉、喝好酒，心想既然他这么有钱，那该把钱还给我了吧，我就过来和他要债了。”

“我的天啊！”周玉莲拍着大腿哭喊了一句就背过气了。

“大娘！大娘！”眼看周玉莲在自己身边瘫软下去，兰芝硬是没有力气扶住。

“妈！”春生放下镰刀，忙把周玉莲扶到炕上躺下来。

黑子和二狗子慌忙撒开腿跑了出去。春旺缩在炕上一动不敢动。

周玉莲气息微弱，闭着眼睛，脸色铁青。兰芝从后炕揪了一床被子，搭在周玉莲身上，转身到外屋从水缸里舀了一瓢水倒在脸盆里，拿起毛巾在盆里摆了摆，叠了四折，小心地敷在周玉莲的额头上。

23

屋子外面响起一阵阵“簌簌簌”的风声，几只麻雀在墙头上来回来去踱着步子，时而敏捷地跳跃，时而又轻巧地落下，小脑袋左瞅瞅、右看看。

晚秋的凉风吹散了院子里的草根，它们被推到墙角，堆积在一起，像许多失魂落魄的乞丐。春生会把这些珍贵的树叶扫到一起，然后装进麻袋里以备烧火做饭之用。

周玉莲躺在炕上不动，也没有力气再骂春旺了。春旺抱着膝盖，脑袋缩在裤裆里，坐在那儿大气不敢出。春生沉着脸，上前一把拽着春旺的胳膊，硬是把他拽到院子里。

“春旺，都这个时候了，你能不能说句实话，这到底是咋回事？”

春旺心里害怕极了，已经完全醒了酒。他知道不该把钱偷出去全部挥霍完，以后家里是个什么光景他也不是完全不明白。

他“扑通”一声跪在地上，拽着春生的裤腿，眼瞅着春生膝盖上那片灰色的大补丁上挂满柴草和尘土，仿佛时刻证明着他们家的贫穷和艰苦。

“大哥，救我。我错了，我不该和黑子他们赌钱，我……我本来想用那些钱把赌债还清，然后买瓶酒，再给咱妈买点儿肉吃。可是一高兴，喝得昏了头，我也不知道怎么就把钱全都给花光了……”

“哎呀。”春生甩开春旺的手臂，气得直跺脚，地上踏起一阵尘土，在空中飘散开来。

“你简直太不是东西了。你想要气死咱妈啊！那些钱是咱们家的命根子……”春生知道钱放在什么地方，也知道那些钱是他和母亲没日没夜地干活儿挣的，又是怎样从牙缝里节省下来。

“你知不知道那些钱是给你娶媳妇用的！妈说先给我娶媳妇，我都和妈说好了，先紧着你娶媳妇，要把你先安顿好。可是你……你可倒好！”

“哥，你说的是真的吗？可是，咱妈从来都没跟我说先给我娶媳妇……”

“妈是想等着钱攒够了再和你说。唉，现在可好，你自己把钱给祸害光了。”

“哥，你为啥不早点儿告诉我？要知道那些钱是给我娶媳妇用的，我怎么都不会动的。”

“你真没长脑子吗？你反倒有理了！”

春生气得蹲在地上，抱着头不知如何是好。即使把春旺打死，也换不回来那些钱，而且，还有黑子的债不知道该怎么解决。春旺做了这事，他作为大哥不管不行，躲也躲不开。就算一时躲开了，黑子说不定还会找上门来，遭殃的还是他妈。

春生正在发愁，没注意兰芝已回到家里，从箱柜底取出一个红色的手绢，那是她妈留下的遗物，里面包着她爹留下来的钱。看到春生难过的样子，又见周玉莲被气晕，她咬着嘴唇一声不吭，回家拿上钱又很快回来。她走到春生身边，在他后背上轻轻拍了一下。

春生用无助的眼神看着兰芝，泪痕和惊恐还在她的脸上。

“兰芝，对不起，又让你受惊吓了，大哥没有保护好你。你没事吧？这么半天，都没顾上你。”

兰芝红着眼圈摇摇头。

“兰芝，他们没对你动手动脚吧？”

兰芝噙着泪继续摇头，把红手绢放在春生的手里。

“兰芝，这……”

“春生哥，什么都别说了，先把春旺的赌债还了吧，剩下的钱也许还够吃几顿饭。”

“这怎么行？这可不行，绝对不行！”春生急得直后退，赶忙把红手绢放回兰芝的手里。他知道那些钱是宋大叔留给兰芝的，不能轻易动用。

“兰芝，这可是你的命根子。如今，你爹刚走，你孤零零一个人，万一有个用钱的地方可咋办呢，这可不行。我会想别的办法，多找些活儿干。这是老爷们儿的事，咋能让你一个姑娘家想办法呢。”

“春生哥，我不是孤零零一个人。你答应过我爹会照顾我一辈子。我有你，还有玉莲大娘，我有依靠。爹在临走前嘱咐我，你是可以让我放心依靠一辈子的人。你要是不收下这钱，就说明你不会照顾我一辈子。”

兰芝低下头伤心地哭了起来。

“我……不，兰芝……大哥不是这个意思。咋能不管你呢，不管啥时候大哥都会管你，可是，这……”

月光映照着兰芝细嫩的脸颊，婴儿般的肌肤闪着白亮的光泽。哭泣的兰芝更加让人心疼，那楚楚可怜的样子就像一朵娇嫩的雪莲花。春生一直觉得自己配不上兰芝，他真心希望兰芝能够嫁给条件好一些的人家，过上衣食无忧的幸福生活。可是，宋大叔的嘱托他一定得做到，他是说话算数的男人。

“听我的吧，活人还能让尿憋死？咱还年轻，不愁以后赚不到钱。解决一桩是一桩，先了了这一桩心病。别让玉莲大娘着急上火，再急出个啥病来。”

兰芝挤出一丝苦涩的笑。

月亮哀伤地挂在屋顶上，温柔地抚照着小院所有的伤痕。屋外和墙壁上的泥土都剥落了，多么像那些斑驳的往事，春生还没有来得及修补，这下更没心思了。

春生只觉得心里涌现出一股股的热流，在身体里翻江倒海，是感动、是悲怆，还是气愤，他也不知道。他红着眼眶低下头瞅着红手绢，紧紧握在手里。

“兰芝，我答应宋大叔的，一定会做到。我一定会好好照顾你一辈子，绝对不会让你受半点儿委屈。”

春旺一听，还是娶不成兰芝，噘着嘴，从地上爬起来。

“你们……你们太过分了。不管我的死活，还在我面前卿卿我我的。”春旺恼着脸，拔腿跑出院子，一会儿就不见了人影儿。

夜色渐渐暗了下来，屋子里黑黢黢的没有一丝光亮。烟囱也没有像往日升起暖暖的白烟。

“春生哥，快回屋看看玉莲大娘吧。”兰芝黑亮的大眼睛在月色里闪着剔透的光泽，像两颗黑色的珍珠。她瞅了一眼屋子，急着拉上春生往家走。

周玉莲在黑暗里刚坐起身来，隐约听到春生和兰芝的对话。她心里更难受了，这下可好了，为了给春旺擦屁股，连宋福康留给兰芝的活命钱也搭了进去。这可叫她怎么活，怎么对得起宋福康。临终前，宋福康千叮咛万嘱咐，拜托她们全家照顾兰芝。却不曾想，她不但没有照顾好兰芝，还把他的家底子拿出来救春旺。她们一家人今后可怎么过，又该怎么面对兰芝这个好闺女呀，她这老脸往哪儿搁啊！

“妈，感觉好些了吗？”春生把炕上的枕头拽过来给周玉莲靠在背后。她半仰着靠在枕头上，实在没有力气多说话。

“大娘，您歇着，我去做饭。春生哥，你把煤油灯点着吧。”兰芝摸着黑，从箱柜上拿过来煤油灯和火柴递给春生。一盏柔弱的灯火亮了起来，在玻璃罩里摇摇晃晃，墙上的影子也跟着忽闪忽闪。

兰芝转身走出去，在院子的墙角拽了一把麦秸秆。蹲在灶前把麦秸秆折回来塞进灶膛里。春生递来划着的火柴，红红的火苗很快蹿到灶膛里面。

兰芝不说话，想着自己的心事默默地拉动风箱，一前一后晃着身体，准备烧开水熬粥，墙上模糊的影子时高时低跟着晃，像一个伤感的音符无力地跃动着。

灶里的火很快便烧旺了，跳动的火苗映照着兰芝白皙的脸颊，泛着红彤彤的光泽。她低头添几块牛粪，用铁铲往锅底推了推，然后起身到橱柜里找米，却见米缸已经见了底，只有这一顿晚饭的量了，明天的饭还没有着落呢。那些钱还给黑子也许还能剩下一些吧。

春生的木匠活计也不好找，能花钱打家具的有钱人家就那么几户。春生干活细致，看起来是用了不少时间，但工钱还是那么多。他总是比别人更用心地对待每一处细节，哪怕是背地里看不到的地方也从未马虎过，这一下也挣不到钱。兰芝不敢多想，更不能说出来，好像谁说破了就是把最后一丝光亮给扑灭了，让全家人生生陷入无边的黑暗里。她知道玉莲大娘和她一样发愁，好不容易攒下的那些钱，这说花光一下就花个精光，连眼睛都不眨一下，这是多么惊人的事，兰芝都受不了，更别说玉莲大娘。她感觉天再次塌了下来，眼前黑压压的，让人喘不过气来。要是玉莲大娘再急出病来，连抓药的钱都没有了。怎样才能挣一些钱，来解决燃眉之急，买一些米和面呢？

兰芝把淘好的米下了锅，放了一些野菜，锅里很快就冒起热腾腾的白气，缭绕在空寂的小屋中，这才让人感觉到一丝暖和气儿。让她的心不再那么无助、冰凉。衣服可以继续打补丁，可是这填饱肚子的粮食怎么能凑合呢？真是愁死个人了，兰芝紧锁眉头。

她突然闪过一念，但又立即断了念头，春生肯定不会同意的，他那么要强，怎么会低头去求人。

粥熬好了，一顿饭的工夫炕被烧得热乎乎的。兰芝用一块满是补丁的抹布擦擦炕席，端进来三碗几乎能照见人影儿的野菜粥。

春生取了筷子，从橱柜里拿出一罐咸菜。

“妈，吃口饭吧。”春生把碗端起来，送到周玉莲嘴边。

“妈吃不下，胸口堵得慌，你们吃吧。”

周玉莲把碗推开，无力地瞅着春生和兰芝。苦命的春生和兰芝以后可咋办呢。她感觉自己已经没有力气再熬下去了，这样的日子太难熬了。她太累了，身上一点儿力气都没有，连说话的力气都是从牙缝里挤出来的。

春生和兰芝你看我，我看你，低着头勉强把一碗清汤粥咽进肚子里。他们心里暗自做着打算，如果不吃一口，明天哪有力气出去想办法呢。兰芝默不作声地刷完锅，把周玉莲剩下的那碗粥又放回锅里，往灶里添了几块牛粪。她想着，一会儿玉莲大娘饿了，还可以喝上一口热粥。

24

其实，春生心里一时也没了主意。还是听兰芝的先把春旺欠的赌债还上。万一哪天他出去干活不在家，黑子他们又找上门来，把他妈再气出个好歹来那就更糟糕了。春旺是个没有任何担当、极其自私的人，指望他能懂事，替别人考虑一下，那是不可能的事情，只求以后他不要再给家里惹祸了。

“妈，您歇着，我出去把钱先还了吧。”见周玉莲微闭着眼睛，春生把被子向上揪了揪。

“去吧，春生，不管春旺咋欠的钱，总归是要还给人家的。春旺这个没用的东西，你替他担了多少烂事妈心里清楚。是妈的错，没管教好春旺，你，就怪妈吧。”周玉莲深深叹口气。

“妈，您这是说的啥话，咋能怪妈呢！咱不发愁，我还年轻，以后有的是办法。妈，咱不愁。”

“大娘，没有过不去的火焰山。我和春生一起去吧。您在家歇着，我们很快就回来了。”兰芝想着，在还债的路上和春生商量一下借粮食的事情。兰芝怕玉莲大娘担心，不想让她知道。

春生和兰芝并肩走出院门。外面已是漆黑一片，一团乌云遮住原本明朗的月亮。冷风袭来，寒气逼人，眼看就要入冬了。

周玉莲一个人躺在炕上，瞅着漆黑的屋顶，有些地方露出了茅草，像一个硕大的黑洞，仿佛要将她吞噬。一会儿工夫她感觉浑身发冷，缩在被子里迷迷糊糊地睡着了。她感觉进入了一个奇怪的地方，那里没有人烟，是广袤的苍穹。“春生，春生……”她想喊出来，怎么用力都发不出声音，胸口憋气，仿佛压着一块大石头，身体动弹不得，喘不上气来。

一个黑影随着丝丝缕缕的风，在墙上微微抖动着。突然，她看见了余庆山，他正朝她笑着，那微笑那么温暖。墙壁上那个虚弱的影子忽然立起来，周玉莲猛地连咳几声，从睡梦中惊醒，直接坐了起来。她感觉自己睡了很长时间，以为天快亮了。她口干舌燥，浑身无力，出了一身冷汗，头发紧紧地贴在额头上。

她眩晕得厉害，心想春生和兰芝出去有一会儿工夫了，早该回来了吧，去黑子家没有那么远，咋这么半天不见人影。她不是害怕一个人待在家里，而是担心春生还钱会不会再出别的事。春旺这个不争气的东西也不知道跑到哪儿去了，别再惹出什么祸来。虽说这秋后的天气还不算太冷，但后半夜也能冻死个酒鬼。

唉，自从春叶和春花相继出嫁，家里空落落的，周玉莲连个说贴心话的人都没有。周玉莲明白，这大老远的路费得花不少，尽量节省吧，能不花的钱就绝对不花。虽然她很想念两个闺女，不知道她们在大城市过得咋样。春叶很长时间才会给她写封信，说等两个娃长大了，全家人再一起回来。周玉莲让春生回信，说让她们放心过好自己的日子，家里不用担心，一切都有春生呢。其实，周玉莲隐隐感觉到两个闺女在那座大城市过得也不好，当然她并不知道春叶已经离婚，春花的病男人也奄奄一息了。

春生心里有怨恨，春叶和春花从来都不担心家里。自父亲去世回来一趟，就再没回来过。这么多年了，似乎再也没有一点儿对这个家的感情了，他对姐姐们很失望。

好在，时常有兰芝陪在周玉莲身边，听她说说话，她是打心眼儿里喜欢兰芝这个闺女。但是她又觉得对不起兰芝，那么俊俏的闺女，到城里寻个好婆家是很容易的。这样俊俏懂事的姑娘谁家会不喜欢呢，又会疼人又会做饭，知冷知热，贤良淑德，这样的闺女不该来她们家受穷受苦。现在还没等兰芝过门呢，就先把人家给拖累上了，一起替春旺收拾烂摊子，以后这日子可咋过呢。

春生和兰芝出去以后就径直到了黑子家。和春旺整天鬼混在一起的那几个人，春生也是知道的，一个个都是又懒又馋。明知道黑子使诈让春旺输了钱，但他还是把钱还给了黑子。如果黑子还有点儿人性，以后该记得不可以再害春旺了。

给黑子还了钱，他们就直奔老校长家。走到半道儿，春生突然停住了脚步。

“不行，老校长家人口多，光靠他一个人的工资养活全家已经很困难。如果我去借粮食，他一定不会拒绝。但他们以后的日子就更困难了，他帮了我那么多忙，是我的恩人，无论什么时候，我都不能拖累我的恩人。”

春生思虑再三，还是决定原路返回。

“春生哥，咱不愁。一定会有别的办法，我们还是先回家吧，出来这么长时间了，玉莲大娘会担心的。”

春生点头。两个人快步走在坑坑洼洼的小路上，走到途中，忽然发现眼前的草垛边上有个黑乎乎的东西在动。二人心里一惊，兰芝被吓得躲到了春生的背后，这黑天半夜的不会有狼吧，按理说狼是不会来这儿的。

“不怕，有我呢。”春生头皮一紧，赶忙护着兰芝小心翼翼地走过去，走近一看，是一个人缩成团窝在柴草垛里睡觉呢，酒气扑鼻。会是谁家的醉鬼睡在外面，这夜色寒凉别冻出个好歹。

春生上前拽了一下，这人吧唧着嘴巴翻了个身，一张熟悉的面孔让春生顿时心生悲凉。

“怎么是春旺呢，这是跑出去又和谁喝酒去了？”

“这可咋办呢，把春旺抬回家吧，要是后半夜冻坏了，连抓药的钱都没有。”

春生叹口气，“我背他回家吧。”春生蹲下身，拽住春旺的手臂搭在自己肩膀上，使出浑身力气站起来。死狗一样的春旺就耷拉在春生的背上。

可不曾想，春旺硬是扭动着身体从春生的背上滑了下来跌坐在草垛里。

“谁呀你是，爷爷不用你管。”春旺舌头僵硬，扭头倒在草垛里，不愿意动弹。

“春旺，我是大哥啊。咱回家睡觉，不能睡在草垛里。”

“什么大哥，你算老几，老子的死活不用你管，你把我媳妇都抢走了。”

春旺浑身都是柴草，无论春生怎么拽他，他都不肯让春生背着回家。春生实在没有力气了，也没有耐心和他磨牙，就从旁边搬了几捆麦秸秆护在他周围，四下里把他围挡得严严实实，又取了一些麦秸秆盖在他身上。

“咱们回家吧。”春生累出一身汗，兰芝拍了拍他身上的草根。

“春生哥，无论如何都不能告诉大娘，有柴草给他挡住风寒，他应该没事的。”

25

周玉莲从炕上勉强支撑着坐起来，收拾出一个干净的面口袋，叠好放在门后的箩筐里，又找来一根不粗不细的木棍。

春生和兰芝刚进家门，见周玉莲已经下地走动了。

“妈，感觉好些了吗？咋下地了？您上炕等着，我把锅里的粥端出来。”

经过这么一圈折腾，春生的肚子早已饿得“叽里咕噜”地乱叫了好一阵。但他能够忍受，就怕兰芝忍不住，他妈肯定也是饿得前胸贴后背了。

“我来吧，春生哥，你先去洗手。”

兰芝一进门就已洗了手，打开锅盖，稀粥还在锅里冒着丝丝缕缕微弱的热气。

“大娘上炕吧，现在喝正好，不烫嘴，暖暖身子。”

“是啊，妈，赶紧吃点儿东西。要不然身体怎么能受得了。”

春生才想起来自己满身是泥土和草根，转身走到院子里，脱下上衣挂在晾衣绳上，两面拍打了几下，又弯下腰把裤子上的土拍了拍。

“兰芝啊，你们咋出去这么长时间，春生还弄得满身是草。”

“没什么事，大娘。我们回来路上，看见路边一户人家的草垛都散落在路上了。春生哥说怕夜里大风把草都吹跑了，那多可惜呢，干脆就把草垛给整理好了。”

兰芝迟疑片刻，边干活边回话。她知道周玉莲不会相信，但周玉莲没有继续追问下去，她便松了口气。

周玉莲实在饿极了，心疼地瞅着春生和兰芝，还是狠下心把一碗热乎乎的粥一口一口喝完了。这碗粥可真好吃，肚子感觉舒服了许多，头没有那么沉了，身上也生出了些许力气。

见兰芝收拾好碗筷，周玉莲把炕桌挪到中间。

“兰芝，今天晚上你就睡在大娘身边吧，让春生到炕桌那边的炕头去睡。”

“大娘，那咋行呢。”

兰芝很意外，心里一惊。玉莲大娘怎么可以这样呢。她一个黄花大闺女还没有正式嫁过来，无论如何都不能睡在没过门儿的婆家。大娘这是咋想的啊，传出去不仅她一个姑娘家家会被笑话，玉莲大娘也会被街坊四邻笑话死的。

“大娘，没事，我自己住习惯了，不害怕，把家门从里面锁好就行了。这不是一直没事吗。”

兰芝的脸一阵阵发烫，心也跟着紧张地快速跳动起来。她把煤油灯拿到箱柜上面，又把炕桌立在箱柜旁边。煤油灯映照着她绯红的脸颊，她盼望着早点儿和春生结婚，这样就不用担惊受怕的一个人住了。有时候她睡到半夜会被鬼哭狼嚎般的大风惊醒，迷迷糊糊中常误以为是醉汉或是坏人闯进来了。还好，自从她爹去世后还没有发生这样的事情。但是，到了晚上她还是睡不踏实。她也不能催着春生赶紧和她结婚。她知道，春生是想着春旺呢，如果不给春旺先寻个媳妇，春旺怎么可能让春生顺利结婚。

“听大娘的话，今天就住下吧，挨着大娘睡，你和春生很快就要成亲了，咱早晚都是一家人。”

周玉莲坚持留下兰芝，她担心今天春旺喝了酒，半夜会不顾一切地去找兰芝。没有什么是春旺做不出来的，为了兰芝的安全，她还是坚持把兰芝留在自己身边。她不能再对不起死去的宋福康了，否则她真的没脸面活在这个世上了。

兰芝只好听话，坐在炕上挨着周玉莲。

炕上已经铺好了三床被褥，周玉莲走到外屋把门栓插好后就上了炕。春生把护窗挂在外面的玻璃上，进屋后再没说话，把煤油灯吹灭摸黑上了炕头。

春生明白他妈的心思，把兰芝留在身边也不是绝对安全的，不给春旺留门，干脆不让春旺进门。

屋子里一片漆黑，兰芝这才把外套和外裤脱了，穿着衬衣和秋裤躺在被子里。

“娃们，早点儿睡觉。”周玉莲心里很苦。想到眼前的困境，一时半会儿解决不了可怎么办呢。

三个人各怀心思，谁都没有再说话，不知不觉就睡着了。

半夜里，春旺也没有回来敲门，他连喝两顿大酒，睡在暖和避风的草垛里估计是安稳的。

后半夜，春生和兰芝都被饿醒了。他们都不敢吱声。春生心想，兰芝肯定饿极了，从前在她家里是可以吃到窝头的，现在连个窝头的影子都见不到，唉，真是太委屈她了。他欠兰芝太多了，这一辈子都还不完。

兰芝双手放在胃部，似乎这样就可以挡住肚子里“叽里咕噜”的声音。她生怕吵醒玉莲大娘和春生。她在脑子里搜索着她爹认识的那些人，想着谁家宽裕，可以借些粮食。

在饥饿的煎熬中，天终于蒙蒙亮了。

窗户的缝隙透过一缕光线，这是多么暖人的希望之光，今天一定会借到粮食的。见玉莲大娘睡得安稳，兰芝小心起身，悄悄穿上裤子和外衣，穿上鞋踮着脚尖走到外屋。春生早已起来了，正挑着两桶水从院门外走进来。院子被他清扫得干干净净。在兰芝眼里，春生才不是别人嘴里说的瘦猴子，在她心里春生的形象高大着呢。周边认识的男青年里面还没有人能比得过春生。她很清楚，春生因为太瘦看似长相一般，其实同为一个爹妈，哪有那么大差别。他不光人格高尚，心地善良，而且勤劳勇敢，有责任心，有担当。兰芝心里很坚定，嫁给春生是她最正确的选择。困难一定是暂时的，凭借春生的勤劳一定可以改变命运。

见春生和兰芝并肩出了门，周玉莲这才挎起箩筐，拿上木棍走出家门。她准备去东海滩旁边的村子，听说那里有富裕的人家还在东海滩的水库里养鱼，不但可以卖钱，过年的时候还可以给自家留一条鱼吃。活了半辈子，她还没有吃过鱼，不知道那活蹦乱跳的鱼到底是啥滋味儿。尽管她感觉自己会磨不开面子，但是已经没有办法了。

死去的余庆山和宋福康，一个是自己的丈夫，一个是准亲家，却早早地撇下她们孤儿寡母永远离开了。留下她一个老婆子还要在这世上继续忍饥挨饿。说是老婆子，其实周玉莲不过四十多岁。因为贫穷，一切都是衰老的样子，像家里的茅草屋和那些老旧的家具，在风雨飘摇中虚弱而顽强地存在着。

周玉莲边想边迈着小碎步，走累了便拄着木棍喘口气。她的三寸小脚实在走不了多远的路，再加上常年坐在阴冷的角落里做衣服，腿部受寒凉，总是疼痛难忍。

终于走到了那个村子，她停下来瞅瞅四周，村子不大，看房子和院门大致可以判定这户人家的穷富。于是，她朝一个铁栅栏大门走去，鼓足勇气站在门口朝屋子里张望，家里有人在，她心里一阵欣喜，但立即又忐忑不安起来，如果被嘲笑或者被拒绝，她的脸可往哪里搁。

走，还是等，周玉莲纠结着。这时，从家里出来一个与她年龄相当的妇人，明显的是妇人衣服上的补丁没有周玉莲的多。

“老姊妹，你这是找人还是？”妇人的头发整齐地盘在脑后，梳成一个小小的发髻，也是一样的小脚，裤脚紧紧绑在脚脖子上。

“我……老姊妹，我……我想和你借一碗面。家里实在是一口粮食都没有了……”周玉莲稍作迟疑，看妇人面善，正露着一口洁白的牙齿朝她笑，她终于开口说了出来。

“先进来，进屋里。”

“不进去了吧，要不，我再去别人家借。”

“老姊妹，你看你，进来给你装面啊。”

周玉莲被妇人拉进院子，紧踩着小碎步进了里屋，泪水便忍不住淌下来，究竟是心酸还是感动呢。

“大姐，我们孤儿寡母的，实在是没有办法了。我是瞒着娃娃们出来的……”

“老姊妹，我知道。但凡家里有个男人撑着，也不会让你出来借粮食。我懂，你别想那么多。”

妇人说着，便从周玉莲的箩筐里拿起了面袋子，转身到面缸里装面去了。

“我家男人一早就出去干活了。这年月，你帮我我帮你，不就渡过难关了吗。老姊妹你千万别发愁，咱总会有办法的。”

眼见妇人毫不犹豫地装了五大碗莜面，周玉莲连忙走到跟前，“她婶子，够了够了。不能要太多，你们也没有多少。”

“行，老姊妹，你先对付几天。别担心，这日子苦是苦了点儿，总归咱还活着，活着就能想出办法来。”

再三谢过，周玉莲告别妇人，一刻也不敢耽误。她得赶紧回去，不能让春生担心。周玉莲挎着沉甸甸的面拄着棍子往回走，心想着回家可以给娃们熬糊糊，再放几颗小土豆和一些野菜。想着想着，自己不由得咽着口水，早上什么都没吃，她确实饿极了。

26

在一根拐杖的支撑下，周玉莲终于挪着三寸小脚回到了家。她举起面袋，小心翼翼地把莜面倒进面缸里，让原本空荡荡的面缸顿时焕发出生的希望，仿佛闪着星星点点的光芒。看着这些莜面，周玉莲的眼睛再次湿润，这些仅可以做几顿饭的面比那黄金还珍贵。她不由得感到欣慰，但瞬间又消失了，很快又觉得无比沉重。

趁着春生他们还没有回来，她赶紧张罗着做饭，他们一定饿坏了。她点燃灶里的火，从面缸里小心翼翼地舀出半碗面，脚下好像踩了什么软软的东西，她心里一惊，差点儿把半碗面掉到地上。把碗放在锅灶上，低头仔细一看，竟然是一只死耗子，一定是欢欢昨天晚上回来抓住的耗子，欢欢从来不吃死耗子。前几次，欢欢都是把死耗子拖到院子的角落里，等着春生把耗子埋到外面去。周玉莲猜到，欢欢一定是被春旺吓跑了，还没来得及把耗子拖到外面，就躲到兰芝那边去了。周玉莲找了簸箕和扫帚，把死耗子扔到大门口，等春生回来再埋掉。

周玉莲没多想，转身回家刚洗了手，正准备熬莜面糊糊，春生他们后脚便进了门。

兰芝和春生出去了一圈，还是没有想到更好的办法。回来的路上，他们已经商量好，准备明天一大早就去月牙沟找苏老爹，那是宋福康生前最好的朋友。以前宋福康给人家赶牛车，苏老爹给人家放羊。宋福康以前总说苏老爹在外面给人放羊，他儿子苏瑞声在村里种地，虽说在村子里，但日子比县城还好过，吃得饱穿得暖，房子住得也不差，那是个不错的地方。

经过弯弯曲曲的羊肠小道走到一个岔路口，路过村庄外面的一个供销社，再走一段石子路就到达村口了。继续沿着一条小溪走几十米，便可以看见苏老爹的房子。他家在村口的小山坡对面，门前就是一条流经村庄的小溪。

小时候兰芝坐着她爹的牛车去过一次月牙沟，村子不大，三面环山，将村庄围成月牙形，所以气候比较温和。据说，村里人常年饮用月牙泉的泉水，都少病少灾的，这月牙泉被视为村庄的神泉。

二人打定主意，准备瞒着周玉莲悄悄去。

春生进门一眼便看到面盆里的莜面，心里一惊。

“妈，这是哪儿来的莜面啊？”

“春生，妈和你说实话，今天早上妈去东海滩借粮食去了。”

周玉莲没有抬头，低垂着眼皮，“那可是一户好人家啊，借给妈五大碗莜面呢，满满五大碗啊，真是好人！这面咱将来得还给人家的，妈永远会记得那位大姐的恩情。”周玉莲知道，这哪里是“借”，分明就是“讨”来的。

“妈……”

一股巨大的悲怆冲撞着春生的胸腔，他感觉五脏六腑刀绞一样疼，差点儿哭喊出来。他用力吞咽回去，紧紧搂着周玉莲瘦弱的肩膀。

“妈，这些事我会去想办法的。咋能让您出去呢，就您那小脚能走几步路。”

“是啊大娘，我和春生会想出办法的。大娘，您别着急上火的。”

兰芝站在另一边心疼地抱着周玉莲。

“哎哟。”

春旺从外面进来，满身柴草，满脸泥土。花猫刚欢快地跑回家，正蹲在窗台上等着兰芝过来抱它，听见春旺的声音，飞一样地跑出去，蜷着身体窝在墙头上，惊恐地看着家里。

“你们这是干啥呢，亲热成这样。我确实是个外人啊，一个晚上没回家，你们都不担心，谁都不出去找我。我早上回家一趟，你们竟然谁都不在家，一口饭都没给我留，我都快饿死了。你们也太过分了，不管我的死活也就罢了，还这么亲热地抱在一起，要气死我啊。”

“你个混账东西。”周玉莲上前一步，扬起手臂用尽全身力气抡了春旺一巴掌，“你知不知道，昨天你大哥和兰芝拿着宋大叔留下的全部家当替你还了赌债。你倒好，喝得人不人鬼不鬼，不知道跑到哪儿去了，还有脸怪别人。你还是不是个人呐！”

周玉莲双手捂住胸口直喘气，兰芝扶着她坐到炕上。

“春旺，你长不长脑子！你也不小了，该懂事了吧！你知不知道，今天早上，妈背着面袋子去东海滩那边的村子借粮食去了。你把咱家的钱全都祸害了不说，还把人家兰芝的家底子全部搭了进去。你能活着回来算你命大，咋没冻死在那草垛里！”春生真是恨透了这个不争气的弟弟。

“好啊，好啊，知道我在草垛里睡觉你都不管我。我就说么，昨天晚上我感觉就是你故意把我扔到草垛里面的。你还是人吗？你是故意想冻死我吧！是啊，你们都盼我死呢，尤其是你余春生，我死了你就可以顺顺利利地把兰芝娶回家了，是吧？你也太狠心了。可惜我没死，让你失望了吧。”

春生看着春旺死皮赖脸的德行顿时火冒三丈，实在忍不住了，上前给了他一拳头，“你个败家的东西，不知廉耻，不打你永远清醒不了。你知道你都在说什么吗？你都是大人了，说话还不过脑子。”

一拳头下去，鼻血很快便流出来，在春旺脏兮兮的脸上瞬间变得浑浊了。春旺用手背抹了一把鼻血，指着春生的眼睛说：“你打我！妈，春生这个王八蛋，他竟然打我！他要打死我，我都流血了！”

周玉莲气得浑身发抖，“打你，打死你才好呢！”

“妈，你咋能这样说话。你太偏心眼儿了。你从小就护着春生，还让春生娶兰芝，却不让我娶。你明明知道我喜欢兰芝，我就想娶她做媳妇。我是你从野地里捡回来的野孩子吧。”

“你……你个混账东西。你好吃懒做还有理了你！”周玉莲抓起炕上的笤帚朝春旺的脊背上打过去。

春旺疼得“哇哇”直叫，兰芝忙上前拦下来，“大娘，大娘，别打了，再打也没用的。别生气，再把自己的身体气坏了。”

“你算老几？掺和我们家的事，不用你在这里假惺惺地可怜我。你以为自己是个什么好东西，不要脸的女人，你给我滚开。”

“你……你……”

春旺竟然把如此丑陋、龌龊的语言用到兰芝身上。兰芝是一个多么善良纯洁的姑娘，怎么能忍受这样的侮辱，她以后还怎么见人。她的心再次被伤透了，这些话如同一把利剑刺穿她的胸膛，-没有一点儿力气回应。她扭头捂着脸边哭边跌跌撞撞地跑了出去。

“你……你这个畜生！你咋能这么没良心呢！人家兰芝把家里所有的钱都拿出来替你还了赌债，你咋能说出这么恶心的话伤人呢。这还是人话吗！你滚，你……”

周玉莲被春旺气得一口气憋在嗓子眼儿，换不上气来，朝后倒在了炕上，春生大步跨过去，赶紧给他妈掐人中。

“好，好，我走！你们都嫌弃我。这个家根本就容不下我，我走!”

春旺一边吼叫一边撒腿跑了出去。

“妈，您躺下，别生气，别气坏身体。妈，无论什么时候，这个家有我呢。有我，一切都会好起来的，妈，您一定要挺住。”

周玉莲点头，抚摸着春生的脸。他还是那么清瘦，一双明亮的眼睛里始终闪烁着善良和正直的光芒，和余庆山简直就是一个模子里刻出来的。如果他爹还活着，这个家也不会变成这样啊。

27

秋后的天空没有一丝流云，像刚刚清洗过的蓝色绸缎，笼罩着安静的林水县。一些零星的落叶悠悠地飘飞在屋外的窗沿上，那些枯萎的叶片已经完全失去了本来的色彩和活力，像一群落魄的书生，悄无声息，灰头土脸地藏匿在角落里，似乎在等待季节最后的裁决。再过几天，它们的身躯将融入泥土，不复存在。

周玉莲盯着窗外愣神片刻，重又振作起来，硬撑着无力的身体，准备去灶台前做饭。

“妈，我做饭吧。您在炕上歇着。”

“春生，咱对不起人家兰芝，这么半天你光顾着妈了，快去看看兰芝。春旺那个混账东西把兰芝的心都伤透了，这一次又一次的，兰芝可怎么受得了。兰芝是多么好的一个姑娘，心里该难过死了。”

“妈，做好饭我再去叫兰芝，给她点儿时间先消消气吧。”

周玉莲没有推让，软软地倚在炕上没吱声。春生低着头默默坐在那个黑黢黢散发着油光的小板凳上，重重地叹了口气，在灶前拉着风箱烧火做饭。他一边想着心事一边埋头拉着风箱，没注意周玉莲已经挪着小脚去了兰芝家里。

兰芝正坐在炕上整理衣物，几包方方正正的包裹，里面叠着整整齐齐的衣物。周玉莲心里一惊，兰芝这是被春旺伤了心，准备离开这里吗?

“兰芝啊，你这是干啥去？大娘知道，我们全家人都没脸面对你。大娘替春旺跟你道歉，你不要放在心上，就当他那是放屁。”

周玉莲手心直冒冷汗，上前紧紧抓着兰芝的手。她那白嫩白嫩的手仿佛一团棉花，那么柔软、温暖。

“大娘，我知道，您千万别这么说。您对我那么好，怎么能说对不起我呢。您教我做饭、做衣服，还那么关心我，我不生气。春旺胡说八道，我真的没有放在心上。”

玉莲大娘竟拖着虚弱的身体过来看她，她抹一把泪，顺手将依偎在身边的花猫抱在怀里。

周玉莲知道兰芝很伤心，宋福康是多么正派的一个人，他教育自己的闺女从小就懂得自尊自爱。在世时，他更是把兰芝当成宝贝一样疼爱。如今她怎么能够受得了这样的侮辱。

“兰芝啊，不管咋样，听大娘的话，你再忍耐一些日子，你和春生结婚以后就搬到别的地方去住，离春旺越远越好，眼不见心不烦，咱不看他，行吗？大娘没用，没有给你做好这个主，让你受了这么多委屈。闺女啊，大娘心里不好受。”

说着，周玉莲又止不住地流出了眼泪，她能够忍受饥饿，能够忍受这艰辛的日子，可是她怎么能承受自己的儿子这样做人，去侮辱自己未来的儿媳。这是多么好的一个闺女啊，在那些孤独凄凉的日子里，乖巧地陪伴着她，让她心里生出那么多的暖意和希望。这个懂事的闺女，让她苦涩的心得到安慰。

“大娘，我知道，您别这么想。我生气也是一时的，这和您没关系。春旺不懂事不能怪到您头上。”

“好，好闺女，走，跟大娘回家吃饭。咱们先填饱肚子，然后再商量明天的事情。”

这一顿莜面糊糊熬土豆野菜，是余春生吃过最可口的饭。给他饥肠辘辘、软弱无力的身体注入新的能量，腰杆也可以挺立起来了。饥饿简直要把他的胃部粘连在一起，没有一丝缝隙，那种贴心的疼痛感让他的腰都挺不起来。

吃罢饭，兰芝默默地刷碗、刷锅，收拾好碗筷。

若要在从前，她一定不会再进春生家了，直到哪一天春生能把她明媒正娶过来。

“兰芝啊，原本大娘是要给你和春生做一身新衣裳，让你们快点儿把婚结了，我到了那边也好有个交代。我可以告诉你爹和他爹，他们就会安心，也不会怪我了。”

“妈，不要乱说话，您还年轻着呢。再说，我们年龄还小，结婚的事情再等等。现在啥都没有，我不能让兰芝就这样委屈地嫁过来，我啥都没有给兰芝准备。我想给兰芝打一套像样的家具，带镜子的那种，还要有写字台，兰芝喜欢看书、写字。”

兰芝低头抿着嘴不说话，不自在地搓着衣襟。春生能够这样为她着想，她真的打心眼儿里高兴，春生的心真是细致。可她不在乎任何东西，她倒是想早点儿结婚，光明正大地搬过来住，免得街坊四邻说闲话。她一个人不敢出门，有些男人总是用不怀好意的眼神瞅着她。她想快点儿嫁给春生，这样就踏实了。玉莲大娘和春生都有各自的想法，她一个姑娘家也不好多说什么。

这糟心的一天，总算吃了一顿饱饭，每个人疲软的身体都有了一点点力气，一家人沉沉地睡去。第二天早上，春生和兰芝还是起了个大早。

兰芝准备再熬一些莜面糊糊，吃过早饭他们就去月牙沟，中午就可以和苏老爹借回来粮食。她心里还充满一丝丝的喜悦，把不愉快暂时抛在脑后，干起活儿来感觉心里有劲儿了。

锅里的水“咕嘟咕嘟”冒着泡泡，她从碗柜里取出一只碗，掀开了箱柜，一只白瓷碗随着“啊”的一声惨叫，掉到地上摔得粉碎。

“咋了，咋了？”正在扫院子的春生听到声音，立即丢下扫把冲进来。

“面，面！”兰芝手指面缸大哭起来，“耗子粪，面没了，里面都是耗子粪！”

春生走近一瞧，“咳呀，该死，该死！”

仅有的几碗面被耗子糟蹋得一干二净。看来不是一只耗子，可能是一窝。

从炕上挪下地的周玉莲哆哆嗦嗦地拖着虚弱的身体走过来一看，说：“这是要我们死呀，往死里逼我啊！”

“妈，妈，坐炕上，我和您说。”见周玉莲痴痴呆呆地哭着，春生赶忙扶着她上炕。

“妈，您别上火，听我说，一会儿我和兰芝去月牙沟。宋大叔的好朋友苏老爹不是在月牙沟吗，我们去和他们家借粮食，肯定没问题，您等着我们回来。”

“是啊，是啊，大娘，您别着急。咱有办法，苏老爹是多么好的人，他一定会帮助我们的。”兰芝着急地说。

周玉莲突然呆呆地看着兰芝，紧紧握着她的手说：“好，好闺女，好闺女。这以后啊，你要和春生好好过日子。兰芝啊，大娘一直把你当亲闺女看待。春生这孩子，你放心，是个好孩子，一定会千百倍地对你好。大娘敢说，这个世界上再没有比春生更好的孩子了。春生和他爹一样，是个大好人，大好人啊，再找不出比他好的人了。”

兰芝没忍住，眼泪“呼”地冲了出来，一串串涌着，视线模糊。

她想把眼泪吞下去，却还是冒了出来。那些面多可惜啊，玉莲大娘心里该有多么难受，可是，突然说这些话，更加让兰芝心里不是滋味，让她又想起她爹临终前的嘱托。她多么希望爹还活着，突然有一天站在她眼前，笑着摸她的头说："爹的好闺女，爹出了一趟远门，好远好远啊，终于回家了。"

唉，她知道永远都不可能了，她不能辜负爹临终的心愿，她要和春生好好地过日子，好好活着，那样她爹才会安心。是的，不用旁人多说，在她心里春生就是世界上最好的男人，她不会看走眼的。她爹在世时常说："三岁看大，七岁看老。春生绝对是个好孩子，不会做半点儿对不起自己良心的事。"

春生突然感觉他妈有点儿奇怪，但他来不及多想，趁着时间还早，得赶紧出发，中午就可以回来了。

"妈，在家等我们，哪儿都不要去啊。我们很快就回来。您就在家歇着。"临出门前，春生再三叮嘱周玉莲。

28

阳光格外明媚，照耀着白兰芝洁净娇美的面庞，散发着透亮的光泽。那是兰芝的脸庞吗？不，那是一块美玉，无瑕的美玉，不掺一丝一毫的杂质。尽管穿着宽松的灰色上衣，却依然无法掩盖她耀眼的美丽。春生时常出现幻觉，兰芝真的存在于他的生活中吗，和他一起忍受饥饿和贫穷，和他一起面对困难和挫折。不，这么好的兰芝应该去大城市，像他的两个姐姐那样，活得幸福快乐。

兰芝见春生沉默无言，知道他心里沉重，他经受的磨难和肩上的重担让他越来越沉默。她要尽自己最大的力量去为春生做些什么。

两个人肩并肩默默地朝月牙沟的方向走去……

春生身上那套褪色的衣服布满大大小小的补丁，在清晨的阳光下显得更加灰暗。

从前那个天真快乐的白兰芝随着岁月的流逝和亲人的离去，连笑声都很少听到了。原本，兰芝已经悄悄为春生做好了红腰子、红裤衩，还有一套漂亮的中山装，但她现在还不敢拿出来。如果被人知道了，她和春生还有玉莲大娘会被人嘲笑死的。但她心里一直都记着这件事情。她很早就从她爹嘴里得知，春生从未穿过夹腰子，也从未穿过裤头，都是光着屁股直接穿外裤，大腿常常被磨出血泡来。她只能等待春生和她结婚以后再拿出来给他穿。

一边想着心事一边走，他们很快就走到了月牙沟。山里安静极了，鸟鸣和犬吠清脆的声音传入耳朵，将春生内心的许多不快驱散。村庄里，被时间穿透的秋风薄如蝉翼，从周身簌簌穿过，直抵春生的内心，一股清凉润肺的空气化解了几许烦忧。

天气真是不错，阳光无比灿烂，洋洋洒洒铺满整个山坡。秋后的山坡光秃秃的，远处一些白色的羊群星星点点缀在山坡上，宛如一颗颗白色的珍珠慢悠悠地滑动。

大约走了一个小时，春生和兰芝汗流浃背。两个人一口气都没有歇，一刻也没有耽搁。

春生瞅一眼兰芝，个头和他差不多，甚至比他要高出一些。头上的汗水浸湿了刘海，紧紧地贴在额头上。两条大麻花辫子随着脚步的节奏欢快地跳跃着。

春生始终觉得是他愧对兰芝，让她跟着他们全家受苦。其实他根本配不上兰芝，他身材瘦小，长相一般，春旺说他是个瘦猴子，其实一点儿都不为过。

春旺真心比他长得好看多了，浓眉大眼高鼻梁，身材也比他高大。如果兰芝同意，他愿意成全春旺。可是，他答应过宋大叔的事情就一定得办到，绝对不可以违背自己的誓言。否则，就算他死了也没有脸面对他爹和宋大叔。

边走边琢磨着心事，不觉间就到了村口。那条常年涓涓流淌的小溪就横在眼前。

“有溪水啊，真好。”春生蹲下来，清冽冽的溪水可以照见他的脸，他把手伸进去洗了洗，又捧起水来喝了几口，“溪水真甜，真凉快。”说着他又俯下身，洗了一把脸，把前面的头发弄湿了，贴在额头上。

“甜吧，像放了白糖一样。这是月牙泉的泉水。”

兰芝也在旁边洗了洗手，她看见春生的头发，“咯咯咯”地笑了起来。春生扭头怔怔地看着兰芝，终于又看到了那对好看的梨涡。

“怎么了，我的脸上有啥？”兰芝不解地看着春生，她在小溪里照照自己的脸，啥都没有啊。

“不是，你脸上啥也没有。只是很长时间都没有听到你这样开心的笑声了，你的笑声真好听啊。”春生把头发扒拉到后面，站起身来。

“哦，是啊，我来到这月牙沟，感觉空气和小溪都是那么干净、舒服，心情一下子就好多了。”

兰芝朝着太阳做了一个深呼吸。听春生这么一说，兰芝自己也惊了一下，是啊，好久没有开心地笑了。

抬眼望去，山坡下面那一大片麦地裸露着一丛丛整齐的麦茬。不，那是生命，是无限的希望。它们总是那么心甘情愿地与耕种的农人合作，仿佛从来便是知晓他们的饥饿和辛苦，总是乐于将自己毫无保留地奉献，寒来暑往，无怨无悔，那是人世间最纯粹的生命。

“快看，快看，那么多麦子!”

春生顺着兰芝的手指看过去，哦，是啊，是一片接一片的麦田，却完全不同于他曾经拔过麦子的那片土地。这里像他小学时用过的横格本，麦茬整整齐齐地排列在山坡下面。他可以想象，春天来临时，在自家的窗台前便可以放眼望到那些麦田。那些努着身体翠绿的小嫩芽，那些意气风发茁壮成长的麦穗。密密实实温良的麦田，那是多么美好的景象啊!

这是多么让人欣喜的村庄，没有吵闹和争斗，那么辽阔、平静、安宁，那么深厚、博大、丰盈，像一部虚构的小说。

“春生哥，我们赶紧去苏老爹家吧。中午还得赶回去呢。”

如果不是兰芝提醒，春生沉醉在村庄的寂静安详中，甚至忘记自己来这里的任务了。

抬腿迈过小溪，春生跟在兰芝身后，走到山坡对面的那户人家。猫着腰走了一小段上坡路，然后就看到一处干净的院子。这里没有院墙和院门，几间宽敞的正房对面是两间小凉房。

“兰芝，你确定就是这户人家吗?可别走错了。”

“没错，春生哥，我记得很清楚。”

这是兰芝在小时候只来过一次的地方，春生担心她会走错。兰芝能够记得那么清楚，是因为苏老爹的房子特殊，就在村口，屋子后面是高高的石头山，比较陡峭。屋子前面是小山坡，远处有麦田。她来的那年是夏天，山坡上都是小野花，苏老爹的房子就在南山和北山的中间，前面就是那条小溪，它们总是欢快地流淌着，像一群无忧无虑的孩童，仿佛可以听到它们发出“咯咯咯”的笑声。

29

快走到家门口时，没等兰芝张口，从里面走出来一位老人。

“哎呀呀，真是稀罕人，兰芝啊，你能来，老爹可太高兴了！”老人慈眉善目，大步迎了出来。又瞅了一眼春生，“春生一起来了，好小子。”苏老爹顺手在春生的背上轻轻拍了一下。

“苏老爹，您挺好吧，看您脸色红润，这身体硬朗着呢。”

自从她爹去世时见过苏老爹，后来就再没机会见面了。

“挺好，老爹在这村里活得倒是自在。”

苏老爹夹袄敞开，裸露着灰白色的棉布衬衣，倒背手臂走在前面，打开门把春生和兰芝让进屋里。屋子里收拾得干净利落，窗户玻璃亮堂堂的。

“快坐，我给你们倒口水。走累了吧，看你们黏头汗津的。”

苏老爹倒了两茶缸水，放在炕沿上。

“苏老爹，瑞声哥呢，不在家吗？”

“瑞声刚出去放羊了。这不有人给他说了个对象吗，看看啥时候能给他娶个媳妇，我也就歇心了。”

苏老爹叹了口气。按理说有人给儿子介绍对象是好事，应该高兴。看苏老爹家里这样子，应该有条件给儿子娶媳妇的。

“兰芝，不瞒你说，这个闺女倒是俊俏得很，性格温和，十里八乡没人能比得上，名叫田文秀。就是身体不太好，打生下来这身子就弱，别人家都不敢娶。我也是担心娶回家啥也干不了，怕是连个饭都不能做，还得瑞声伺候她。可是，瑞声倒是不嫌弃，说心甘情愿伺候这个姑娘，哪怕伺候一辈子。他就是看对这个姑娘了，非娶不可。我没敢跟瑞声说，我担心不长久啊，万一像他妈那样，半路走了那可咋办，再留下个娃可怜啊。”

苏老爹又叹了口气。

“苏老爹，别担心。也许结了婚文秀的身体就会变好呢。既然瑞声大哥愿意，那您不是也没有办法吗。”

兰芝和春生同时端起茶缸喝了一大口水，这水可真甜，清澈润喉，真是解渴啊。

“对了，看我这老糊涂。你们大老远过来，饿坏了吧？我给你们热口饭吃。瑞声蒸的玉米面窝头还热乎着呢，我们刚吃过。”苏老爹说着去锅灶旁边的大笼屉里抓出两个黄灿灿的大窝头。

兰芝好久没有吃到玉米面窝头了，不由得吞咽口水。早上出来什么都没有吃，她的肚子早已空荡荡的，感觉能装下一笼屉的窝头。她瞅一眼春生，他低着头一个劲儿喝水，一张瘦小的脸几乎要掉进大茶缸里面去了。她知道春生和她一样饥渴难耐，但他不好意思吃苏老爹家的东西。

“苏老爹，您就不要忙乎了。我们今天来，是有事求您帮忙的。我和春生哥还得赶紧回家，玉莲大娘身体不好，一个人在家，我们不放心。”兰芝知道春生心里急得很。

“兰芝啊，不管啥事情，也得吃口饭再回去。多少年不来苏老爹家了，哪儿能不吃饭饿着肚子回去呢，叫我老汉心里不踏实。好孩子，听老爹的话。”

苏老爹还是把窝头放在锅里。他蹲在灶前，塞进去一些羊粪和树枝，使劲拉动几下风箱，锅里很快升起一阵阵热气。

兰芝和春生坐在炕上吃完窝头，肚子里顿时舒坦了许多，胃里的满足感驱散了内心的沮丧。最后一口咽进肚子，春生又喝了一大口水，放下了缸子。

“兰芝啊，啥事，这吃饱肚子再说不迟。苏老爹就是你亲爹，你可不要和老爹客气。自从你爹走了以后，我这也没去看你。知道有春生护着你呢，我也就放心了不少，日后有啥事尽管和苏老爹说。”

兰芝的眼泪顿时夺眶而出，如泉水般涌在脸颊上。

“嗯，苏老爹，我都知道，您惦记我呢，我也想我爹。”

看着兰芝伤心的样子，春生浑身不自在极了，他不知道该说什么。他非但没有保护好兰芝，还让她替他们家想办法借粮食，唉。

“我和春生突然来找您，是来借粮食的……家里揭不开锅了。”

兰芝看一眼春生，他低垂着眼睛瞅着脚尖，一个脚指头露在外面，仿佛一只抗拒束缚的小鸟硬是挤破脑袋打探着笼子外面的世界。兰芝知道他心里很难受，她心疼他，也理解他，第一次来苏老爹家竟然是为了借粮食，男子汉的尊严往哪里放啊。

“苏老爹，您不知道，都是因为春旺，吃喝赌钱硬是把家给败光了，把我爹留下的全部家当也搭了进去。眼下家里实在是没有一口饭吃了。玉莲大娘最近身子弱，还生了病，不能再有个闪失了。”

兰芝眼圈红红的，她无时无刻不在想着她爹，从前她爹就是一座大山、一把大伞，为她遮风挡雨，让她活得无忧无虑。

春生闷着头一句话都没有说。他心里太难受了。

“兰芝啊，别说什么借不借的。老爹知道，不到万不得已你们哪能走这一步呢。老爹给你，不就是点儿粮食吗，老爹有。去年小麦和莜麦都丰收了，收成可好了。是老爹不好，老爹应该时常去看看你才对，不知道成天瞎忙个啥，咋就没有去看看你呢，都是老爹不好啊。老爹这就给你拿面去。”

苏老爹老泪纵横，说着就出了门，从小凉房里取出来半袋白面和半袋莜面。春生接过面，感动得眼眶潮湿，向苏老爹郑重地鞠了一躬。

“谢谢苏老爹，将来我一定会报答您的。”

“好小子，老爹知道，可别和我说这样见外的话。咱们是一家人，是最亲的亲人，什么报答不报答的。你和兰芝好好照顾你妈，别的啥都不要想，一切都会有办法的。活人还能让尿憋死。”

苏老爹心疼地拍着春生的肩膀。

30

一个大窝头填满了春生的肚子，也给他内心增添了些许信心。春生浑身散发着热量，背起沉甸甸的面，疾步往回走。

迈过小溪，两个人兴高采烈地朝西面的羊肠小道走去，阳光依然明晃晃地照耀着月牙沟，山坡后面却突然传来一声闷雷，西北方向的天空黑压压一片，像一口烧焦的锅残留着灰烬里最后的余温。

“春生哥，那是县城的方向，莫不是那边下大雨了？”

“是，就是县城。这可怎么办？一会儿走回去，这些面就会被雨淋湿了。”

“我们赶紧走，到县城再找个地方躲雨吧。”

兰芝的话音刚落，忽然听到身后一阵清脆的马蹄“嘚嘚”声越来越近。回头一看，正是瑞声赶着一辆马车追过来。一匹健壮的小黑马，正迈着铿锵有力的步伐跑过来，这是瑞声最心爱的小马驹，名叫小黑豆。原来，苏老爹看他们背着面袋出了门，猛地一拍脑门想起来，自己真是老糊涂，这俩孩子这样走回去不得下午了。眼看西北面的黑云就要追过来，他喘着粗气小跑着找到瑞声，让他赶紧套上马车送他们回去。

“兰芝，快，和春生坐上马车，我送你们回县城。”瑞声拉紧缰绳，马车停稳，小马驹的鼻腔里发出几声低低的嘶鸣，仿佛是在和主人亲切地交流。

“瑞声大哥，怎么好意思再麻烦你呢。”春生与瑞声虽只有一面之缘，但两个人一见如故，内心感觉分外亲切。

“走吧，这路想着不远，走起来可不近呢。万一黑云追过来，把你们截到半路上可咋办，这前不着村后不着店的。再说，我也顺道去县城办事。”

没办法，心里着急的春生跨上马车，把两袋面小心翼翼地放在上面，用一只手扶着。兰芝坐在另一侧。已经快到中午吃饭时间了，他妈一定饿坏了。再有一小会儿马车就能到达县城，他妈就可以吃顿饱饭，高兴一些日子。春生心里生出一丝欢喜和欣慰，随之涌现着对苏老爹和苏瑞声无尽的感激，更有对兰芝的感恩和愧疚。

一路上，性格爽朗的瑞声不停地给他们讲着村子里的趣事，又说了他和田文秀的婚事，让春生沉重的心情轻松起来，回县城的路也变得近了许多。

到达县城，雨刚好停了，湿冷的空气扑面而来，裹挟着层层凄凉，仿佛是秋天最后一场冷雨的告别。天空依然阴森森的，灰暗的光线笼罩着灰色的街道，街上行人稀少，马蹄清亮的声音敲打着湿漉漉的地面，不时溅起几朵小小的水花。

到了院门口，瑞声把马车停在墙根下。小马驹停下脚步，又发出一声低沉的嘶鸣。瑞声轻盈地跳下马车，抬起手腕看了一眼那块崭新的手表，时间还早，他并不急于回去。他站在小马驹身边摸着它的脑袋。小马驹的眼睛里闪烁着晶莹剔透的光亮，瑞声不禁亲昵地用自己的额头蹭蹭小马驹的头，小马驹的眼角竟淌出晶莹的眼泪。瑞声随手从车上拽了一把麦秸秆喂给小马驹。它仰着头满足地咀嚼着，鼻腔里喷出愉快的声音。小马驹用珍珠般闪亮的眼睛瞅着苏瑞声，仿佛就要和他说几句话似的。瑞声怜爱地摸着它的耳朵，蹭蹭它的脑袋。

“兰芝，你和春生先进去吧。我在这里陪陪小黑豆，我先不走，你们有啥事可以随时出来喊我。”

“瑞声大哥，那怎么行呢，来都来了，怎么能不进屋呢？进来喝口水吧。”

“兰芝，不用这么客气。我不渴，我还是陪小黑豆吧，它在陌生的地方会害怕的，刚才它都流眼泪了。”

兰芝和春生点点头。春生兴奋地从马车上跳下来，提起面袋扛到肩膀上，大跨步走进院子。却听到屋子里传来春旺杀猪一样的号哭，屋顶都快被他震落了。

烟囱冒着丝丝缕缕的白烟，歪歪斜斜地向天空飘散而去，显得虚弱而无力。

春生看了一眼兰芝，两个人都很纳闷儿。这一上午出去，难道春旺又闯了什么祸？春生快步走进屋里，却见周玉莲直挺挺地躺在炕上一动不动。春旺趴在炕边大哭。听见有脚步声，春旺便扭头看了一眼，一把鼻涕一把眼泪，指着春生的鼻子大骂起来。

“你们这对狗男女，不管我妈的死活，跑到哪儿去逍遥自在了？是你们把妈害死的！你们的心也太黑了吧！”

两袋面“咚”的一声从春生的肩膀上掉落，春生的脑袋里“嗡嗡”作响，是风中的麦浪，是雨前的雷声，还是山间的鸟鸣，或者是寒冬的风雪，巨大的嘈杂声拥挤在他的胸腔，纠结成一团，堵塞、憋胀，让他感觉即将窒息。春生木木地、本能地扑了过去。周玉莲双目紧闭，脸色惨白，像刚刷过的白墙皮。

“妈——”一声哭喊终于从胸腔里喷射出来，春生撕心裂肺地哭喊着。

外面的光线更加暗淡，严严实实地遮住太阳的光亮。灰暗里，周玉莲一动不动，炕上的余温已经完全散尽，炕席冰凉冰凉的，像一块坚硬的铁板。

“大娘，玉莲大娘啊，您这是咋了，早上不是还好好的吗？”兰芝哭喊着，但周玉莲什么反应都没有。

“春生哥，你看，箱柜上的药瓶是空的……”

春生抹一把眼泪，扭头看到那个空瓶子。

春生一拳头砸在墙头上，“前几天就没药了，妈一直没舍得花钱买药。都怪我，我早上应该先去给您买瓶药的。妈呀，叫我们可咋活呀!”

“大娘，我们紧赶慢赶……”

“少他妈的装，我早上一回家，妈就躺在这儿不动了。你和兰芝却不在家，就是你们害死我妈的，还假装出去借粮食。”

“妈，你醒醒，一会儿您就可以吃顿饱饭了。妈，咱们可以吃一顿饱饭了！这是苏老爹给咱的面啊。”

“瑞声大哥……”

见兰芝走出来，无力地哭着，瑞声心里着急。

“兰芝，你这是怎么了?”

“玉莲大娘……她死了……”

“啊!”瑞声惊得张开嘴巴说不出话来，头上冒着一阵阵冷汗。天空又传来一声惊雷，小马驹惊得前蹄跳跃几下。瑞声摸了几下小马驹的脑袋，把它牢牢地拴在大门旁边的石头上，跟着兰芝进屋。小马驹仰头朝天空嘶鸣了一声，然后低下头乖乖地站着。

31

瑞声跟着兰芝快步跨进屋子里，却见春旺骑在春生身上挥舞着拳头，春生一动不动，鼻子和嘴角流着血。瑞声愤怒极了，抬起脚重重地踹在春旺身上。春旺跌坐在地上直愣愣地看着瑞声。

“春旺，你这是干啥？你咋这么糊涂，把你大哥打死了，你妈就能活过来吗?”

春旺坐在地上“呜呜”地哭，“我妈昨天还好好的，今天咋能说没就没了。”

“春生，起来。”瑞声把春生扶起来。兰芝取了毛巾帮春生把嘴角的血擦干净。

春生无力地瘫在炕上，他想，也许真的怪他，明知道妈身体不好，无论如何都不该把妈一个人丢在家里。

“春旺，你太过分了！这一切都是因为你。是你，是你把大娘气死的！如果你不去赌博，不偷走家里的钱，不去喝酒，大娘就不会被气病又没钱买药……”

兰芝大声数落着春旺。

“都是因为你，你是罪魁祸首！从小你最让大娘操心，总是惹她生气，你来这个世界上有什么用，就是给别人添麻烦的吗？就是因为你好吃懒做才会把你妈气死累死！”

越说越气，兰芝走过去在春旺背上用力捶打起来。

“你这个王八蛋！你不是人，都是你害死玉莲大娘的!”

“春旺，你到这个时候了还不能用脑子想一想吗？我一个外人都看不下去了，你怎么能打你大哥。”

“瑞声，你不知道，春旺就是个什么用处都没有的废物。从小到大，他成天给玉莲大娘惹祸，成天让她生气。这不，玉莲大娘活活让他给气死了！”

“唉，春旺啊春旺，你是个男人，怎么能活成这个样子？你怎么能一点儿担当都没有呢？你长没长心啊！”

“闭嘴，你们算老几，都来怪我是吧。你们滚，滚得远远的！不要在我眼前晃！你们凭什么管我！”春旺歇斯底里地吼着，一直静悄悄守在周玉莲身边的花猫，被吓得箭一样逃窜到了屋子外面。

“春旺啊，你就是个浑蛋！你不配活着，死的人应该是你。”春生眼睛血红血红的，有气无力地指着春旺说。

“不用你们管我，你们都滚，少教训我！你们现在就离开这个地方，我不想再见到你们。我要你和余春生断绝关系，从此以后，你不是我大哥，我也不是你的弟弟。我没有你这样的大哥。”

春旺恶狠狠地盯着兰芝。

“还有你这个不要脸的东西！你以为你谁啊，你凭什么骂我，罪魁祸首应该是你。你这个不要脸的女人，勾引春生，还勾引我，我们都被你迷惑了，你给我滚！你是个狐狸精，勾引男人的狐狸精，害死我妈的狐狸精……”

“闭嘴！你咋能这样侮辱兰芝！”春生猛地扬起手给了春旺一巴掌。“你这个畜生。好，断绝就断绝，如果没有你这个弟弟，妈也不会死！”

“好，说话算数，谁说话不算，谁就是狗娘养的。你余春生这辈子都不能回来，这个家不是你的，从今往后，你不能再踏进来半步。如果你们再回到这个地方，我一定会让白兰芝变成我的媳妇，让她伺候我一辈子……”

兰芝实在听不下去，捂着脸跑了出去。

“畜生！你还是人吗……”春生眼睛冒着红红的血丝，一拳头抡了过去，春旺跌坐在地上。

春生号啕大哭起来，抬腿上炕抱着周玉莲使劲摇晃。

“妈，妈，你醒过来吧，春旺这个不争气的东西啊……”

“春旺啊，你好糊涂，你说的是人话吗？兰芝虽是一个姑娘家，却处处都在帮你们。”

瑞声叹一口气，扭头去追兰芝。

“兰芝，别听他胡说八道，他的话你还在意吗？”

…………

正是中午时分，从外面干活儿回来的街坊四邻刚回家准备做饭，却听得隔壁屋里的哭声、吵闹声一阵接一阵。越听越不对劲，莫不是这周玉莲家里又出了什么事？他们家真是不容易啊，这么多年来，周玉莲经历了多少风风雨雨。

街坊邻居走进屋子，见春旺垂头丧气地坐在墙角，春生目光呆滞地瘫软在炕上。周玉莲面色平静，一动不动地躺在炕上，一双小脚耷拉在炕边上。

“春生，这……这究竟是咋了？玉莲大姐，这……”

“婶子，我妈最近身体不好，又被春旺气病了，家里的药早就吃完了……”春生感觉心肺都被撕裂了，在胸腔里绞着，疼痛难忍。

“啊呀呀，玉莲大姐呀，这几天见你脸色难看，劝你去医院瞧病，你就是不肯去。”

“玉莲，谁的身子能这样熬下去……”

“玉莲可怜啊，太可怜了……”

街坊邻居你一言我一语，听得春生愈发心痛。

瑞声跟着兰芝跑出去，劝了她半天，兰芝终于擦干了眼泪。

“兰芝，当务之急，我们是要赶紧帮助春生渡过难关，他现在需要我们。兰芝，你一定要坚强起来，再说，还有我和我爹呢。说真的，把玉莲大娘下葬以后，你和春生来月牙沟生活吧。远离这个地方和春旺……”

“瑞声，你说得对。现在最难过的是春生。”

瑞声赶着马车拉上兰芝，给春叶她们发了电报。

…………

32

周玉莲的去世，让世界仿佛瞬间变了样，一切都那么不真实，一切都如梦境般迷离。春生神情恍惚，一团一团的悲怆哽在喉咙里，出不来，下不去，疼痛难忍。

缝纫机前空空荡荡的，布头堆在角落里，还有做了一半没有完工的衣服，其中，有周玉莲为春生和兰芝做的新衣，准备等他们结婚的时候穿。

“妈，您咋能这样丢下我呢。妈，我说过，这个家还有我，有我咱们就不会被饿着、冻着。您为啥不等等我，这让我以后可咋活？咋活呢……”

春生默默地埋头干活儿，他想不通，这个家怎么会变成这样。从前他身上那股子不服输的劲儿和打不垮的信心就这样一点点被现实击碎，在风中四散飞扬，再也找不回来了。

春叶和春花多年不回来，变得格外生疏，仿佛不曾是一家人，不曾是兄妹。对于母亲的去世，她们似乎没有太多的伤心。也许，远离亲人太久，亲情也会被距离拉远了、淡薄了，最后扯断了，不复存在。她们来去匆匆，似乎已经没有任何亲情的维系。

春生失望透了，为什么血脉亲情可以变得这么疏离、冷漠。原本他的姐姐们就很自私，而春旺更是个自私鬼。他心里埋藏着深深的失望和伤心，这个家，还有什么可留恋的？

苏老爹和瑞声一起帮忙办完丧事，让春生冰冻的心重新回暖。

“春生啊，老爹和你说，你得坚强，你还有兰芝呢，你可不能忘记你宋大叔的临终嘱托。兰芝今后可得靠你，老爹明白你心里难受，会过去的，一切都会过去，日子还得往前看，人活一辈子咋能不经历生死。老爹和瑞声，还有兰芝会陪着你的。”

“是啊，春生，来月牙沟吧。你还有我，我们是好兄弟，我一定会帮你渡过难关。”瑞声紧紧搂着春生的肩膀，仿佛要把他的力量全部输送到春生的内心，让他赶紧振作起来。

临别前，苏老爹含着老泪紧紧抓着春生的手，“春生，听苏老爹的话，不要犹豫了，带上兰芝来月牙沟。好好种上一块地，你们可以过得很好。”

春生低着头不说话。

“苏老爹，我们会去的，一定会去的。这个地方有太多的伤心事了，而且，我们在这里也没有亲人了。你们就是我们最亲的亲人。我和春生一定会去的。”

兰芝站在春生旁边，她希望帮助春生走出伤痛，离开这个伤心地是最好的选择。再说，这以后春生也不能和春旺生活在一个屋檐下了。也许，只有彻底把春旺一个人扔下，他才会懂事，才会长大。春生不能管他一辈子，不能替他收拾一辈子烂摊子。

按照约定时间，瑞声赶着马车过来，两床被褥和随身的衣服，两只碗和两双筷子就是他们的全部家当。家里再没什么值钱的东西，但兰芝说其余的东西还是留给春旺吧。好些天不见春旺，兰芝给他留了张字条：“春旺，我们一定遵守约定，这辈子都不会回到林水县了，更不会回这个家了。你好自为之。”

就在瑞声赶着马车即将出发时，兰芝突然想起来，除了几只鸡，她们忘记了一样很重要的东西。

“春生，怎么不见欢欢呢？”

“噢，对，欢欢哪里去了？咱得把它带上。”

三个人从马车上下来，在院子和屋子里四处找，怎么都没有找到欢欢的影子。

“兰芝，是不是那只花猫？”瑞声站在墙根，朝兰芝家的窗户指过去。

兰芝踮着脚尖朝墙那边一看，呀，真的是欢欢，在窗台角落里一动不动。三个人跑到院子里，发现欢欢已经死了，头上有一块已经凝固的血迹。

“一定是春旺把它打死了。”

“除了春旺没别人。”

春旺把气撒在了欢欢身上，他认为欢欢捉住了几只耗子，其余的耗子为了报仇，把他们家的面全部糟蹋了，所以欢欢是害死他妈的罪魁祸首。而它又是春生从外面抱回家的，如果没有欢欢来到这个家，没有咬死那几只耗子，那一群耗子就不会出来报仇。所以，它该死。

“春生，我们带着欢欢去月牙沟吧，我要把它埋在那里。”

“好，兰芝，我们带着欢欢，不会抛弃它。”

…………

他们没有举行任何仪式，过了服孝期，在苏老爹的帮助下领了结婚证。

日子像村里那条小小的溪水一样无声无息地流淌。

春生每天都精心侍弄着山坡上的庄稼，像对待自己的亲人和孩子。那些庄稼让他走出伤痛，对生活又生出希望。还有兰芝，他不能让兰芝眼巴巴看着他颓废下去，他要给兰芝一个坚实的臂膀。为了兰芝，他得好好活着。他记得宋大叔的临终嘱咐，也记得苏老爹的话。

“无论遇到任何难事，咱是男人，天塌了也要扛起来。”

33

转眼，又到夏天，月牙沟真是美极了。早上推门就可以听到山间“啾啾”的鸟鸣，大公鸡“喔喔喔”的啼鸣，小狗“汪汪汪”的欢呼，还有羊羔“咩咩咩”的欢歌，真是村庄里欢快的交响乐。

兰芝喜欢这样的生活，她和春生约定，要在这里幸福地生活一辈子。守着这片土地、这几座山，过安静的生活。春生当然很满足，只是觉得跟着他在山沟里生活，委屈了兰芝。她是个多么美丽的女人，像仙女下凡降落在他身边。兰芝本应该嫁到大城市去，过上城市里的多彩生活，穿着漂亮的衣服，梳着时髦的发型，就像春叶和春花那样。

吃罢饭，春生把锅碗收拾干净，见兰芝身上那件蓝色的棉质上衣有些泛白。春生想着，近日该去供销社为兰芝扯一块新布了。

“兰芝，委屈你了。”

“为啥委屈，就是因为我们生活在农村吗？”

“是啊，这里什么都没有。”

“我活得自在、开心，有吃有喝，还有你，还要什么呢？”

“这就是你喜欢的与世无争的田园生活吗？”

“嗯，当然了，这里还有滋养生命的麦田……”

“还有……”

“什么？还有羊和马，狗和鸡……”

“哈哈哈……”

兰芝心里很清楚，春生会是那个永远对她好的男人。自从来到月牙沟，春生真的做到了，他对兰芝真是好得没话说。说话轻言轻语，好吃、好喝都让给兰芝，而他自己还是一副皮包骨头的样子。但春生心里有说不完的感激，有兰芝陪在身边，还有苏老爹和瑞声时常关照，他们的小日子过得有滋有味，县城的伤心往事渐渐抛在了脑后。苏老爹说得对，人总得往前看，男子汉大丈夫怎么能总是沉溺在过去的痛苦中。

那天早上，春生照样起个大早。他悄悄穿上衣服，依然是手里提着鞋踮着脚尖轻轻地走向屋外。

“春生，跟你说个事儿。”兰芝突然坐起来，身披一件夹袄，一脸羞怯地喊住春生。

“咋了兰芝，我把你吵醒了吗？”春生吓了一跳，这才把鞋扔到地上，两只灰突突的脚钻进黑布鞋，转身走回来。

“吵醒啥呀，你以为你起来了，我还能睡得着吗？每次我都是装睡的。”

“干啥装睡，你就踏踏实实地多睡一会儿，睡足了再起来。”

“你一个人去地里干活，我还能睡踏实啊，换你试试。我就是那种每天吃饱睡足啥事都不想，让你一个人干活的自私懒惰的女人吗？”

“不行，你又来了，别想说服我。说什么都不能让你跟我一起去地里干活。你就在家里给我做口饭，缝缝补补就够了。再有就是，把那几只鸡喂得胖胖的，给你下蛋吃。”

“春生，你看你瘦的，有了肉和鸡蛋你都给我吃。我吃到肚子里，心里有多难受你知道吗？我消化不了，都堵在心窝子上了。”

“别说了，我就是不能同意你下地干活。咱们以后的日子会慢慢变好的。”

春生假装生气，扭头就要出门，却又被兰芝喊住了。

“着急啥，你过来坐下，还有要紧事情和你说呢。”兰芝把脊背上的夹袄揪了揪，故意恼着脸。

“咋了？这么严肃。我跟你说过多少次了，第一，你不准下地干农活，第二，啥东西给你吃，你就踏实地吃。”

“你看你，这话我都听腻了，不是说这个。”

“那说啥?”

“你猜猜，昨天晚上我梦见啥了。”兰芝抿着嘴笑，神秘兮兮的，两个梨窝嵌在嘴角上。

“说说看，到底梦见啥了?”

“我真真儿地梦见一条金龙在我眼前绕了一圈，然后从咱家屋顶上飞过去，很快就不见了。你说奇怪不，那条龙可漂亮了，就和年画上的一样。”

“这可是个好梦啊，你准能怀个男娃。”

春生呵呵地笑着。平日里，他把好吃的东西都给了兰芝，却一直不见兰芝怀上娃。

“真的啊?你也这么想?你咋和我想的一样啊。”

“那是啊，我还能不知道你心里咋想的，我就是你肚子里的蛔虫。”

“那你就要当爹了，高兴不?”

“当然高兴，这个梦好啊，我终于要当爹了。那咱儿子的名字就叫余飞龙吧，你说好不?”

“余飞龙，飞龙，当然好了！我啥都听你的。”

春生高兴地出了门。

依然是春生一个人提着锄头走进麦地。看着绿汪汪的麦子在风中摇曳多姿，像一块绿油油的地毯平平整整地铺在山坡上，随风飘散着一阵阵清新的草香味，沁人心脾，让人呼吸愉悦。春生心头的愁云渐渐消散，紧锁的眉头也慢慢舒展。这么久以来，不见兰芝怀孕，他心里确实有些着急了。但他不能表现出来，他知道兰芝比他更心急。

他放下锄头，跪在麦地里，朝太阳的方向拜了三拜。

“爹，妈，宋大叔，我和兰芝在月牙沟过得挺好。兰芝贤惠，如果你们在地下有知，保佑我和兰芝赶紧有个娃儿吧。爹，妈，宋大叔，我想你们。你们放心，我会好好待兰芝的，绝对不会让她受半点儿委屈。”

春生常说要对兰芝好，就一定可以做到。他从来都不让兰芝下地干活儿，只让她在家里干些细活。时间久了，兰芝哪里能坐得住，村里的女人哪个不去地里多少干点儿活呢？春生一个人累死累活的，她怎么能看得下去。每次偷偷跑到地里干活，都被春生“骂”回家。

“兰芝，你还听不听话了？我这么好看的媳妇在家做点儿针线活儿就行了，哪能跟个糙老爷们儿一样干粗活，像什么样子？岂不是让瑞声和村里人笑话我余春生一个大老爷们儿无能，只会使唤自己的女人？”

“村里的女人哪有像我这样整大待在家里，从不下地干活儿的。真正让人家笑话的是我，她们笑我没用，不会帮你到地里干活儿不说，还生不出娃来。”

“那也不行，你说啥都不行。她们都是些糙老娘们儿，谁能比得了你呢。”

“咯咯咯”，兰芝笑得开心，拗不过春生这头犟牛。

兰芝真心喜欢这月牙沟。瑞声一家人不是亲人胜似亲人，而且住在这月牙沟，和大伙一起种地挺好，吃饱穿暖，心里清净。日子过得敞敞亮亮的，这就是她想要的生活。春生无时无刻不在感念着兰芝对他的理解和支持，他心里总是暖暖的。

34

日头洋洋洒洒照耀着山坡，亮晃晃地直刺眼睛，春生一头扎进半腿高的麦地开始埋头除草。不一会儿工夫，汗水顺着他的脖子流到了前胸后背，很快就浸湿了衣衫。他感觉脑袋昏昏沉沉的，眼前绿油油的麦子突然模糊起来。他一头倒在麦地里，春生是因为营养不良，身体太虚弱了。他只顾着兰芝的身体，把兰芝都捧上天了，却从来都没有考虑过自己。

朦胧中，春生看见周玉莲朝他挥手，绽放着温暖的微笑看着他，过了一会儿周玉莲不见了。他多想念他爹妈啊，如果他们还活着，也在这月牙沟生活该多好啊。他又看见了春旺，蓬头垢面，一副邋里邋遢的样子。他隐隐约约听到有婴儿的啼哭声，一阵阵的声音一直持续在耳边。

春生突然醒了过来，自己怎么睡在麦地里了？

婴儿的啼哭声更近了，他循着声音的方向，很快发现就在他身边不远处的麦地里有一个小箩筐，里面用花被子包裹着一个婴儿，几个月大的样子，张开小嘴正在“嗷嗷”地哭。春生连忙拍了拍身上和手上的土，把婴儿抱起来。这是谁家的孩子啊？怎么放在麦地里呢？婴儿啼哭的样子可怜极了，惹的春生一阵心痛。这可如何是好？他抱着婴儿环顾四周，没有发现什么人，这大清早的，谁把孩子给扔掉了？

这个村子虽不大，但春生还不是很熟悉。他们除了和瑞声家来往密切，其他的人都还没怎么见过。他们刚来这个村子，悄无声息地过着自己的日子。

究竟会是谁，把这么小的娃扔到麦地里？也许实在养不起了，家里人口太多了吧。春生有些不知所措，该怎么办呢？即使去打听又能怎样呢？

春生犹豫之际就抱着孩子大步走回了家。

家里的院子被兰芝收拾得干净利落，没有一丝杂乱。鸡笼里那只花公鸡正昂首阔步地带领着几只母鸡在阳光下踱着步，骄傲的神态让人忍俊不禁。旁边的大黑狗守护在鸡笼旁，好像随时准备冲锋陷阵的士兵，它要保卫好这个院子的一切。见春生回来，大黑狗就在地上撒欢，往常春生总会蹲下来逗它玩耍一会儿的。

兰芝坐在炕上纳鞋底，她要为春生赶做一双布鞋。他的鞋底都破了窟窿，没办法再穿了。可是春生总是不让她为他做鞋，说趁着还没有怀上娃，赶紧为自己和娃做些衣服，等到娃出生就不能做针线活儿了，那样会落下毛病的。

兰芝心里正高兴呢，春生对她的贴心真是没话说，有时像她爹那样，护着她、管着她，有时又像她哥一样，宠着她、让着她。加上早晨那个神奇的梦，她心里美美的，脸上洋溢着幸福的微笑，深深的梨涡挂在嘴角。

她正拿着针线在头发上抹了抹，抬头却从窗户看到春生抱着个什么回家了，她赶紧下炕去迎。按照往常，春生这个时候应该是在地里干活儿呢。他干完自家的活儿还会去瑞声的地里帮着干。这个时候他怎么会回来呢？

春生脸上喜滋滋的，大步跨进了里屋。

“兰芝啊，你说你的梦有多灵验啊！你看这个娃，多俊啊！”

“啥，哪儿有娃?”

“你听，我抱着呢，还在哭，像只小猫。”

“快给我看看！春生啊，这是谁家的娃?”

“我看这娃怪可怜的，就抱回来了。”

“呀，你别说，这娃和你长得挺像，真的!”兰芝怜惜地把婴儿抱在怀里。婴儿不再啼哭，和她真是有缘。

春生仔细一看，“嘿，真的啊，真有点儿像。”

“这是咋回事啊?谁家的娃你就抱回来了?”兰芝像做梦一样。

春生兴奋地说了事情的经过。

“那怎么办呢?”

“我们先养着吧，这娃多可怜呀。”

“嗯，听你的。如果人家找过来咱就把娃还给人家，总不能放回麦地里吧。”

兰芝高兴地点头。她轻轻打开包裹一看，是个男娃。

中

35

时间悄然漫过十九载春秋。

1995 年的夏天，对于春生全家来说是最不平凡的一年。

正午时分，阳光正热烈地炙烤着大地，空气异常燥热，笼罩在月牙沟上空，似乎随时都会冒出几团火星。酷热一动不动地钉在草尖上，凝滞在空气里，山坡上的麦穗像犯错的孩子，一个个低垂着脑袋，几乎快要扎进土地里。连续几日的热浪，土地里所有的水分都被太阳烘干了，渐渐裂开许多口子，像春生手上的裂纹，有时会流出血来。

麦田是村里人的命，靠天吃饭的农民只盼老天能多下几场雨。有时整个夏天也盼不来几场像样的雨，还未饱满的麦穗蔫蔫地耷拉着脑袋。春生心如刀绞，却只能抽着大烟袋一言不发，久久地蹲在门槛儿上叹气。不知从什么时候开始，春生学着村里人也抽起了大烟袋。

少年时代的飞龙内心就种下了一个梦想，发誓一定要离开这个穷山沟。他可不想像他爹那样，在这小山沟里过这种靠天吃饭的日子。

不顾中午的炎热，飞龙脚踩一双手工布鞋，迈开大长腿，几步就跨出了院门。

红彤彤的日头仿佛故意使出浑身的力气炙烤着大地。空气里升腾着一阵阵的热浪，像一个巨大的笼屉。就连那只昂首挺胸的花公鸡和那几只母鸡都躲进鸡舍里避暑。一直守卫在鸡舍旁的大黑狗也趴到了阴凉地，吐着舌头直喘粗气。

吃罢饭，春生只穿了背心躺在后炕歇晌，一双干瘪的脚丫子常年裸露着，外面包裹着一层厚厚的老皮。他闭着眼睛休息，还不知道飞龙已经出去了。美凤正埋头在锅灶前洗碗筷，耳边留下飞龙一句话，还没听清楚，就不见了她哥的身影。兰芝刚收拾完炕上的针线，放进了簸箩里，一抬头看见飞龙的身影闪了出去，赶忙追到了家门口。

“飞龙，这大晌午的干啥去？等歇歇晌再去也不迟哇。这天上都下火球了！”

飞龙要在发榜的第一时间赶到学校，一刻都等不了。

“妈，我不怕热。”他没有停下脚步，挥了挥白皙的手臂。

“这个飞龙，今天咋风风火火的。平时让他出去，不是窝在炕上写字，就是躲在麦地里看书。”

“我的亲妈，昨天不是跟你们说了，今天是高考发榜的日子，让我哥赶紧去吧，他哪能坐得住。”

“噢，对，今天发榜，时间过得太快了。”

“是啊，妈，快回屋，这中午的大太阳，您这细皮嫩肉的哪儿能受得了啊。”

“你个臭丫头，拿你妈我寻开心。”

“妈，您还不承认，这大晌午的，每次您要出门不都得让我爹给拦回来呀。”

“呵呵……”

兰芝开心地笑，转身跟着美凤进了屋。是啊，二十年来春生把她当宝贝一样呵护，冬天怕她冻着，夏天怕她晒着，刮风怕她吹着，下雨怕她淋着，一直护着她、让着她。她觉得自己是世界上最幸福的女人。

兰芝知道拦不住飞龙，在读书上，飞龙愿意吃任何苦。当初她做了那个神奇的梦，真是感谢老天爷给她送来这么好一个儿子。一年过去，两年过去，一直都没有人过来认领孩子。这么多年了，她们早已把飞龙当成了亲生骨肉，只生了美凤这个女儿就决定不再生了。

春生和兰芝一直都在全力支持飞龙和美凤读书。

这天气算什么，就算是下刀子，飞龙都要顶着锅去县城。他连跑带走奔向学校，没走几步脚底就被大地烫得发热。飞龙从村里一路飞奔，跨过小溪，穿过羊肠小道，途经那片再熟悉不过的麦田，还时不时吹几声口哨。

到了学校，飞龙已大汗淋漓，身上那件陈旧的汗衫完全失去了原本的白色纯棉质地，已经变成灰突突的样子，像一块即将被丢弃的抹布。

红榜前熙熙攘攘，他在上面很轻易地找到了自己的名字。看着那个让自己骄傲的名字，心底顿时有如潮涌，他随手扯起汗衫一角在头上抹了一把汗，似乎还有一些眼泪。头上的汗水和灰尘混合在一起附在汗衫上。不规则的发型紧紧贴着头皮，风一吹，长长短短参差不齐的头发直立了起来，看起来像被狗啃了。飞龙这样特别的发型是兰芝用一把生锈的剪刀帮他剪的，他从小习惯了这样的发型。当然，飞龙从来不会在意这些外在的东西。

就是这副不讲究的样子，背后还有好多女生偷偷喜欢着他。有的女生因为飞龙的不理不睬而哭鼻子、闹情绪，甚至为了他争风吃醋。而飞龙却把女生给他写的情书一眼不看便直接扔掉。

红榜前引来了许多同学的议论。

“就是他，咱学校只有他一个人考上了北京的大学。”

“你们快看那个余飞龙，学习好，长得还帅。”

“瞧你那没出息的样儿，人家余飞龙可谁都看不上。你别痴心妄想了。好多女生暗恋他，可是他正眼都不会瞧一下。”

“是啊，是啊，余飞龙从来不看女生，连说话都没有几句吧。”

“他好牛啊！”

“他可一点儿不像农村出来的。”

“嗯，我也觉得，他倒像是大城市来的。”

…………

飞龙完全没有意识到同学们的赞许和羡慕，沉浸在自己的心事里。这些年来，从月牙沟到林水县，他一直坚信只有读书可以改变命运。他立志要走出农村，到城市去，将来他要把全家人都接到城市里。

早上起来，他只给自己灌了一肚子凉水，中午也没扒拉几口饭，竟忘记了饥渴。他拿着录取通知书，心都蹦到嗓子眼儿了。

老师拍着飞龙的肩膀，既欣慰又心疼，“余飞龙啊，好样的，老师替你高兴。山沟里飞出了一条金龙。”

“是啊，余飞龙这孩子，真是能吃苦。”

“余飞龙很争气，好学上进，将来一定会成为国家的栋梁之材。”

“余飞龙为咱学校和老师争光了。”

老师们的眼睛都湿润了。是的，老师们都见证了他的努力，尤其是复读的这一年，他没命地学习。老师说他像路边的电线杆子，又细又高又结实。虽然瘦得皮包骨头，但他勤快能干。在学校干活儿从不偷懒，也不掉链子。

36

对老师千恩万谢之后，飞龙像哪吒一样脚底踩着风火轮，风风火火地往家跑。

直到进门后，他才感觉脚底板疼痛难忍，脱了鞋一看，都是水泡，从鞋里还倒出了好多沙子。汗衫都能拧出水了，他脱下来直接扔进院子里的大铁盆里，一盆水被晒得热乎乎的。他又俯下身，往上身泼了一些水，把汗水冲了冲，光着膀子就进了屋。坐在炕上，白皙的脸上还在冒着汗珠子。

“飞龙，叫你不要那么急，你看看你这孩子，都这么大个人了，还不听话。”

兰芝正坐在炕上纳鞋垫，看到飞龙满脚水泡，赶忙放下针线，捧着他的脚心疼地嗔怪。美凤很快在盆里洗了一块干净的毛巾，给他擦了擦脚，兰芝拿起针直接把几个水泡扎破了。

“哎哟，我的亲妈呀，疼死我了！”

“你是男子汉，这点儿疼算啥呀，你爹从小受的那些苦，你想都想不到。”

“妈呀，是不是亲妈，扎我哥就跟扎木头呢。”美凤心疼地帮她哥吹着脚丫子。

“没事，哥一会儿就好了。”

“哥，录取通知书呢？快拿出来给我们看看呀!”

飞龙美滋滋地从裤兜里掏出一张叠得方方正正的纸，咧嘴朝美凤得意地笑：“看吧。”

他心情激动，感觉脚也不疼了。

“哇，哥啊，北京的大学啊！你真考上北京的大学了！我亲哥就是这么棒！爹，快来看啊！哥要去北京上大学了。”

美凤情不自禁地跳了起来。

兰芝拿起通知书，这可不是一张普通的纸，这是改写飞龙命运的“金盾牌”。她心里不知有多复杂。是啊，那是怎样的心情，二十多年了，她连林水县都没有再回去过。这北京，听起来是那么不可思议的一个地方，仿佛只是一个传说。

春生忙从外面回来，放下烟袋，轻咳几下。兰芝把通知书递给他。

“好啊，好啊，我儿飞龙出息了!”

他双手不停地颤抖着，眼里噙满泪花，很快他的表情又凝重起来。美凤却兴奋地又从她爹手里将录取通知书拿过来，像是得到了宝贝一样，左看看右看看，爱不释手。

飞龙趿拉着鞋，从水缸里舀了一瓢冷水，先是“咕咚咕咚”给自己灌了几口，然后端了一盆水坐在屋子外面的石阶上冲了冲脚，太阳和风很快便把他的脚烘干了。他举起自己的鞋合在一起拍打几下，把鞋里的沙子再拍干净一些。

大黑狗朝他不停地摇着尾巴，仿佛替小主人高兴。那只骄傲的大花公鸡也从鸡舍里踱步出来，在鸡笼里昂首阔步，踱来踱去，挺立的脖子用力朝上仰着，发出愉快的“咯咯哒”的声音。它那骄傲的神态像一位常胜将军。

这两年，全村人都知道，为了能考上大学，飞龙在林水县发奋读书，连假期都不见回来。

飞龙考上大学这个消息像一阵风，瞬间就吹遍了整个月牙沟，小小的月牙沟顿时沸腾了。这可是有史以来头一桩大喜事啊，真是了不得，是月牙沟的人祖祖辈辈都不敢想的事情。

全村的人几乎都出来了，春生的“寒舍”一时间“门庭若市”。

“寒舍”真的是寒极了。在山腰下镶嵌着两间孤独、窄小的土坯屋子，看起来像一位年迈、虚弱的老人。一切都是由质朴的泥土堆砌而成，散发着纯正芬芳的味道，土灶台、土火炕、土墙壁。房顶外面也长满了杂草，像一位老人长长的、花白的胡须，在风中摇来晃去。这么多年，春生多次说要再建新房子，却被兰芝劝阻下来，说这是苏老爹留下的念想，如果以后不住人很快就会倒塌。就这样先住着吧，可以让她时常记起苏老爹。再说，省下的钱要供飞龙和美凤读书。春生当然是依着兰芝了，他不会让兰芝有半点儿不高兴。

说是“门庭若市”，那是因为屋子太小了，这不，乡亲们进来几个人，就显得拥挤不堪。有些人盘腿坐在小火炕上，便看起来黑压压一片，屋子显得满满当当。

家里除了火炕还有两个丑陋的大箱柜，都是苏老爹留下的。因为年代久远，已经变得又脏又旧。一个用来放置衣物，另一个用来放置粮食和杂物。箱柜是红色、黄色，还是褐色，已经辨认不清原本的面目。此外再无其他家当，真的是家徒四壁、一贫如洗。

贫穷是真实存在的，像一根鱼刺梗在飞龙内心。但他更明白，这个村庄、这间土屋，十九年来用最质朴的方式记录着最纯粹的亲情和温暖，那是他内心最珍贵的财富。这种无价的亲情更是真实的存在，并时时抚慰着梗在他内心的疼痛。

“老愚头，飞龙这回真考上大学了。你有福气了，以后跟着儿子去了北京，不要忘记咱乡亲。”

“老愚头，你家祖坟上冒青烟了。”

“飞龙这小子，别看小时候流着鼻涕怪淘气的，不是上房顶瞎害就是上树掏鸟窝。从小看大，那会儿就知道飞龙不是个孬种。”

“嘿，春生啊，平时你沉默寡言的，却培养出飞龙这么好的娃。”

“你们别说，飞龙以后可是当官儿的料。”

“可不是吗，你看人家飞龙那贵气的长相和身板，生来就不是咱村里的人。”

“有什么了不起的，不就是考个大学吗！我儿子将来那是要做大买卖挣大钱的。”

“我那闺女将来是要嫁给有钱人的。”

“考个大学有啥了不起，还能咋样呢，农村人永远是农村人。”

窗外挤满了人，嘈杂中飞龙也听到了长舌妇的声音，这四年，他在县城上学，不怎么回家，没少被讥讽、嘲笑。说他这个呆秀才长得身高树大的有啥用，从来没有为父母干过农活儿，还在县城花了不少钱，还说余春生白养了这么大个儿子。

兰芝总说不能亏待了这个孩子，什么好东西都紧着飞龙吃。不知他是什么时候一下子就蹿到了一米八。进进出出总会碰头。为此，飞龙常怪怨他爹，“咋就弄这么小个门，把我脑袋碰了多少次，不傻也被碰傻了。为啥当初没有做宽大一点儿的门?”

“爹就长下这么个高度，这个门框管够用了，再高出来浪费。”

“是啊，能节省就节省，哪儿有那么多钱用在门框上。还要省钱供你和美凤上学。你爹每天干活儿受罪，你还怪你爹。打你个臭小子。”

飞龙心里很清楚，在这月牙沟，他们这个和睦、温馨的家给了他一份用金钱和大房子换不来的可贵亲情。他爹对他妈从未说过重话，他妈也没有撒过泼，更没有嫌弃过他爹。父母的恩爱，让飞龙和美凤的心里时时充溢着对这个世界以及人心最善意、美好的理解。

37

几只喜鹊和麻雀成群结队地落在墙头上，不时地煽动着翅膀跳跃着，欢快地飞过来凑热闹。就连山坡上的麦穗都仿佛在拍手叫好，在风中发出“哗哗哗”的声响，好似一场轻音乐演奏会。

村里人总喜欢喊春生“老愚头”，他也不在意。说他“愚”，是因为他善良、老实，半辈子一直过着“面朝黄土背朝天”的单调生活。这些年来，他几乎没有离开过月牙沟。他有过回到林水县的想法，都被兰芝劝阻，说只要有他陪伴在这美丽的小村庄，只要和他过简单、温暖的日子，她便很满足、很幸福。她不需要大富大贵的生活。其实，春生知道，兰芝是不愿意面对春旺，更不愿意让他想起伤心往事。

所以，春生便不再生出离开月牙沟的念头。飞龙在林水县读书四年，他不得已曾去过学校，送去白面、莜面和土豆，交给学校的伙房后就直接回村了。二十年来他没有和春旺有过任何联系。

飞龙读书几年的伙食就是大馒头和烩土豆。每天都是一大碗土豆疙瘩和一个几乎跟脑袋一样大的黑面馒头。偶尔也有面条，但从来没有一点儿油花花，肉的影子更是见不到。他带的白面和土豆已经足够好了，也让他深感内疚，因为父母和美凤在家只能吃稀饭和莜面糊糊，或者更多的是院子里种的那几垄青菜。这让他心里的目标更加坚定——为了去城里吃饱饭他也得发奋读书。

说春生“老”，其实他年龄一点儿都不老，只是看起来显得老。为了节省水，他几乎一年都不怎么认真地对待洗脸这件日常的事情，他说这月牙泉的泉水可珍贵着呢，让月牙沟的人每天喝到这甘甜的泉水是老天爷赐福，可不能轻易糟践了。活了半辈子，春生几乎没有置办过新衣，这样的习惯他保持了几十年。从小家庭贫穷，在苦水里泡大的人，即使生活有所改善，也不会改变从前勤俭节约、辛勤劳动的习惯。

仅有的那套衣服还是结婚时兰芝缝制的，等到逢年过节时，兰芝便从那个陈旧的箱柜里郑重其事地拿出来，春生小心翼翼地穿几天。

在飞龙的记忆中，他们的衣服没有清洗过几次。兰芝常说：“干干净净的干吗要洗呢，再说，洗多了就会洗坏的。”春生点头赞同，对于如何节省过日子，他们从来都是心有灵犀的。

春生看起来面老，也是因为成天在地里干活儿、在山上放羊，一年四季承受着风吹日晒，皮肤一直都是黝黑的。他几乎没经历过几天年轻日子就提前变成了老头。大伙儿似乎忘记了余春生的大名，只叫他“老愚头”。

春生的年龄其实还不到五十岁，可是在村里，四十多岁就成了老年人。无论从观念还是从外表，春生就是个老头子了。如果换在城里，四十多岁正当年，穿着时髦的衣服过着时尚的生活，人生的奋斗刚刚进入黄金阶段。

美凤偷偷告诉飞龙，说那天晚上爹妈悄悄抹眼泪呢，也许是喜悦和激动，但肯定少不了发愁。其实，更重要的一点，春生和兰芝的心情是多么复杂，当年从麦地里捡回来的这个儿子能够这么有出息，他们打心眼儿里高兴。可是，万一凑不到上大学的钱，可怎么对得起这个可怜的孩子呢，说什么也得供他上完大学，可是这么多钱从哪里来呢?

飞龙也知道，他在林水县上高中加上补习一年，差不多花光了家里所有的积蓄。实在没有办法，粮食几乎全部卖掉了，仅有的两只羊也被卖掉了，就连第二年买种子和化肥的钱都凑不到了。

“实在没钱，就别上学了……”兰芝手里已经忙着为飞龙缝制新衣服了。

“我的亲妈呀，可别吓唬我哥。”美凤真急了。

“妈，我一定要去北京上大学。好不容易考上了，咋能就这么放弃呢。我自己想办法，找同学借钱，或者去县城打零工。”

“飞龙，你妈是故意说胡话逗你呢，咋能不上大学，爹知道你从小就有志向。”春生把烟锅放下，坐在炕上。

“是啊，飞龙，你爹说得对，妈不是头发长见识短的女人。你上大学，妈高兴还来不及呢。咱会想出办法的，活人还能让尿憋死。”

春生在心里琢磨，能够在这个时候帮助他们的只有亲人。但是，自从搬到这月牙沟，这么多年也没有和两个姐姐联系过。姊妹一旦疏远，再想拉近距离就只剩下表面的客套了。春生也很倔强，再难都不会求人，再说，他也不想打扰她们的生活。

这些年，从林水县来到月牙沟，苏老爹和瑞声对他们的帮助，春生这辈子都还不完。所以，他不想再麻烦瑞声了。

要说春生在村里，那可一直都是备受尊敬的好人，他大把大把的力气曾奉献给乡亲们，有空闲便帮助他们耕地、播种、除草、收割。他闲不住，每天都早出晚归。种完地就在山上给人放羊，有的人也会送他一些柴米油盐。到了冬天，他便去山上捡拾柴草和羊粪，家里有多余的还会送给邻居，用于烧火做饭、点煤炉。这些年，村里人谁不记得余春生的好呢。

38

村里的“管事宽”眼睛滴溜溜地转，仿佛有特异功能。

她撇嘴一笑，“让你们高兴，连一块钱都没有，还去北京上大学，做梦吧。”

这事被她一阵风似的传播了出去，很快全村人都知道了，“管事宽”要让全村人看春生的笑话。她就是嫉妒，兰芝样样都比别人好，长得那么俊俏，生了一龙一凤，春生还对她那么体贴。村里除了瑞声和春生，再找不出对老婆更好的男人了。

“想去北京上大学，家里没钱，最后还是得回家种地。”“管事宽”说着风凉话。

刘三娃听了这话很生气，“这个坏心眼的娘们儿，就不能盼别人家点儿好。”

第二天，刘三娃兴高采烈地领头和乡亲们去了春生家。他眯着眼睛一个劲儿地笑着，没等春生说什么，他把倒背的双手举在春生面前。

“春生，这回你不用发愁了。”

“三娃哥，这是……”

“别发愁，大伙儿一起帮你想办法，咱村多少年才出了这么一个大学生，咋也得去北京上大学。”

“那可是北京啊！咱们这些老骨头在村里可以困难几年，可不能耽误飞龙的前途啊。”

“飞龙出息了，你就可以跟着飞龙去北京享福了，说不定我们还能沾沾光呢。”

“是啊，是啊，飞龙是个好娃，将来有出息了还能忘了乡亲们的这份情谊吗?”

那是一叠用红头绳绑在一起的零钱。春生和兰芝眼一热，不由得后退一步。

“这……这可使不得啊，让我老余咋感谢你们呢……”

刘三娃把钱硬塞给兰芝。兰芝涨红着脸，难为情地把钱握在手里。这些钱像一个烫手的烤土豆，收下也不是，推掉也不是。家里从来就没有过那么多的钱。

“这……这可咋办呢，咋感谢大伙儿呢。”

“老愚头，你真是见外，说的都是啥话，飞龙这个大学生是咱全月牙沟的大学生，你可不能独占。”

“是啊，老愚头，瞧你那点儿出息，还怕我们跟着飞龙沾光咋地?”

“老愚头，你这是不领情还是啥意思，我们就是文盲也知道上大学是好事。别看不起我们，我们都懂，这上了大学的人以后可就有好日子过了。”

“拿着吧，不看啥事情。这上大学可是天大的事，可不能耽搁。飞龙这一辈子的前程要是毁在你的面子薄上了，看你老愚头后半辈子咋过，能对得起飞龙?”

…………

是啊，当年如果他和兰芝继续上学呢? 唉，不说自己了。

春生后来才知道，瑞声又偷偷给了一大半儿的钱，这么多年来，瑞声没少接济他们家，他知道春生的性格，不愿意总是接受他的帮助。

瑞声在村里是最早养羊的，春生一直帮他在山坡上放羊。瑞声常说，最感激的就是春生，大事小事帮了他不少。如果没有春生的帮忙，他就不会有那么多精力养羊，也照顾不好文秀。可春生并不这样认为，他对苏老爹和瑞声那是报恩，怎么能因为付出这么点儿劳动就邀功呢? 自从苏老爹去世后，他们更是比亲兄弟还亲。

那天晚上，春生全家人围坐在炕上，凑在昏黄的灯下，看着兰芝小心翼翼地把钱整理分类。

兰芝把钱摊在炕上，5 毛、1 元、2 元……然后她将一部分钱放在一块旧布头里，左一层、右一层包裹得严严实实。兰芝一副庄严的表情，一针一线认真缝好布包，又将布包缝在飞龙的内衣上。

飞龙看着他妈审慎的模样，忽然心生无尽的悲凉。

“飞龙啊，赶明儿你去北京的时候穿上这件衣服，千万小心，不要把钱弄丢了。去了北京你要好好念书，这个钱以后咱得还。”

“妈，放心吧。”

飞龙躺在炕上，冲着糊满报纸的房顶傻笑，迷迷糊糊就睡着了，却被落在肩头的一巴掌又惊醒了。

“飞龙，你好好记住妈的话，听见没有。”

“哎呀，我的妈呀，我记住了。”飞龙揉揉眼睛。

“哥，你是最棒的。我有哥这样的榜样，将来也会考上大学的。”美凤亲昵地依偎在飞龙的身旁。

即将升入高一的美凤稚气未脱的模样时常让飞龙感到心酸和心疼。从小到大美凤穿着他的旧衣服，破的地方打着显眼的补丁。但她从来都没有叫苦、埋怨过，反而总是乐呵呵的。不是因为她年纪小不懂得美，比她小的女孩打扮得花枝招展的，她从来没有羡慕过。美凤明白，没有就是没有，苦恼、不高兴都不能解决问题。重要的是，她在一个充满爱和温情的家庭中长大，家里总是欢声笑语，让她的内心时时充盈着幸福和满足。

“美凤，哥以后赚了钱，你想买什么哥都给你买。”飞龙突然从裤兜里拿出十几块钱，偷偷塞到美凤的枕头下面。

“哥，我不要。你去那么远的地方，出门在外，多带点儿钱。等你毕业以后，赚到大钱了再给我。北京到底是个啥样子呢？我只看过天安门的图片，那是一个有着神秘色彩的地方。”

美凤把钱又塞给飞龙，那双亮闪闪的大眼睛像夜晚的星星，那么纯粹，那么干净。美凤特别懂事，飞龙在县城读书的几年里，她跟着父母一起吃玉米面，节省下来的粮食都给飞龙带去学校。他顿时感觉一阵阵酸涩的液体冲撞着他的心，一下子就涌到了鼻腔，他用力吞咽回去。他在心底默默发誓，好妹妹，哥一定加倍努力。

“美凤，等着哥，以后哥带你去逛北京。”

“嗯。”

全家人进入甜美的梦乡，每个人心中都充溢着满满的爱。

39

天刚蒙蒙亮，星星还在闪耀，月光依旧皎洁、温柔地挂在半山腰。山坡上笼罩着雾蒙蒙的光芒，山脉叠在一起像一幅轻描淡写而又意味深长的山水画，如仙境一般。恍惚间，飞龙竟觉得山村美好如世外桃源，潜藏在心底的不舍顿时冲到了他的喉咙，他用力地吞咽了一口，这种感觉瞬间又散去。不，没有什么不舍的东西，唯一不舍的就是家人，将来他要把全家人带到北京去。

山脚下，那片麦田在微风中发出窸窸窣窣的声响，麦穗仿佛垂着脑袋在窃窃私语。那里有飞龙最快乐的童年，他曾和村里的伙伴儿在麦地里玩耍、嬉戏，到了秋天，拔几根成熟的麦穗煮着吃、烤着吃……

那一片麦田啊，总是让他有着一种特殊的情愫，在他生命里占据着莫名的重要位置，它们欲求无多，生机永续，乐于跟纯真的孩子为伍，给了他一个多么美好的童年。

是的，村庄的生活是高度透明的，每个人都被监督，于是传统的伦理道德得以保留并传承、执行，就像大自然对人类总有一种无形的净化，村庄的麦田净化这里的人。这种赋予了神圣定义的麦香味永远留存于飞龙童年的记忆中，也深深刻在了他的生命里……

飞龙回头望着父母和妹妹的身影，在山脚下变得越来越矮小，小得像一株麦穗。他的心里突然喷涌出无尽的伤感，冲撞着他的眼睛，冲撞着他的胸腔，酸涩的液体不争气地淌下来。他用手臂在脸上抹了一把，使劲甩开这没出息的东西，然后昂着头，迈开大步朝着前方走去，他突然又恨恨地在心里发誓，他将永远不再回到这个小村庄。他痛恨贫穷，极度的贫穷限制了他的想象力，阻碍了他的梦想，让他活得那么渺小和卑微。那时，他已在心里与村庄诀别。

这条通往县城的小土路两边都是麦田，一路上，仿佛有无数伙伴儿在陪伴着他。飞龙徒步一个多小时走到林水县，再从县城的汽车站乘坐汽车去市里，然后从市里乘坐晚上的火车去北京。

九月的天气刚刚好，凉爽宜人。风吹麦浪散发着阵阵再熟悉不过的麦香味和青草味。飞龙却走得特别费力，出了一身汗，把内衣里缝的钱也浸湿了。

终于到达火车站，飞龙疲惫极了，感觉自己浑身都快散架了，他卸下肩膀上的大提包，跌坐在路边的台阶上休息片刻。提包仿佛有千斤重，把他的肩膀压出一条深深的凹痕。提包里装着从秋天到冬天的换洗衣服和路上要吃的几张大饼。陈旧的提包已经退去了原本的色彩，灰突突的样子像一个打了败仗的士兵，也像他爹那双常年不穿袜子的脚。那是他上高中用了四年的一个帆布提包，底层被磨出了几个洞，兰芝在里面垫了旧衣服打上补丁接着使用。

飞龙在路边的角落里坐了一会儿，终于喘匀了气，又背起提包走向售票窗口排队买票。队伍像一条长龙盘旋在站前广场，前面的人们正在以缓慢的速度移动着，飞龙只好把提包放在地上耐心等待。

秋日的午后，一束并不耀眼的阳光温和地抚照着飞龙的脸颊，他英俊的脸庞虽是带着十足的土气，但精致的五官棱角分明，明亮的眼眸深邃沉稳，坚毅的骨相和圆润的皮相透着不俗的气质。这是一个多么俊朗飘逸的青年，清正的帅气是任何东西都无法掩盖的。

飞龙专注地想着自己的心事。这个有火车的地方算得上是座大城市，他还是第一次来这样的大城市。这里道路是笔直的，楼房是方方正正的，一切都是那么新奇。他扭头朝火车站对面望去，那里是五六层高的楼房，整整齐齐矗立在天地间、夕阳里，像他从前课桌上一摞摞的书本，让他有种恍惚的感觉。此时此刻，他妈一定围在灶台边开始做饭了吧。美凤呢，一定还在灯下读书，他留下一些陈旧的书，美凤都视如珍宝。他爹呢，或者还在山坡上放羊，或者已经回到院子里侍弄那几垄菜，或者坐在屋子前面的石阶上向南山望去，悠闲地抽着旱烟袋……

终于轮到飞龙买票，刚要从裤兜里掏钱，他几次放下又提起的那个提包竟然“刺啦”一声咧开一个大口子，像硕大的嘴巴呐喊着。拥挤在里面的旧衣服和几张裹着牛皮纸的大饼“哗啦”一下散到了地上，无辜羞涩地等待着他拯救。飞龙心里稍一慌乱，正要弯下腰捡拾东西，后面的人不耐烦地叫嚷起来。他来不及捡东西，在窗口先买了火车票。后面的人已经拥了上来，几张大饼被他们的皮鞋无情地踩踏了几下。

飞龙窘迫地蹲在一边，从人们的脚下夺回衣服和大饼。他把大饼上的土吹了吹，又拍了拍，有些脏脏的泥实在吹不下去、拍不下去，他只好忍痛把那些表皮撕掉扔了，心里又难过又气愤。提包已经装不了东西了，装进去又掉出来，东西塞得太多了，硬是把陈旧的提包撑破了。这可怎么办，如果包里有针线，他可以立即把提包缝好继续使用。

“小伙子，大叔这里有一个新买的提包，你先拿去用吧。”

一只温暖的手掌落在他的肩头，他赶紧起身，身后是一位衣着挺阔的叔叔，戴着一副金边眼镜，文质彬彬的样子。从他那温和慈祥的眼神里可以感觉到应该和他爹年纪相仿。

“老师您好，那怎么可以呢，您也需要用提包的。还是我自己想办法吧。”飞龙朝他羞涩一笑，心里的窘迫和懊恼顿时烟消云散。

“你怎么知道我是老师呢？孩子，没关系，我出门预备了两个提包，预计是要买一些东西带回来的。现在看来也是多余，我带着也怪麻烦的。这出门在外的你就拿着救急吧，我看你是从农村来的，这是要去上学吗？”

那人把提包塞到飞龙手里，依然微笑着。

“那……太感谢您了。我就是直觉，第一眼就觉得您是老师。我是从月牙沟去北京上大学的。”

“哦，了不起，孩子。我知道那个村子，一个小山村的孩子能够考上北京的大学。好啊，好啊！尽管拿着用吧。老师为你感到高兴啊！天下的老师都一样，希望所有学生都能成为国家的栋梁之材。我相信你一定会做到的。”

“谢谢您，我该怎么感谢您呢？”

“不用感谢我，好好读书就是最好的感谢。记住，好好读书就是你最好的前途。我该上火车了，孩子，再见……”

天色渐渐暗下来，晚霞灿烂，陌生老师的背影在飞龙的视线里闪耀着光芒，让他沮丧的心情很快恢复平静。他的眼圈里泛着一阵阵的潮热，老师的一句鼓励和赞扬让他内心顿时升腾起火热的希望。他把所有东西和那个破旧的提包都装进了老师送的新提包里。崭新的提包被塞得满满的，他的内心也满满的。

坐在候车室里的飞龙镇定下来，这才想起来，从早到晚他都没有吃东西。“吃东西”这个念头在脑子里刚一出现，肚子便开始“叽里咕噜”不停地叫唤起来，他顿时感觉掏心挖肺的饥渴难耐。他突然想起那几张大饼，掏出残缺不全的大饼，坐在候车室里狼吞虎咽地吃了起来。因为吃得太急，不时被干面饼噎住，他拍拍自己的胸膛，缓缓气息，再喝下一大口凉水，终于感觉到胃部的舒坦和满足。那是他这辈子最后一次吃那么香的大饼，那天的大饼格外好吃，比他后来吃到的任何面包、蛋糕都具有特殊的味道和浓烈的情感。

第二天早上，火车穿过了几十个山洞，终于抵达了他梦中的北京。

40

天，终于亮了，车窗外是完全不一样的世界，这是一个多么神奇的地方，眼前高楼林立，街上车水马龙，让人头晕目眩。

北京的九月，依然残存着酷暑，天气沉闷，没有一丝风。高楼上的广告牌耀眼的明星巨幅照片闯入视线，美艳的面孔和妖娆的身材让他羞于抬头。闷热的空气将他包围，老家凉爽怡人的风不禁让人怀念。

飞龙从熙熙攘攘的人群中看到了学校接站的牌子，他抹了一把头上的汗水。

“同学你好，我叫余飞龙……”

“余飞龙同学你好。”接站的同学看到他满头大汗的样子，友好地朝他微笑着。

“余飞龙同学，你可以把外套脱掉。”

飞龙愣了一下，低下头解开扣子，很快把外套脱下来，里面的白衬衣也被汗水浸湿了。

他迷迷糊糊地进了校园。学校比月牙沟大多了，也美丽多了。餐厅的饭菜让他感觉眼花缭乱，许多菜他见都没有见过，最便宜的饭菜也比家里的好出很多倍。即使这样，仍旧让他内心时常有愧，他感觉自己天天在吃独食。

最让他兴奋的是学校的图书馆，他从来没见过那么大的图书馆，那简直就是知识的海洋、图书的世界。每当走进图书馆，他的内心是激动的，是幸福的，是忘我的。每一本书都是他心爱的珍宝，他要用一颗诚挚的充满爱恋的心去抚摸、拥抱它们。他每天都在如饥似渴地读书，甚至都没有时间也没有想法去看一眼天安门，更别说和哪个漂亮的女孩谈一场浪漫的恋爱了。

从月牙沟到北京城是个巨大的跨越，只要可以在北京读书，他什么都不在乎。

飞龙和家里唯一的联系方式就是写信。尽管学校是有公用电话的，可是村里还没有电话。写信的内容通常很简单，就是告诉爹妈他天天都在读书，读很多很多书，吃得饱，住得好。

在校园里，飞龙只做一件事：在学校任何一个角落里认真读书。同学们都在利用课余时间出去带家教或者做一些兼职，飞龙依然沉浸在书海中。对于外界更多的东西，大约是从大三时他才开始接触的。

那天下午，因为边走路边看书，飞龙竟在路上摔了个大跟头，把裤子都摔出个洞来。他坐在地上，看着那个大破洞，心疼了好久。这条裤子虽然是那么土里土气，但他非常爱惜，那是兰芝一针一线缝制出来的。他心里直恼火自己太笨了，这么大个人走路还能摔跤。回到宿舍飞龙满脸不高兴。

“余飞龙，你这是怎么了？你这裤子都破洞了，从开学到现在就穿这一套衣服，再没有换洗的吗？”

“飞龙，你穿我这件吧，送给你了。”

“不、不，这怎么可以。”

“没关系，大家都是好兄弟。”

“还是不可以，谢谢你们。”

“真是个死心眼儿……”

飞龙心里很不高兴，但他没有反驳。好像任何一个同学家都比他的家庭富裕，没几个人像他这样节俭。但他没再多想，照样穿着破洞裤子穿梭在校园里。

晚上快到熄灯时间，飞龙依旧踩着不变的节奏，有条不紊地整理了几本书准备回宿舍，图书室只剩他一个人了。他抱起几本书正要下楼，发现身边的椅子上有一个精致的书包，一看就是女生的书包。他犹豫片刻，还是把书包拿了起来。如果留在图书室，万一第二天被别人拿走怎么办。书包很轻，估计没装什么东西。他想着还是第二天早点儿过来等到这位同学，亲手还给她。

回到宿舍，舍友们正在讨论着什么话题，有说有笑的，好不热闹。

“飞龙，你不妨再考虑一下。”飞龙的上铺忍不住和他提了一嘴。

“谢谢你的好意。”

“你真是个呆土豆。”

“你得出去看看外面的世界，你这样下去会挨饿一辈子的，呆瓜！”

“别看不起农村人。大哥我以后有的是时间赚钱，等我学好本事还愁赚不到钱？”

飞龙根本没有心思想着出去做兼职赚钱的事，虽然他过时的裤子上那个显眼的破洞真的已经让人无法忍受了，但是他依然没有因为舍友的劝说而动心。

“要不是看你人好，我们才懒得和你啰唆呢。”

“你不为你自己考虑，也该为你父母家人考虑考虑吧。”

是啊，自己已经是大人了，应该承担起这个责任，早该为家人做点儿实实在在的事情了。

第二天一大早，他抱着那个精致的书包奔向图书馆。他已下定决心，把书包还给主人就会走出校门，到外面好好看一看。

他把书包抱在胸前一直站在图书馆门口，如果谁丢了书包，一定会着急过来取的。他捧着一本书，很快就沉浸在书中。

“同学，你好，这应该是我的书包，怎么会在你这里？”

一个穿着时尚的女学生突然冲到他面前，一阵迷人的香氛钻进他的鼻孔。这是什么香味呢？他从来没有闻过。

“真是你的书包吗？”

“真的，书包里有现金，你打开看一下就知道了。”

“啊……”

飞龙打开书包，里面果然有几叠新崭崭的钞票，他心里一紧张，浑身直冒冷汗。

“我……我是昨天在椅子上看到的。我怕别人拿走，就拿回宿舍先保管起来了，我真的不知道书包里装的是钱。”飞龙的脸顿时涨得通红，一直红到后脖子。

“真的太感谢你了，昨天我妈妈来看我，一着急我就把书包的事给忘了。”

“那还给你。”飞龙赶紧把书包塞到女生手里。

女生长得很漂亮，一看就是城市里长大的女孩，大大的眼睛，白皙的皮肤，梳着时尚的发型。

她无意间看到飞龙的破洞裤子，心想这都什么年代了，还有人穿这么破烂的衣服。她偷偷观察着飞龙，这个男生长相英俊，还有些羞涩和内敛，眼眸清澈干净，她还从来没有见过这么俊朗的男生。

“同学，等一下。”

飞龙转身，女同学从书包里抽出几张钞票塞给飞龙。

“同学，谢谢你帮我保管书包。”

“不，不，不，这是我应该做的，我绝对不能收你的钱。”

“可是，你……”

飞龙红着脸，头也不回地跑开了。

41

飞龙按照舍友写好的路线出了校门。他第一次坐上了地铁，呼啸而过的地铁让他的心脏也跟着加速跳动起来。当他跟随人群从地铁站出来，走向了那个课本里常见的天安门时，他感觉自己在做梦。

“小伙子，照相吗？拍张照片留个纪念吧！”

一个脖子上挂着相机的中年人走了过来。飞龙一想，美凤写信跟他要了好几次天安门的照片，他咬咬牙决定拍一张，满足美凤的心愿吧。

那天，飞龙郑重其事地穿着从批发市场买回来的新衣服，那是他长这么大第一次为自己买衣服，并且在服装导购的建议下理了头发。那也是他第一次走进美发店，第一次知道城市里的美发店竟然那么华丽。

回到宿舍，舍友们齐刷刷地望着穿戴一新的余飞龙。

“这是谁？”

“是牛人余飞龙啊！”

“我的天，你这脱胎换骨一样的巨变堪比整容啊！”

“哇，余飞龙，你只是换了一套衣服就大变样了，太神了！”

“不对，余飞龙还换了新发型呢！”

“飞龙，原来你是个大帅哥啊！以前那些老土的衣服把你的英俊埋没了。”

身材伟岸的余飞龙此刻真像偶像剧里的大明星。他不以为然，有那么夸张吗？他往镜子前面一站，竟被对面的自己吓了一跳，那真是他吗？一个白白净净的年轻帅气的小伙儿。从前他几乎没有照过镜子，家里仅有的一面小镜子他从来没有摸过。但他转念一想，这也不足为奇，在他的眼里，他妈白兰芝从来就是世界上最美丽的女人。

北京的水土真是养人，余飞龙那干净透亮的脸蛋不再是最初的“高原红”“土豆黑”。再配上他买的新衣服，“人靠衣裳马靠鞍”，他逐渐退去了土气。

说实话，他一直讨厌林水县的大风，每到春天风沙席卷大地，黄土飞扬，遮天蔽日，把他的脸吹成了土豆皮。那凛冽的寒风即便是夏天也会把人吹皱，尤其严重的是春天，强悍的风沙像一个粗鲁的壮汉横行霸道，把春姑娘都吓跑了。春暖花开的美景似乎从来都没有属于过小小的林水县。相比之下，北京的气候和温度真的太怡人了，即使冬天也不会有那么强劲的让人窒息的西北风。当北京街头的迎春花开的绚烂之时，故乡依然是固执倔强的冬天，保持着不变的苛刻的寒冷。在北京这个美丽的春天里，故乡的背影越来越单薄，飞龙突然发现自己没有那么想念村庄了。

看着英俊的自己，他不禁对着镜子发笑。长这么大他对相貌一直都没有清晰的认知。

后来，他听了舍友的劝说，很快就为自己赚到了不用吃最便宜饭的钱，换掉了土得掉渣的衣服。每天东奔西走，他才发现北京原来那么大，完全超出他的想象。

直到大四那年，飞龙依然没有开始追求女生。除了读书，他还要兼职赚钱，哪有时间谈恋爱呢。

不久，一个好消息从天而降，他被保送研究生了，一时间，飞龙成为校园里最热门的人物。

“那个呆瓜，长得蛮英俊的，好像没有原来那么呆了。”

“别那样说话，你看余飞龙那贵族气质，还小瞧人家，真是狗眼看人低。”

“怎么，莫不是你看上余飞龙了？不怕你男朋友知道吗？”

“你们呀，别浪费感情了。余飞龙只爱读书，不爱美女，他可是唐僧转世。”

“哈哈哈……”

就这样，大学即将结束，不久，飞龙即将自豪地迈着大步跨进研究生的大门。而且，经过努力做兼职，他已经把家里的债务还清了。

那年寒假回家过年，飞龙给家里每个人都置办了一套新衣服，还特意给美凤留了一些零用钱。

春生和兰芝终于舒展了紧锁的眉头。经过简单的梳洗打扮，原来，他父母的模样是很好看的，真的就是“人靠衣裳马靠鞍”。

42

初秋的村庄，山坡上的麦田正散发着金灿灿的光，夏天雨水丰沛，秋后一定会有好收成。它们总是甘愿与裸露的土地和睦地厮守在一起，多么像春生和兰芝，无论干旱、雨露，无论白昼、黑夜，他们从未分开过。

依然是春生一个人赶着一群羔羊漫步在山坡上，仿佛一部长篇小说，永远看不到结尾，就那么一直延续着，日日夜夜。羊羔们愉快地埋头吃着草，时不时发出稚嫩的“咩咩咩”声。春生走在羊群里和羊羔说话，亲昵地抚摸着它们，也会蹲下来抱一抱雪白的羊羔，像抱自己的孩子一样。

想到美凤也考上了大学，春生心里别提有多高兴了。他不必为美凤上学的钱发愁，他心里盘算着飞龙做兼职赚来的钱足够美凤上大学的学费了。

美凤多么感激哥哥啊，她为有一个温馨和睦的家庭感到骄傲，为有一个优秀、有责任感的好哥哥感到自豪。

那天晚上，春生照例慢悠悠地把羊群赶回瑞声家的羊圈里。见文秀依然站在家门口迎接，他朝文秀摆摆手，然后倒剪双手出了大门，哼着小曲往家走。

“她婶子，你过来数数羊，我回去了。瑞声还没回来呢?”

“这个春生，我数啥，还能多出一只羊羔来？每天非得让我数，我不放心你还能放心谁。瑞声陪月娥到县城去了。”

…………

春生回到家里，还没有来得及洗手，一阵阵葱油饼的浓郁香味便扑鼻而来。

“兰芝啊，又给我做葱油饼了？世界上最好吃的东西就是你做的葱油饼。”

“美的你，我给飞龙和美凤做的。眼看美凤也要去大城市上大学了，你这个当爹的也不着急。”

“不着急，我就是没出过远门，也知道美凤这大学离家不远，两个小时不就回来了。”

“妈，您看我爹，重男轻女。我哥那年考上大学，爹好几天连觉都睡不着，当我不知道啊，那是我爹舍不得我哥。”

美凤故意恼着脸。

“美凤，不许这样说你爹。手心手背都是肉，不管男娃女娃，爹妈都是一样的疼。”

“美凤这丫头鬼精着呢。有件事你不知道吧，爹准备给你办个庆祝宴呢。”春生洗了手坐在炕上，自己“嘿嘿”笑了起来。

“干啥？庆祝我考上大学？真的吗，那这宴会咋办？”美凤亲昵地依偎着春生的肩膀。

“爹告诉你，爹可是要请全村的人来家里吃饭，就为给你庆祝考上大学。”

春生探着身子从窗台的角落里拿起那个陈旧的烟锅。美凤本想阻拦她爹抽烟，但她知道那个烟锅是苏爷爷送给她爹的，是个念想，和这个小屋一样，是一个永久温暖的念想。

“爹，真的啊？”美凤的大眼睛顿时更加闪亮了。

飞龙知道，他爹更多的是因为他被保送研究生的事情而高兴，当然，加上美凤考入大学，这就是喜上加喜，双喜临门。他爹的心思他明白，一直惦记当年他上大学时乡亲们默默凑的钱，他是要借着这个机会回报一下村里人。

“妈，您怎么不跟我说呢？那得花不少钱吧？就我这抠门的爹真舍得花那些钱啊？”

“不是妈不告诉你，妈事先也不知道。看你爹今天哼着小曲进了屋，妈就知道他有高兴事。”

“兰芝，这回没和你商量，不会生气吧？”

“看你说的，我生啥气，只要你高兴就好。”

“你不高兴啊！”

“高兴，当然高兴了。”

“哈哈哈……”

飞龙突然发现，他妈和美凤笑起来都有迷人的梨涡。

“妈，我怎么没有梨涡?”

“你个大男娃，有梨涡好看吗?”

“就是啊哥，再说你都那么帅了，还想要梨涡啊。”

“哈哈哈……”

真是“隔墙有耳”，对于村里的“管事宽”，哪有听了这个天大的好消息不出去传播的道理呢。平日里有个鸡毛蒜皮的事情她都会津津乐道，这天大的喜事可是了不得。

和春生一起放羊的刘三娃听说了这件事情，是真的着急了。他放下碗筷，赶忙从家里过来确认这件事情。在村里，这事非同小可。

“三娃哥，来得正好，快上炕吃葱油饼。”

见刘三娃匆忙走进屋里，春生放下烟锅，把他拉到炕上坐。

“春生，我可吃不下。你真要请村里人吃饭吗？那你是不是准备好了后半年天天喝稀饭?”

春生笑笑，没应答。

“莫不是那长舌婆娘说瞎话了?”

说实话，刘三娃心疼春生的钱，好像心疼自己的一样。他舍不得让春生把那些从牙缝里省下来的钱就这样给花了。他们一起放羊的时候，春生没少给他带烙饼吃。他一个瘸腿老汉和老伴儿养着三个儿子，过去日子过得很紧，春生没少帮他，无论是地里干活还是日常接济，春生对他的帮助最多，他拒绝不了春生的热心。如今，他那三个没有上过啥学的儿子都在外地打工，娶妻生子倒是没有再让他操心。穷日子过怕了，这手里没有几个积蓄可怎么行呢。

“三娃哥，没事，我儿飞龙有出息。这钱，咱以后再慢慢挣。”

美凤很快为刘三娃沏了一杯砖茶。茶叶在水面上打着旋儿，又慢慢沉到杯底。

“刘大爷，您喝口水吧。”

“好，美凤真是个懂事的娃，像你哥哥一样有出息，考上了省城的大学。”刘三娃端起水杯，吹了吹，然后喝了一口水。

“三娃哥，你放心吧。飞龙给挣钱了，我老余家有福，儿女都是大学生。我得好好感谢感谢大伙儿。”

“不是三娃哥说你，你这也太多心了，把这些钱攒起来，日后用钱的地方多着呢。”

“三娃哥，我都明白，你就放心吧。”春生嘿嘿一笑。

刘三娃见春生这主意不改，便不再啰唆。他知道春生，决定了的事情从不会轻易变卦。喝完一杯水，刘三娃便急着要回家，春生把他送到了大门口。

“春生，哥帮不上你什么，卖力气咱是有的，需要我干啥，你尽管招呼我。”

“三娃哥，我都明白。”

其他乡亲也都知道了这件事情，他们都体谅春生，供着两个娃上学不容易，日子过得紧巴巴的，他们确实于心不忍。

飞龙见他爹是真的高兴，当然没有意见，可他心里还是有些酸楚。什么时候才能把全家人都接到北京呢？他爹妈也该享受一下城市的美好生活了。其实他不知道，他爹心里是多么满足和欣慰，儿女双双成才就是他爹最大的幸福。

想着明天这宴请，春生的脸上一直挂着笑容。兰芝明白，当年乡亲们给飞龙凑钱上大学，这份情谊早该还给乡亲们了，只有这样，春生的心里才会安心、踏实。

“飞龙，上大学好啊，你课余时间去做兼职挣的钱比爹在地里干一年都多。”春生瞅着飞龙，欣慰地说道。

“爹，放心吧，我会在北京继续努力。在大城市，只要肯弯腰吃苦，就不愁赚不到钱。”

43

第二天大清早，院子里的花公鸡天不亮就开始打起响亮的鸣，把全村都叫醒了。“管事宽”没有再骂“死公鸡”把她吵醒，倒是欢喜得很，早早起来穿上好看的衣服，说是要给兰芝帮忙做饭。

村里的妇人都过来帮兰芝做饭。

远远地听到“管事宽”的大嗓门，“哎哟，这不是春生他亲哥瑞声吗，你这驮着一只羊是送给春生家的？”

“是啊，那你不是一样能吃到吗？”

瑞声再没搭理她，把小推车放在家门口，径直进了春生家。

“瑞声，你这是干啥？你咋宰了一只羊呢？”春生恼着脸。

“春生，别不高兴了。今天我得去趟林水县，曼玉不是和同学约好了吗，我不能让她一个人去。顺便我也带文秀去趟县里，她这几天身体又不舒服了，再瞧瞧中医去。”

“你们赶紧去吧，这是最要紧的，不能耽误。”

“这只羊是给美凤庆祝上大学的礼物。别忘了，美凤是我干闺女呢，踏实地吃。”

见瑞声头也不回地出了院门，春生急得直跺脚。

“这可怜的羊羔，这可咋办……”

兰芝带着飞龙和美凤去街坊四邻家借来了桌椅板凳和碗筷，在院子里摆放好。院子里热闹极了，大黑狗欢喜地跳跃着，在原地转着圈自己玩耍。几只麻雀也来凑热闹，落在屋檐上、墙头上，飞来飞去，分享着小院子的喜事。

热气腾腾的小屋不时散发着各种饭菜的香味。飞龙和美凤像店小二一样满头大汗地出来进去地忙碌，那黄澄澄的油炸糕冒着幸福的泡泡。还有那散发着麦香味的炸油饼、雪白雪白的大馒头，浓浓肉香味的炖羊肉、炖鸡肉，还有猪肉粉条大烩菜……

那是小屋从未有过的热闹景象，好似一部宏大生动的电影，温暖着当时和后来的飞龙。炊烟在屋顶袅袅升起，缭绕在山腰间，笼罩在麦田上，让他心里感动着。这平凡、质朴的人间烟火味，真真切切地让他的心无比平静和舒坦。

大伙儿围坐在院子里吃饭，说说笑笑好不热闹。整个村庄上空回荡着欢乐的笑声，就连猪、羊、鸡、狗都在不停地叫唤，那是村庄里独有的交响乐。

“老愚头，喝点儿酒，不喝咋能表明你的真心诚意呢。”

“老愚头，咱村谁能有你这样的福气，儿女双全，一龙一凤，都是大学生，咱村里独一户。”

“今儿说啥你也得好好喝几杯。”

“咦，咋不见春生的亲哥苏瑞声啊？这个瑞声跑哪儿去了，连文秀也没见。”

“就是啊，这么重要的场合缺席，啥意思?”

“管事宽”嘴里嚼着肉，满嘴、满脸都是油乎乎的，还挡不住心里的好奇，非要分析出个子丑寅卯来。

从不喝酒的春生那天喝得酩酊大醉。他很厌恶醉酒的自己，因为他由此想到了经常醉酒的春旺。

几杯酒下肚，春生那黝黑黝黑的脸上泛着红光。喝醉后，他东倒西歪，又笑又哭。没等宴席结束，兰芝就把他扶到炕上躺着去了。

“对不起，对不起。”

“知道，我知道。你舍不得那只羊，更不愿意把那几只鸡也给吃了。我知道，你不忍心。”

“对不起，兰芝，我对不起你。”

“你没有对不起任何人，是他们对不起你。”

兰芝心疼地瞅着春生，他有些显老了，这么多年只有兰芝明白他心里的苦。

飞龙心里清楚，在城市里，请客吃饭那是再平常不过的一件小事，而在这里，就是惊动全村的大事。他爹平时对自己极度苛刻，一分钱掰成几半花，却把他邮回来的钱全部用于请客吃饭。

饭菜虽是极其质朴的，却让飞龙终生难忘。乡亲们坐在小院子里，没有名利纷争，没有权贵攀比，就那么单纯、开心地吃，开心地聊，吃得精光，喝得精光。酒席散了很久，院子里依然留存着人间最温暖的烟火味和人情味。朦胧的月色抚照着村庄这简单、祥和、美好的光景，让飞龙的心静如止水。当黑夜成为村庄全部的表情，童年仿佛瞬间被擦亮，那是挂在村庄天空中的星斗，忽闪着童话般的美好。只有村庄的夜才是真正的夜，灯一灭，整个世界就是干净、纯粹的黑和静，窗帘似乎都显得多余。

美凤兴奋地拉着飞龙来到山坡下，坐在田埂上。月光柔和，麦田安静，没有一丝风。

“哥，我知道，咱爹觉得自己没本事，他心里难受。曼玉她爹已经有几百只羊了，爹还是个羊倌儿，他心里憋屈。”

“美凤，我们好好读书，以后不让爹憋屈了。”

飞龙心里突然一涌，鼻腔里酸胀。是啊，改变全家人的命运是他肩膀上不可推卸的责任。

44

开学时，美凤兴高采烈地拉着飞龙为她买的行李箱去了学校，那是有四个小轮子的皮箱，还带密码锁呢。安顿好开学的事情，美凤急着跑到学校门口的邮局排队。几声“嘟嘟”声响过就接通了电话，那是他们兄妹第一次通电话。

“哥，过几天曼玉要去北京上大学，你可得照顾好她，到了学校她会给你打电话。”

“曼玉是谁家的闺女?”

“我的亲哥啊，你咋能不知道曼玉呢？从小和咱一起长大的，就是苏叔家的闺女。”

“苏叔的闺女不是叫苏月娥吗?”

“就是苏月娥，要知道，人家苏叔现在已经养了几百只羊，不再是羊倌儿了，是羊财主了。”美凤“咯咯咯”地笑了起来。

美凤在电话那头自己说得兴高采烈。

“哥，月娥从小就嫌弃自己的名字太难听了。上高中时她自己改了名字。就是因为她的偶像是大明星张曼玉，说了你也不知道。月娥本来挺漂亮的，但是她觉得月娥这个名字让她变丑了，所以她就把名字改成苏曼玉了。”

“哦，美凤，哥想起来了，张曼玉的画报哥看过。那照这么说，月娥现在也变好看了吧，可是哥印象里的月娥不是那个样子的。”

飞龙突然想起来，曾经在某个地方看到过张曼玉的画报，可他那时只是无意地一瞥。他对读书以外的任何事情都不会放在心上。

“对啊哥，你每次回村哪儿都不去，就喜欢待在山坡上。你早就把曼玉给忘了。不要叫苏月娥，她讨厌别人那么叫她。记住，是苏曼玉。”

见飞龙没反应，美凤提高嗓门提醒他。

“噢，哥记住了。美凤，咱不能再说了，电话费可贵呢。你有空就回去看看爹妈，一定要好好吃饭。有喜欢的衣服你就去买，哥全包了，有哥在，就没有你发愁的事，遇到任何难事一定要给哥打电话，哥帮你解决。”

“哥，我知道呢，我哥那可是一条真龙，我哥最牛。可是哥，我不忍心让你为我受累，我自己会想办法的。到了大二，我也会利用课余时间带家教。”

美凤从小就懂事，没有因为吃穿和爹妈哭闹过，还帮父母干家务，乖巧得很。

自从美凤提到了曼玉，飞龙的心里便开始长草了，因为“曼玉”这个名字，让他对记忆中那个月娥突然间生出很多好奇。他在县城上学那几年，每个假期都一个人留在学校闷头学习，再没怎么见过曼玉。童年里和他一起玩耍的那个月娥不知道后来变成什么样子了。

兄妹二人经常写信，一封长长的信就是他们大学生活里最大的幸福。写信、读信成为他们最温暖的沟通方式。

联系不到曼玉，他竟有些急迫地期待她的到来。

期待的时间似乎有些漫长。

一天中饭后洗完饭盒，飞龙照例回到宿舍午休，楼下传达室喊他接电话，他突然意识到一定是曼玉来了。这个时候，除了曼玉，没有人会给他打电话。刚收到美凤的来信，她不可能紧接着打电话的。

他莫名地兴奋起来，心“扑通扑通”猛烈地跳动着，立即从床上坐起来，一个健步冲出宿舍，迈着大长腿一步跨两个台阶飞奔到楼下。

“喂，哪位?”

“喂，飞龙哥吗?”亲切的乡音如山间清泉传到飞龙的耳朵里，尽管有些山药蛋的味道，却依然不影响那种散发着干净的麦香味的乡音，那是动听、悦耳的音质。

“噢，是我。”

“我是曼玉……”

飞龙认真地听着，在异乡，只有乡音能够让人真切地感觉到家乡人的亲切。脑子里搜索着张曼玉美丽的面容，那个莞尔一笑的画面美极了，他顿时心潮澎湃，脸上发烫。

“噢，曼玉啊，你在哪儿?”

“飞龙哥，我和老师打听了，就在你们学校西门这边枣红色的老宿舍楼。”

“我现在就去找你。美凤都嘱咐我了，一定要照顾好你。她交给我的任务我必须完成好。”

“太好了。”曼玉开心地大笑起来。

“好，你等我。”

放下电话，飞龙三步并作两步飞奔回宿舍。在仅有的几件衣服里挑选了一件自己满意的，临出门时突然又转过身，一本正经地在镜子前照了一下。衣服是在批发市场新买的，虽然廉价，但是这张英俊干净的面庞，足以让衣服显得光鲜起来。

“飞龙，今天这是怎么回事，你可是从来不照镜子的男人。”

“你这是要去迷死谁?”

“飞龙先生，你要去试镜吗?”

“不，飞龙要去选美，校园最美男生。”

“哈哈哈……”舍友们哄笑。

飞龙没有回话，朝他们诡异地一笑，然后匆匆出门。

曼玉说的地方他当然熟悉，从宿舍楼旁边一条林荫路穿过去，然后拐两个弯就到了。

远远地，曼玉举着白萝卜一样的手臂朝他招手，绽放着迷人的笑容，牙齿整齐又洁白。月牙沟的泉水让村庄的男女老少都拥有一口洁白的牙齿。这干净的笑容，瞬间让他心里有了异样的感觉。她是那么质朴纯粹，像夏天麦地里那一株即将饱满的麦穗，散发着天然的味道，是那么稚嫩、那么翠绿，那是一种蓬勃的青春朝气。经过了阳光的抚照和雨露的滋润，就那样自在地美着。飞龙有些失神，小时候那个梳着朝天辫的月娥完全不见了，在他面前的曼玉仿佛是另外一个人，亲切又陌生。她身边站着一个胖胖的女孩儿，在那个女孩儿的对比之下，曼玉的美更是无可挑剔。

“飞龙哥，我在这儿。”

“以后你都住在这里了？”飞龙大步流星地走过去。

“是的。这是我同学齐慧兰，和我一起来北京上自费大学。”

“你好。”飞龙礼貌地朝齐慧兰点头。

“美凤给我看过你在天安门前拍的照片，真的太帅了！小时候没感觉你有那么帅气，哈哈哈，怎么来了北京就变帅了呢？自从看完那张照片，我就下决心一定要来北京上学。要不然我就和美凤一起在家乡那边的学校读书了。”

说着，曼玉发出一阵清脆的笑声。

“嘿嘿，曼玉，你才好看呢。你以后有需要帮忙的就随时给我打电话。”

他突然想到下午还要上课，之后还得去做兼职。

事情就这样顺理成章地发展着，飞龙对曼玉的认真态度和曼玉对他的仰慕崇拜，让他们的关系进展得又顺利又快速。

45

成为飞龙的女朋友，曼玉心里是无比自豪的。这么久以来，她很想去飞龙的宿舍瞧瞧，但飞龙几次都回绝了，曼玉自然是很不高兴的。

“飞龙，你到底是什么意思？人家的女朋友都可以出入男朋友的宿舍，你却不让我去。”

“干吗非得去我宿舍，一个女孩子家家，去了多不方便。”

“我就要去，那样才能证明我是你的女朋友。”

“男女有别，一个女孩子去了影响多不好。”

“不，我就要让他们看看你的女朋友，难道我见不得人吗？”

没办法，飞龙只能带着曼玉去了宿舍。

舍友们惊讶地发现余飞龙这个书呆子竟然开窍了，在他们眼里，余飞龙是不太懂男女之情的。

“飞龙，你女朋友真漂亮，脸蛋白白嫩嫩，身材凹凸有致，简直就像个大明星。”

“而且是大一新生！”

“说说看，是你追她还是她追你，小姑娘挺机灵呀！”

“有眼光，咱飞龙就是一只潜力股。”

“请收回你们邪恶的眼神，曼玉是我的女朋友。”

“不敢不敢，谁敢惹你这头牛。”

“牛，你牛！”

曼玉留下骄傲的一笑，把飞龙的床单、被罩和一些换洗的衣服都带走了。她要帮飞龙把这些该洗的东西都清洗干净，要把他也收拾得整洁利落。

在月牙沟，飞龙是第一个大学生，而且是在北京上大学，那可不是一件容易的事情。月牙沟那样的教育条件，一年级到六年级在同一个教室上课，所有课程只有两个老师教。学生无非就是学会写几个字，会算几道简单的数学题。很多学生上完小学已经满足了，只有飞龙从来没有放弃上学的念头，如今他又是保送研究生，这样优秀的男朋友让曼玉时常感觉到光环笼罩。

在飞龙心中，他和曼玉的感情是无比虔诚的。在这个世界上，曼玉是他交往的第一个女朋友，无论身边有多少漂亮女孩，他都没有正眼瞧过，将来能娶到曼玉，他这一辈子就知足了。又或者，只有他选择了村子里的女孩作为伴侣，内心潜藏的焦虑和落差才会得到些许释然。

谈恋爱的美好让读书的时光变得愉悦而飞快，转眼元旦就到。北京的天气依然温和，并没有凛冽刺骨的寒风。

那天早上，曼玉穿戴一新，来到飞龙的宿舍楼下。飞龙一出门，恍惚间，感觉曼玉已经是他的新娘子了。但他不知道该怎么表达对曼玉的喜欢，就那样一直朝着曼玉傻笑。

都说“女为悦己者容，男为悦己者言”，曼玉为飞龙精心梳洗打扮一番，却始终没有换来一句赞美的话，心里很不高兴。她心想：难道飞龙不够爱她吗？

飞龙却自己满足着。他从小就有着幸福美满的家庭，有美丽懂事的妹妹，生活在淳朴自然的情感中。在他心里真情并不需要多余的语言，而且眼前这个女孩的美丽让所有的词语都褪色了，他实在找不出合适的赞美之词。

曼玉还是主动上前挽住飞龙的手臂，与他并肩走在校园的小路上。她依然心怀仰慕并带有疑惑地注视着飞龙，他还是月牙沟那个飞龙吗？他目不斜视，专心地迈着稳健的步伐，不温不火。每次她主动去找他，他都是盯着一本书，然后傻傻地朝她笑。

曼玉知道，有很多女生都在暗恋飞龙，尽管他看她的眼神是专注的。但是，他从来没有主动去宿舍找过她，不像别人的男朋友那样，每天腻在女朋友身边，赶都赶不走。飞龙这样的状态只会让她感觉越来越没有安全感。

“飞龙，元旦怎么过？不如我们就去林子航的宿舍吧，自己买菜做饭，可以省不少钱。”

林子航的宿舍就在距离飞龙学校不远的地方，等待拆迁，房租很便宜，屋内有上下床，屋外有煤气灶。飞龙带曼玉去过几次。林子航是老家人，也是余飞龙在北京最亲近的朋友。

“听你的。”

“那你就没有点儿别的创意吗？”

“没有。”飞龙还是专心地目视前方。

“以前的节日你是怎么过的？”

“在图书馆看书、写论文。”

“没有女生邀请你过节吗？”

“有吧，可也没什么好庆祝的，都回绝了。”

“可是，小时候你是最淘气的，现在怎么不一样了？”

“呵呵，现在长大了吧，怎么能和小时候一样呢。”飞龙终于扭过头，给曼玉一个温暖、绅士的笑容。

“叫唐语汐和谢梦薇也一起过来吧，老乡们在一起过节热闹一些。”

“那好啊，听你的。”

唐语汐、谢梦薇和齐慧兰都是曼玉的高中同学。飞龙只见过几次，对唐语汐和齐慧兰的印象比较深刻。唐语汐是那种柔软的像面条一样的女孩，但她骨子里是固执的传统思想，齐慧兰却和她相反。

“我们是在谈恋爱，不是写论文，你能不能换句台词?”

“换成什么？你教我。”

“你想说什么就说什么，畅所欲言。”

“可我那个专业你不懂，你的会计专业我也不懂。”

“生活中很多有趣的事情都可以探讨。”

“比如什么?”

“……”

46

刚走到林子航的宿舍门口，他就从屋子里迎了出来。

“我的飞龙老弟，你们来的正好啊!”

“子航，还有其他老乡过来，今天你下厨做几个拿手菜吧。”

“那可太好了。”

林子航和飞龙身高差不多，论颜值当然远不及飞龙，整个人看起来比较成熟，更具男子汉的粗犷气息，显得更加爷们儿，其实心思却细腻得很。因为比飞龙稍胖，便显得魁梧了一些。

几个老乡很快都过来了。大家围坐在林子航狭小的宿舍里，让飞龙感觉好像回到了月牙沟。飞龙和子航、宋海波聊天，曼玉和唐语汐、谢梦薇、齐慧兰一起做饭。

饭菜上桌，大家你一句我一句，是似曾相识的烟火味。

“对了，曼玉，我家请村里人吃饭那天，我咋没看见你?”

“啊，什么？你这思维也太跳跃了吧。我想想啊。哦，对了，那天我去县里买衣服去了，准备来北京的时候穿。那不是赶巧了吗，我和齐慧兰放假前就约定好了时间，我是一定要去县城找她的，不能让她自己傻等着呀。”

常听曼玉说，齐慧兰在林水县，虽然家境一般，却常去北京的大商场买衣服，正着魔般地追求一个城市男孩儿。为引起那个男孩儿的注意，她买了很多价格昂贵的衣服。为了赢得男孩儿的喜欢经常给男孩儿买礼物，甚至每次打电话和家里要钱都哭得死去活来。她父母没有办法，便硬着头皮出去给她东借一笔西凑一笔。

齐慧兰正忙着往嘴里塞东西，腮帮子鼓鼓的。听曼玉说买衣服，她立刻抬头抿嘴一笑，羞涩地看着飞龙，好不容易咽下满嘴的饭。

“是啊，我和曼玉特意在县里最大的商店买了新衣服。结果来了北京，发现咱县城里的衣服难看死了。”

飞龙对她印象不太好，不是因为她的相貌，而是因为她不切实际地讲究吃穿，真是打肿脸充胖子。可这是人家的事，作为老乡他也不能多说什么。他知道曼玉有分寸，不会受到齐慧兰的影响。

“飞龙，你咋又想起这件事了。后来我都听说了，咱村里整整热闹了一天，全村人高兴了好几天。”

“太遗憾了，那天你们都没来。”

“后来你爹去找我爹，说以后放羊不要工钱。一只羊就那么给全村人吃掉了，他可是心疼坏了。不是余叔舍不得给大伙儿吃，是他把我家的羊当成自己的孩子对待了。”

飞龙知道他爹和那群羊有感情。莫说一只羊，就是一条流浪狗、一只流浪猫他都会当成自己的孩子一样对待。

也许他对亲人的思念都倾注在那群羊身上了，又或者他对生命本身充满了悲悯和理解，只有从苦难中熬过来的人才能体会得这么深刻。

有一次放羊，几只羊跑到麦地里，眼看踩倒了一片麦子，还吃掉了一些麦穗，春生心疼麦子，那可是村里人的命。他甩着羊鞭直跺脚，羊却只顾埋头吃得欢，完全不听他的驱赶，在麦田里就是不肯出来。春生一急，硬是抱起羊走出麦地。最多在羊的屁股上拍打几下说："再不听话，用鞭子抽你。"可他从来没有用鞭子抽过任何一只羊。

两家交情深厚，让飞龙更加觉得曼玉就是最适合他的人，尤其是陷入恋爱的他，感觉曼玉更是越来越亲切。

47

不觉间，天色已晚。灯火点亮城市的夜空，外面不时传来流行歌曲的声音和大声的哄笑，还有汽车的疾驰声。已近十一点，喧闹还未散场。唐语汐瞟一眼腕上的手表，曼玉便明白了她的意思。唐语汐每天都会按时回宿舍，不会打扰传达室的阿姨，更不会影响舍友的休息。

"老乡们，语汐和梦薇该回宿舍了，太晚可就进不了宿舍大门了。"

大家恋恋不舍地起身，走到大门口时，林子航突然从后面拉住了飞龙。

"飞龙，唐语汐有男朋友吗?"子航眼神急切。

"干吗?"

"呆子，我对唐语汐一见钟情。让曼玉帮我问一下。"

“现在吗?”

“当然了，赶紧的!”

难怪，吃饭的时候林子航一个劲儿地瞅着唐语汐，还特意给她夹菜。飞龙不知道一见钟情是什么感觉，但他了解子航，如果选择结婚对象，他的确是个不错的人选。

唐语汐文静乖巧，倒是挺招人喜欢。她的表情始终是干净简单的，尤其那双纯洁的眼眸像一对黑色的珍珠镶嵌在淡蓝色的湖水中，没有一丝杂尘。

人和人之间的缘分真是神奇，谁都不知道，那个有缘人会在何时何地出现。

“曼玉，我的钥匙找不见了。”飞龙朝前面的曼玉喊了一句。

唐语汐和谢梦薇只好等在原地，曼玉转身跑回来。

“你真是粗心。幸亏脑袋连着脖子，要不然也是个丢。”曼玉说话的样子像极了他媳妇。

飞龙压低声音说：“曼玉，子航看上唐语汐了，一见钟情。你说这咋办?”

曼玉瞅了一眼林子航，“咯咯咯”地发出她特有的爽朗笑声。

“他眼睛可够毒的，语汐是我们的班花加才女。追她的人很多，你觉得子航能有戏吗？迄今为止，追求语汐的人没有一个成功的。她的要求可高了。”

“曼玉，帮我。”子航诚恳而急切地请求着曼玉。

“是啊，子航第一次有喜欢的女孩。”

曼玉看看子航，又瞅瞅唐语汐。

“语汐，让子航和飞龙骑车送你们回去。”

“坐我的车吧。”子航激动地推着自行车跑了几步。唐语汐高冷、柔弱的古典之美在朦胧月色下显得更加楚楚动人。

即将到达唐语汐的学校，经过天桥时，没等唐语汐从后座上下来，子航便敏捷地停下车。扭头发现唐语汐正双手抱着自己的身体直哆嗦，他毫不犹豫地脱下外套给唐语汐披上。

直到唐语汐回到宿舍，站在窗口朝他们摆手，子航才恋恋不舍地离开。

“子航，该回去了，人家都熄灯了。”飞龙上前拽了一下痴痴望着窗子的子航。

“好。”子航自己发笑。

回宿舍的路上，子航骑着自行车在北京的街道上激动地大喊。

“唐语汐，我喜欢你，太喜欢你了！”

“子航，你这是要让全世界都听见吗？”

“哈哈，语汐是我的女朋友，这是世界上最美好的事！”

“你都没有问人家同不同意呢。”

“会同意的，早晚的事。”子航胸有成竹地说。

一路骑车狂奔回到宿舍，躺在床上，二人各怀心思。

“飞龙，也许你不懂，我对唐语汐是一见钟情。我从来没有追求过任何一个女孩，因为我从前身无分文，现在我自己挣钱了，我有信心给她幸福的生活。唐语汐对我来说很重要，我一定要把她追到手。我相信自己的眼光，唐语汐不光长得美，心灵更美。”

“你这也太神了，只见过一次。”

“真的，我用心感觉到的。”

“唐语汐的确是个不错的女孩儿。”

“飞龙，我们都要更加努力了。”

读书、立业、成家，最终幸福地生活在这座城市是一个农村人在大城市里最美好的梦想。

48

依旧是迈着沉稳的步子从图书馆回到宿舍，在这美好宁静的校园里，飞龙总是忘我地陶醉其中，一心享受着只读圣贤书的青春时光。校园里随处都是靓丽的身影，有的情侣在角落里约会，有的在操场上运动，挥汗如雨。

回到宿舍，飞龙把手里的几本书置于床头的书架上准备去洗漱。舍友们专注地谈论一部精彩的电影。

他上次看电影还是很小的时候，在月牙沟看的露天电影。全村的男女老少坐着各自带的小板凳，津津有味地观看电影。那时，最先进的就是收音机，没几户人家能电视机。放露天电影无疑是村里像过节一样的大喜事。

“我说余飞龙，你不会真的没看过电影吧？电影院长什么样儿你知道吗？”

“哈哈，飞龙老兄脑子里只有读书，吃饱饭也是为了读书。”

“那是，人家和我们不一样，我们读书是为了吃饱饭，为了创造更好的生活。”

“老子就是喜欢读书，咋了？”

飞龙第一次因为舍友的取笑而愤怒。其实，一直以来，来自穷山沟的事实让他的自尊心极强又极其脆弱。在北京上学的这些年，无论遇到什么难堪和嘲讽，他都能一笑而过，可以完全不在意。可是，在某一个节点上，他一向打不垮的自尊心却突然崩塌。他感觉自己的青春仿佛被狗啃了一样皱巴巴的，沮丧极了，他怎么舍得把钱用在读书以外的事情上呢？除了读书和吃饭，做别的事情就是乱花钱，让他内心有深深的负罪感。哪怕花钱买一件廉价的衣服，他都会觉得对不起在月牙沟的爹妈。他的舍友当然不知道，他读书，仅仅是喜欢读书吗？他读书，是唯一能够改变命运的途径。他依然记得火车站那位温文尔雅的老师对他善意的帮助和鼓励。

“你看你，飞龙，大家就是开个玩笑。”

“看你整日沉默寡言、闷闷不乐，我们都希望你开心。苏曼玉是多好的女孩，做你的女朋友真是太亏了。你应该带她去看一场电影，哪有情侣不去电影院的。”

“我们是好意。”

“最近有一部爱情片真的很感人，值得一看。”

“你一定要带着苏曼玉去看看。竟然没有带漂亮的女朋友看过电影，这谈的叫什么恋爱。”

“看就看，有什么大不了的。明天就看！”

飞龙黑着脸不再吱声，倒头躺在床铺上。

第二天下午，飞龙没有去图书馆，吃罢饭就去了曼玉的宿舍。

“飞龙，今天太阳从西边出来了？你怎么想起主动来找我，这可是破天荒了。”

“走，我要带你去个好地方。”飞龙拽着曼玉就走。

“你这气儿还没喘匀，着急拉我去哪儿?”

曼玉很好奇，飞龙规定的约会时间为每周五、六、日晚餐后。其余时间他都在读书、做兼职，还会去实验室。曼玉知道他视时间为生命，心里虽有怨但从没有说出口。他能够陪她的时间真的太少了，她总感觉自己不被重视。

“曼玉，今晚我们去看电影，票我已经买好了。”

“真的？太好了！我早就想看电影了。”

曼玉自然是又高兴又意外。坐在一辆叮当作响的破旧自行车后面，她拦腰抱着飞龙，哼着流行歌曲给他助力。飞龙则一圈一圈地用力蹬车。曼玉是天生的好嗓子，音质清澈甜润，飞龙听着她的歌声，像小时候吃了蜜糖一样，甜滋滋的，让他感觉到了爱情的美好，有些忘乎所以。他读书有多么努力，现在骑车就有多么用力。　　电影院里坐满了亲密的情侣，电影的名字他一辈子都不会忘记——《泰坦尼克号》。影片以 1912 年泰坦尼克号游轮航行中撞上冰山而沉没的事件为背景，讲述了处于不同阶层的两个人产生的一段唯美感人的爱情故事。穷画家杰克和贵族女孩露丝抛弃世俗的偏见坠入爱河，最终在游轮沉没时，杰克把生的机会让给了露丝……

电影散场了，飞龙和曼玉的情绪依然沉浸在故事中。曼玉亲昵地依偎着飞龙，他们就那样一直走，一直走。月亮挂在树梢，树影在街上被拉长。

街面亮如白昼，人为制造的光影让飞龙感觉自己活在梦中。他无意中抬头望着天上一轮皎洁的月亮，内心充溢着幸福。

曼玉有些失神地凝视着飞龙，他专注的神态在月光下愈发迷人，有多少女生喜欢飞龙，他这样俊朗的男生就是她们心目中的白马王子。她们一定不会知道他的不解风情和十足的呆气。

“飞龙，你看，今天的月亮真圆、真美。”

“城里的月亮和咱村里的不一样。”

“咋能不一样？全世界的月亮都一样。”

“城里的月亮距离我们很远，村里的月亮就在山顶上，爬上山坡伸出手就能够得着。”

“哈哈，飞龙，你这么一说，真是这样的感觉啊。小时候，我们在山坡上追月亮，玩儿到半夜还不肯回家睡觉。”

“是啊，那个时候总是以为，外面的世界和月牙沟是一样的。”

“那个时候我们太小了，什么都不懂。”

“月牙沟有我们的家……”

“飞龙，别想太多了，我们能够在北京读书就是最幸运的。等我毕业就出去找工作，以后我们一起赚钱，很快就可以买房子了，我们在北京会有自己的家。”

“你做的任何决定我都支持。但是，养家糊口是男人的责任。”

飞龙突然动情地看着曼玉，原来，恋爱的感觉是这样美妙，有时，可以让他把卑微的感觉抛在脑后，把“农村人”的标签全部忘记。而曼玉更是属于这座城市的女孩，她身上完全没有了农村人的气息。有曼玉的陪伴，这一生就足够了。

他们边走边聊，不一会儿就到了子航的宿舍。

“曼玉，我们在子航的宿舍多坐一会儿吧。”

子航经常出差，飞龙也配有钥匙。打开门，他没有开灯。好像暗中有一种力量把曼玉推到了飞龙怀里，他自己也被这样的举动惊了一下。

曼玉的身体像一团柔软的棉花，那么好闻，那么温暖。急促的呼吸让他的身体突然有一种莫名的力量，推着他向前。曼玉低头，环抱着飞龙的身体，摩挲他板板正正的后背。

借着朦胧美好的夜色，在电影的感染下，他们完成了生如夏花之绚烂……

曼玉缩在飞龙怀里，像一只刚刚满月洁白、温柔的羔羊。拥着曼玉，飞龙感到无比满足。这已是最好的人生，学业有成，美人入怀……

“曼玉，我们结婚吧，我会对你负责的。”

月光流进小屋，昏暗中，曼玉闪亮的眼睛变得更加清澈透明。这似乎是飞龙第一次对她深情表白。

飞龙的思绪飘回村庄，在梦中，他们在村里举办婚礼，全村人都为他们祝福。

49

仿佛刚闭上眼睛天就亮了。恋爱的时光总是太匆匆。飞龙悄悄起床，他要赶时间，上课、做兼职、写论文，这些重要的事情哪一件都不能耽误。

“曼玉，你再睡一会儿，我得赶紧去上课了。”

“嗯，知道了，你快去吧。”曼玉睁开眼睛羞涩一笑，然后拽着被子遮住了脸。

“曼玉，这辈子你就是我的媳妇了，记住！”

“嗯。”

飞龙匆忙拽起自行车迈着大长腿猛力蹬了几圈，车轮快速向前转动。走到途中，突然遇到了慢悠悠走过来的唐语汐。飞龙忙刹车，从自行车上跳下来。

唐语汐从来都没有主动找过林子航，一定是有重要的事情才会过来。她软软地立在飞龙面前，欲言又止。

“唐语汐，你来找子航吗？”

“是的，飞龙哥，子航在吗？我有事情和他说。”

“子航出差了。”

“哦，出差了啊，这么巧。那……算了吧……我也不急，等子航回来再说吧。”唐语汐说话缓慢、柔软。

让她就这样白跑一趟，飞龙自然是于心不忍。

“唐语汐，你去子航宿舍吧，曼玉在。”

语汐愣了一下，“哦，好吧。”

飞龙骑车走远。那段时间，是他最忙碌的时候。一边是研究生即将毕业，一边还在抽时间做兼职赚钱。他打算论文通过后再去找曼玉。

自从那天以后，飞龙和曼玉像约定好了似的，谁都没有再联系对方。

大约过了半个月，曼玉依然没有任何动静，也没有像往常那样按照约定时间给他打电话，聊聊一天的事情，更没有按照惯例过来找他。

直到舍友们问他，他才意识到，不见曼玉时日已久。

一路匆匆来到曼玉宿舍楼下，等了几分钟，曼玉不紧不慢地走下来，神色陌然，没有了从前那样欢快的神态，更没有一下子跳起来，挂在他的脖子上撒娇。

“曼玉，我们好久没去河边散步了。这几天我太忙了，毕业论文真是让人头疼。”

曼玉低垂着眼皮，独自走在前面。

“飞龙，我们是应该好好谈谈了。”

“哦，好啊。”

那条幽静的小河是他们经常光顾的地方，环境优美，风景宜人。在一处长条椅上，曼玉自己坐下，眼睛直直地盯着远方。突然沉默的曼玉让飞龙感觉很别扭，连爽朗的笑声也不见了。飞龙坐在旁边竟有些局促，不知道该说些什么，呆呆地瞅着她。

“飞龙，我一直想找你谈谈。我也知道你最近很忙，不想打扰你。反正事情也没有那么着急，所以我一直在等你来找我。”

曼玉皮肤白得透亮，在夕阳的映照下像剥了壳的鸡蛋，娇嫩无比。飞龙对这个未来的媳妇非常满意，可以说无可挑剔。他们真是郎才女貌，天生一对。

“其实，那天的事我很后悔，我不该那么冲动……我……我没脸见你。”

他知道不该在这样的情形下提起那件事，但是他心里确实充满了歉意。

“我并没有怪你，是我自己愿意的。”

“曼玉，我们从小一起长大，我是什么样的人你心里明白，我不是那种随便的人，也不是胡闹的人，更不是玩弄感情的人。我对你是真心的，就像我爹对我妈那么好，就像你爹对你妈那么好。”

“飞龙……”

一向说话干脆的曼玉，好像有什么话难以启齿，她低着头，迟疑片刻，“我原本也没想瞒着你，那天语汐带来了一封信……”

“那你是什么意思？”

“先不说我们，还是先说语汐吧，她准备回老家了。她爸爸在老家托人给她找好了工作……”

50

那天，见飞龙骑车走远，唐语汐很纳闷，这大清早的，飞龙为什么从子航的宿舍出来。她快步走进子航的宿舍，却见曼玉正在埋头清洗床单上的血渍。

“曼玉，你怎么大清早在子航的宿舍？”

唐语汐和曼玉是非常要好的闺蜜，她们之间无话不谈，曼玉在唐语汐面前更是藏不住话。

“曼玉，不是我说你。你这胆子也太大了吧？你们还没有到谈婚论嫁的那一步，你可是黄花大闺女，怎么不知道自尊自爱呢，这是给你父母丢脸……”

唐语汐很生气。

“语汐，我知道这样不好。可飞龙的人品我清楚，他这不是很快就要毕业了吗，一毕业就会和我结婚的。”

“无论怎样，女孩子在婚前一定要守住自己。任何年代、任何情况，受伤的都是女人。”

“语汐，我……”

“对不起，我说话太重了，可是，我替你着急。今后你要保护好自己，我要离开北京回老家了。”

“什么？为什么要回去?”

“我担心在北京无法生存。我性格内向，又是专科文凭，很难找到好工作。即使有工作也只是勉强糊口。”

“语汐，不要回去。我们一起留在北京，只要努力，一切都有希望。你这次回去，以后再想来北京就很难了。我们好不容易来到北京，我们要在这里扎根。”

曼玉顿时感觉从头到脚被一盆凉水浇了个透。当初她们来北京的时候，约定好要一起留在北京。如今，齐慧兰渐渐和她疏远，谢梦薇早已决定跟男朋友去南方老家。她感觉好孤单，偌大的城市，再没有亲密的朋友陪在身边。

“曼玉，我不像你这么活泼、开朗，我知道回去会后悔。我和你一样喜欢北京。可是，我更想留在父母身边，我想天天见到他们。”

“语汐，你留下来吧，和我一起留在北京。”

擦干眼泪，唐语汐慢吞吞地从衣兜里拿出一个白皮信封。

“曼玉，还有一件事情，你可能需要认真考虑一下。我刚收到了何向北的信，他不敢直接寄给你，拜托我转交给你。”

“什么？何向北……”

曼玉吃惊地看着语汐，快速打开信：

亲爱的曼玉：

三年不见，非常想念。我已毕业，并联系好了北京的学校，准备去进修。想到我们可以在北京重逢，我彻夜难眠。可我担心你还没有原谅我，只好拜托唐语汐把这封信转交给你。

说实话，我每天都在想你，真的没办法彻底把你放下。原本，我以为可以把你忘记，可是三年了，我不能继续欺骗自己，我爱的人是你。每天、每晚，我无时无刻不在想你。每次回忆我们从前那些难忘的点点滴滴，都会让我泪流满面。亲爱的曼玉，我想你一定也没有忘记我。

你美丽的身影时常在我眼前出现，你是我最爱的人。我的心里只有你……

永远爱你的人 何向北

曼玉突然放声大哭起来。她从前那么喜欢何向北，高三那年为他买各种学习资料，为他加营养餐，不仅将自己的生活费拿出一大半给了何向北，还耽误了自己的学业。那个时候，无论唐语汐怎么劝，曼玉都听不进去。

何向北浓眉大眼，留着“郭富城式”的潇洒发型，特别有文艺范儿。他会唱歌，会弹吉他，还会跳霹雳舞，篮球打得特别好，用一个眼神就可以迷倒很多女生，也会用听起来并不觉得肉麻的花言巧语哄女孩子开心。

“语汐，我该怎么办呢？过去我对何向北那么好。当年他考上大学就抛弃了我，现在又来找我。你说我现在该怎么办？”

“我当然知道你对何向北的感情。你该做出怎样的选择，问问自己的内心。”

“如果何向北早点儿给我写信，我就不会和飞龙在一起了。可现在，我们都在一起了。我该怎么办……”

“我来是和子航说分手的，其实说分手也不算是，因为我从来就没有正式答应和他在一起，没有开始就没有所谓的分手，应该是告别。可是他不在，这也是天意吧。他是个好人，一定会找到比我好的女孩。”

“语汐，你太狠心了，子航那么喜欢你。”

“无论怎样，我都要回到父母身边，大城市并不适合每个人。”

“子航会难过死的。”

“我已经决定了。”

“你就不能为我和子航再考虑一下。”

“对不起曼玉，父母老了，需要我留在身边，我不能那么自私，只考虑自己。”

“语汐，那我一个人怎么办？”

“不，你不是一个人，你有飞龙。”

“可是，现在……”

“曼玉，何向北和飞龙选谁，你得自己决定，别人帮不了你。”

“我一直没有忘记何向北，脑子里总会出现他的样子。我也很奇怪，论学历、论长相，何向北都不及飞龙，可我怎么就是忘不了他呢？”

“何向北很会哄女孩子开心，很浪漫，也许是……”

“飞龙的确非常优秀，但他对我似乎没有那么热烈的感情。是他不够爱我吗？为什么总是我上赶着找他。”

“曼玉，感情的事情很难说清楚。”

“可是，飞龙他……”

51

那天曼玉从林子航的住处回到宿舍，还没有整理好自己的心情，准备先好好睡一觉再说。

好几天都没有见到齐慧兰，她也不好多问。上一次，因为她说了一句让齐慧兰放弃城市男孩的话，就遭到了齐慧兰的责骂，说她就是一张乌鸦嘴，还爱多管闲事。齐慧兰为了那个男孩都不怎么上课了，这眼看又到考试时间了，她一定又通不过，来北京读书这么久，她一门功课都没有及格过，照这样下去连毕业证都拿不上。

熄灯前，曼玉已经睡熟。齐慧兰又是最后一个回到宿舍。早上，曼玉还是掀开了齐慧兰的帘子。

“慧兰，该起床了，上午还有课。”

见齐慧兰一直没动静，曼玉用力扯扯她的被子。

“慧兰，不要生气了，我不是为你着想吗，不想让你浪费金钱和感情。你怎么不醒悟呢，那可是你父母的血汗钱。他们在外面风吹日晒摆小摊卖菜，每天多辛苦啊。”

“曼玉，你快别说她了，白费口舌。”

“是啊，苏曼玉，你昨天晚上干吗去了？齐慧兰还骂你呢，说都怪你的臭嘴，坏了她的好事，成天咒她男朋友不要她。”

“曼玉，不对劲啊，齐慧兰怎么一动不动。”

曼玉突然发现齐慧兰的枕边有个空药瓶。

“不好了，慧兰吃药了！”

“曼玉，快让你男朋友过来帮一下忙吧。”

“嗯，好，好。”

曼玉只能找飞龙了，这个时候子航一定还是在外地出差。等了好久，才接通电话。

“飞龙，快过来一下吧！慧兰吃药自杀了，你快过来帮个忙！”

“啊？吃药自杀，为啥呢？”

“她一直追求的那个男孩，跟她说不要再骚扰他了，还说她不要脸……”

“哦，这样啊。这个齐慧兰。”

“你赶紧过来吧。”

飞龙犹豫着，他安排了很重要的事情，已经和导师约好了见面时间，不能说不去就不去。

“你们先去医院，我忙完就去找你。”

“哦，好吧。”

直到齐慧兰洗了胃，在观察室输上液体，飞龙还是没有过来。曼玉很失望，虽然不是她自己出事，可齐慧兰是同来的老乡，和她朝夕相处的姐妹，如果齐慧兰真的出事，她该怎么面对呢？这个时候她多么害怕，多么希望有飞龙宽厚的肩膀可以依靠，给她力量和勇气。

齐慧兰出院后再没有心思读书，还对曼玉有了不小的意见。

“你那是什么男朋友啊，从头到尾都没有出现过，根本不把你放在眼里，他心里根本没有你。”

曼玉明知齐慧兰是故意要伤她，可还是忍不住感到难过。

“慧兰，你不能这样说飞龙。”

“快算了吧，你也比我好不到哪里去。我被人甩了，是因为人家是城市户口，可是你的飞龙呢，不也就是个农村户口吗，怎么总是你上赶着热脸贴个冷屁股呢。”

“我知道你心情不好，我不和你计较。飞龙从来都没有嫌弃过我。”

“再说了，你说我配不上城市人，你就配得上余飞龙吗？人家可是研究生，你是什么？我劝你也不要做白日梦了，我把这句话还给你！”

其实，曼玉不知道毕业论文答辩对于飞龙来说有多么重要，可以说影响他能否顺利毕业和将来就业。

而齐慧兰的自杀，在余飞龙看来是一件多么荒唐可笑的事情，这个女孩怎么能够这么糊涂和愚蠢呢。她不知道自己来北京干啥吗？学业才是最重要的。她怎么能够拿着父母的血汗钱做这样愚蠢的事情，真是替她的父母感到丢脸。他没有时间打听齐慧兰的情况，也没有联系曼玉。

曼玉犹豫着该不该去找飞龙，从前她追求何向北，最终因为没有考上大学被抛弃了。现在飞龙这样对她，难道他会同样以学历差距而嫌弃她吗？即使作为老乡，他也应该及时出现在她们身边，他怎么变成了这样无趣和无情的人？他不懂得怜香惜玉吗？相处这么久，他连一句“我爱你”都没有说过。

飞龙对于“怜香惜玉”这个词的理解也许有些偏执。在他的概念里，他爹对他妈就是怜香惜玉，是在现实生活中真切地心疼和承担。他根本不屑于各种甜腻的表现，他认为那都是多余的。

他一辈子都学不会何向北那一套，常常制造一些浪漫的小惊喜让曼玉开心。他概念里的真爱就是忠诚专一、死心塌地，并不需要太多花里胡哨的东西。他认为两个人在一起就是平淡度日，最终结婚生子，直到白头偕老。

52

曼玉面朝河对岸，一直凝视远方。这条小河是多么亲切，见证了她和飞龙这几年的感情，河水安静地流淌，仿佛将往事也带去了远方，那么遥远的远方。

“飞龙，也许，我真的配不上你。你这么优秀，值得拥有更好的女孩。”

曼玉明知自己在赌气，可她还是说了出来。可是，话一出口，她就后悔了。

“你……我不会强求你。既然你的初恋来北京找你，无论你做出什么样的决定，我都会尊重你的选择。”

飞龙的心顿时被埋怨、失望所充斥，但他又故作大度，表现得很平静。他没想到曼玉对他的感情这么不坚定，已经和他在一起了还能有半点儿犹豫吗?

“飞龙，我现在心里很乱，再给我一些时间。”

飞龙沉默。

自从曼玉跟何向北重新建立了联系，无论是电话还是书信，何向北不断给曼玉制造惊喜，让她感觉到备受呵护和宠爱，让她时刻感受到恋爱中该有的甜蜜。而飞龙却如此轻描淡写地给她这样的回答，把选择权完全交给了她，甚至没有让她感觉到一丝不舍和留恋。其实她想要的并不多，哪怕他只说一句："曼玉，你是我最爱的人，我不能没有你，你不要离开我。"她一定会下决心选择飞龙，如果飞龙心里真的在乎她，这句话有那么难以启齿吗？

"飞龙，我们从小一起长大，知根知底。可是，何向北是我的初恋，他苦苦哀求我原谅他，我现在真的不忍心拒绝。从前我们是真心相爱，我对那段感情刻骨铭心，那是我最美丽、最难忘的青春记忆……"

"够了，曼玉。难道我就是何向北的替代品吗？现在他回来找你了，你就不需要我了吗？"

曼玉怎么可以这么说呢，飞龙觉得很委屈。

"不是这样的，我对你是认真的，可你是真心爱我吗？"

"这还用说出来吗？你难道感觉不到我的真心吗？"

"我感觉不到！为什么一直都是我主动去找你？我早已厌烦了这样的主动，我早已厌倦了无论什么时候总是我上赶着的样子。"

"那是因为我学业太忙了。我从来都没有看过别的女生哪怕一眼。"

"那不能说明什么问题。"

"你……"

"我知道，你身边有很多女生在暗恋你。我算什么呢？什么都不是！我连大学都没有考上，怎么能配得上你。"

"你……你不能这样无理取闹……"

曼玉含着泪跑开了，把飞龙留在原地愣神。

曼玉怎么能这样呢，从小到大他是什么样的人，她应该是清楚的，他从来都没有在意过她学历高低的问题。

天空又下起了淅淅沥沥的小雨，这秋日的雨凉丝丝的，湿冷的空气弥漫周身，打湿他的记忆。这些年他发奋读书，不光是为了毕业有个好成绩，更重要的是为了给曼玉一个好生活。他的努力，曼玉怎么就看不见呢？为什么要纠缠于那些没用的东西呢？她是很聪明的，怎么就看不到问题的本质呢？

曼玉怎么能够在他面前毫不掩饰她对初恋的感情，还误解他！他有些看不懂曼玉，既然已经跟何向北分手了，那就应该永远画上句号了。而且她已经和他开始了一段新的恋情，就应该专一地走下去，不应该有丝毫的动摇。他对曼玉有了看法，觉得她已经不是从前那个单纯的苏月娥了。

他们变得不再亲密，飞龙只是在傻傻地等待一个结果，他没有再找曼玉。可他却希望曼玉再回来找他，他认为曼玉不该那么不坚定，她应该向他道歉、妥协，这简直就是对他尊严的侮辱。他做任何事情都是那么认真，对待感情更是如此，不可以有一丝一毫的亵渎。

飞龙越想越生气，他把自己泡在图书馆和实验室，把全部精力都投入到毕业论文中。眼前堆着山一样的书，他的脑子里全都是学习。无论如何他一定要给自己的学业画上一个圆满的句号，他不能让父母失望，也不能让导师失望，更不能违背自己的初心。从小到大，他摆脱烦恼的唯一方式就是读书，只有读更多的书才能把他从烦恼的泥潭里揪出来。

53

在图书馆，飞龙总是坐在一个僻静的角落里，那是他几年来固定的读书座位。他认真读书的样子是那么专注、认真，不禁让人着迷。姚莉莉总是偷偷地在远处观察他，内心充满了爱意。终于，她看到了一个非常好的机会。

“余飞龙，这些核心期刊的论文，我建议你多看看，或许会对你有帮助。”

“谢谢。”飞龙眼皮都没抬，机械地回答。这个高傲的女生不止一次地向他靠近，他完全没有兴趣，反而让他觉得很无聊。

“真是吝啬，我注意你这么久，只等来你两个字，你的嘴巴就那么金贵吗？”姚莉莉有些不悦。

“不是的。”

飞龙认真翻看那些书，紧锁的眉头渐渐舒展。这些论文给了他很多启发。

“怎么样，雪中送炭吧？”姚莉莉得意地朝他笑。

“嗯，确实很重要。”

“那你要怎么感谢我呢？”

“这……”

飞龙抬起头，在研究生同学里，姚莉莉是很耀眼的女生，她的目光总是火辣辣的。这样的目光让飞龙不敢直视。

“哈哈，别紧张，好像我是白骨精，要吃你这唐僧的肉似的。”

他猜到姚莉莉家庭条件不错，对于她这样的女孩他当然敬而远之。他一直很清楚，像他这样的穷小子远远配不上这个女孩儿。当然，他不知道姚莉莉在这几年时间里一直在偷偷地关注着他，他和苏曼玉的关系她了如指掌。

姚莉莉却更是凑到飞龙的身边，滔滔不绝起来。

“余飞龙，我很欣赏你的学习态度，也很佩服你的刻苦和毅力。我相信，就你个人而言，将来一定会有很好的前途，这一点毋庸置疑。但是，你想过没有，人的一生选择一个合适的伴侣是非常重要的。如果你最终只是草率地找了一个农村女人做媳妇，学历不高，也没有什么见识，那么今后在你们的生活中会出现很多问题，甚至影响你的发展。更重要的是，将来孩子的教育问题，生活在大都市，高学历的妈妈能培养出更加优秀的孩子，不是吗？你仔细考虑一下，不能因为自己的选择而耽误了下一代的前途。”

“你说的有些道理。”

“那当然，要不怎么说知识改变命运呢。”

飞龙心里很清楚，确实，月牙沟的人大多没有读过书，村里的妇女都是“斗大的字不识一箩筐”。教育儿女自然不会有多么高层次的见解，无非就是“打出的孝子，惯大的逆子”，不打不成器。很多人都笑话兰芝，说她从来舍不得动飞龙一指头，以后一定有苦日子过。可兰芝却认为，每个人来到这个世界上经历人间的喜怒哀乐，已经很不容易了。作为父母，就是要竭尽全力好好爱护儿女，她不同意打骂可以教育出有出息、孝顺父母的孩子的观点。

在姚莉莉面前，飞龙似乎有一种“高山流水遇知音”的感觉。她能够从精神和思想的层面让他有所领悟和提升，这是曼玉给不了的。

可是，这份感情他可以接受吗？姚莉莉的长相毫不逊色于曼玉，比曼玉更大气，更耐看。

临近毕业，姚莉莉主动拽着飞龙一起去餐厅、图书馆、公园。她的热情像一团热烈的火焰，难以抵挡，不给他留下任何拒绝的机会。像姚莉莉这样一个高傲的女孩，甚至比一般的女孩儿更自信，更开朗、大方。她和他谈学业、谈工作、谈未来，很容易谈到一起。除了读书和对乡村的了解，关于城市，他对太多的事情一无所知。而姚莉莉帮他打开了另一扇窗，让他另眼相看。姚莉莉在学识上真是具有独特的天赋，也难怪，她的父母是大学教授，她从小耳濡目染。

就在飞龙犹豫不决的那段时间里，姚莉莉终于大方地和他表白了。尽管飞龙有意避开她，但姚莉莉穷追不舍。

那一日温柔的月光下，姚莉莉跟随飞龙到宿舍楼下。她突然拽着飞龙的手臂，踮起脚尖捧着他的脸，一个深情的热吻落在飞龙的唇上。飞龙顿时慌作一团，心跳急促，他赶忙推开姚莉莉。

“姚莉莉，你这是干什么，大庭广众之下不嫌丢人啊。”

“哈哈哈，看把你紧张的，这有什么大不了的，女朋友亲吻男朋友，不是很正常吗？”

“谁是你男朋友了。”飞龙欲离开。

“飞龙，我知道你现在不喜欢我，但你也不讨厌我。你再好好考虑一下。”

“不用考虑，我们不合适。”

“你不是小孩子了，已经快二十岁了，你来北京不就是为了改变命运吗？别忘记自己的初衷。”

“你仔细思考一下，一个外地的自费专科生能找到什么样的工作。她没有本地户口，没有社会关系。即使她找到工作又能赚到多少工资，将来房子怎么解决？还有，培养、教育孩子，赡养老人，一大堆问题都在等着你呢。”

姚莉莉的眼神咄咄逼人。她的语气越坚定，飞龙就被带入得越深。

从前，飞龙一度以为组建家庭很简单，无非是两个熟悉的人在一起生活，再没有什么需要考虑的。

最终，飞龙以优异的成绩顺利通过了毕业论文答辩。这一次，他不得不认真考虑姚莉莉的话。

54

曼玉和他的联系越来越少。无论结局怎样，他都不可抑制地难过着、伤感着。他一边舍不下曼玉，一边享受着姚莉莉的追求，他觉得自己有些可耻。

犹豫之后，他内心矛盾重重，决定主动去找曼玉。他怀着复杂的心情约了曼玉见面，依然选择在子航的宿舍。

坐在狭小的宿舍里，他感觉和曼玉之间仿佛隔着一堵墙。

“曼玉……你……还好吗？”

“我很好。”曼玉冷冷地说。

她知道有一个叫姚莉莉的研究生在追求飞龙，那么热烈、执着，她竟第一次感觉到了深深的自卑。可是飞龙不应该这样对她，他怎么能这么快就变心。

曼玉不再像从前那样主动，飞龙多么希望曼玉能够给他多一点儿热情，好让他不再纠结犹豫，不再委屈后退。

“他呢，你们……”

“我和向北也很好，他很快就会来北京了。他很在意我，很关心我，每天都会给我打电话……”

曼玉一句话把飞龙最后一丝不舍也浇灭了。他失望极了，甚至有些恼火。

“那……我们就这样分手吧，既然你放不下他。”

“好，其实我也是这个意思。”曼玉心里有气，飞龙从始至终都没有挽留过她。她盯着玻璃窗，一字一句很清晰地说着。

曼玉的回答在意料之中，却还是让飞龙陷入无尽的伤感。

“好。”

“飞龙，我们各自会重新开始。但是，不会影响我们是最亲的老乡、最好的兄妹，对吗?”

“当然。”

“在我需要你帮忙的时候，你依然会挺身而出，当然，是作为最亲的哥哥，对吗?”

“嗯，当然。”

飞龙没有更多的话回应曼玉。她应该是一个简单透明的女孩，她的心思没有那么复杂多变。可是，唉……

他偷偷瞅了一眼曼玉的侧脸，长长的睫毛低垂着，像一团乌云罩在他心上。让他意外的是曼玉竟这么爽快地同意分手，不给他留一丝解释和安慰的机会，也没有像其他恋人分手的时候哭得死去活来。曼玉怎么可以这么平静呢?

“对了，飞龙，我一直没有机会告诉你，语汐坐明天晚上的火车回老家。她爸爸给她找了一份稳定的工作，听说还介绍了一个工作不错的男孩。这几天我们在帮语汐收拾东西。”

“哦，要回老家工作。那……那我得赶紧告诉子航一声，不然他出差回来会骂死我的。”

“是啊。”

飞龙终于抬头，曼玉正对着他微笑。那是一种怎样的微笑？是善意、是理解，然而还有陌生。他们不再像热恋时那么亲密，只是平常的友情，爱情好像是突然消失了。

曼玉极力掩饰着伤心和失望。

“飞龙，那我们赶紧去给子航打传呼吧。”

“嗯，好吧。”

没等几分钟，电话铃急促地响起，话筒几乎快要跳起来了。飞龙心里有些歉意，没能留住语汐，好像是他的责任和罪过。

“子航，你在哪儿出差呢，你赶快回来吧。唐语汐坐明天晚上的火车回老家。”

“回老家？回去有什么事情吗？我来不及送她，但我可以安排时间去接她。”子航喘着粗气。

听曼玉说，这么久以来，子航连语汐的手都没有牵过。但是痴情的子航专注于对唐语汐的追求，从未想过放弃。

“傻瓜，她要收拾行李回老家工作，永远都不会再来北京了！”

“什么?”子航挂断电话，直奔火车站。

那天晚上飞龙和子航喝得酩酊大醉。第二天早上，子航在睡梦中，飞龙还是一如既往踩着紧张、固定的节奏去做兼职。

下午他刚收工，便接到了曼玉的传呼，他赶忙在路边找到电话亭回了电话。

“飞龙，飞龙，快回来，子航出事了！”

“什么！”

推开门，子航正坐在地上号啕大哭，一把鼻涕一把眼泪。墙上的镜子碎了，只有几片零星的残渣悬在上面。满地都是玻璃碴，旁边还有几个东倒西歪的空酒瓶。

站在一旁的唐语汐惊恐地看着子航。

“子航，你这是干啥？”飞龙喘着粗气，又气愤又难过，子航竟然因为一个女孩子把自己弄得这么狼狈。

曼玉从外面跑了进来，手里拿着纱布和药水，飞龙这才发现子航的手在流血，他用手砸碎了镜子。曼玉蹲下身把子航的伤口包好。

“为什么？为什么！我想得到的为什么就得不到呢？我那么喜欢你，你不知道吗？我多么喜欢你啊！长这么大我从来没有喜欢过任何一个女孩，我只喜欢你啊！”子航依然撕心裂肺地哭喊着。

唐语汐一动不动地缩在一边。她不知道该说些什么。从相识到现在，林子航从来都没有正式表白过，也没有正式和她约定过什么，所以她也不能正式地拒绝他。

可是，她不想漂泊，不愿意承受漂泊之苦。她说服不了自己坚定地跟着子航漂泊，更说服不了子航不要在意这场缘分。人海茫茫，总会相遇，总有别离。谁也不知道下一个路口谁会遇见梦中的那个人。可是，这些话说出口，也许会让子航更加伤心。

“子航，你要理解语汐。该让语汐去选择她想要的生活……”

飞龙是在劝子航吗，也许他是在劝自己。是啊，情深情浅在真，缘深缘浅在心。也许有些等待，定是无疾而终。谁又能帮助谁挽回缘分，留住爱人呢？

飞龙的内心竟有些恨恨的，他用尽浑身力气把坐在地上号哭的子航拽起来，挪到床上。

“语汐，我那么喜欢你。你可以留下来吗？你留在北京，我会为你奋斗，永远只为你一个人奋斗。我们一定会幸福的，相信我。”

子航毫不掩饰地哭泣着，完全不顾忌自己的尊严和形象。他陷入对语汐的感情之中难以自拔，他一直抱着百分之百的把握，从未做过失败的心理准备。他以为真心付出就一定会得到她。

“子航，咱是爷们儿，你要坚强。”

“不，我没办法坚强，这辈子我只爱唐语汐一个人！”

“这辈子才刚刚开始，你会慢慢忘记唐语汐的。”

“你胡说！你又不是我，你怎么知道我会忘记语汐，我不会，就是不会……”林子航突然大吼了起来。

“子航，不如你也回老家吧。你很优秀，也很努力，回去也一样可以活得很好啊。你不能让语汐为难。她的工作已经确定了，不如你和语汐一起回老家吧。”曼玉也劝道。

“不可能，我怎么能回老家呢！我从村里来到北京，还没有混出个人样儿来，我现在没脸回去。我学的这个专业回老家能干啥？再说，当初来北京我就没准备再回去。”

那个深秋的雨夜，唐语汐带着全部行李踏上了北归的列车。子航却躲在出租屋借酒浇愁。

让飞龙难以捉摸的是这个说话像蚊子一样的女孩，临别前趁着曼玉出去，竟找他谈话。

“飞龙哥，也许以后我们无缘再见面，有些话我想和你说说。”

“你说。”

“我没想到你会这样对待曼玉。以你的涵养不应该做这样的事情。”

“我……”

“最不应该做的事情你却做了，你太不理智了。”

“你……”

“你是最对不起曼玉的人。她已经失去了处女之身，而你现在又不要她了，你是在玩弄曼玉，你太不负责任了。我没想到你竟然是这样的人。你让她以后怎么面对何向北？假如她们结婚了，她又该怎么跟何向北解释。你为什么不能放下身段去留住曼玉，这并不会有损你的尊严，反而会让你的形象更加高大。男人为自己喜欢的女孩低头，一点儿都不丢人。”

飞龙一时语塞，不容他辩解，而且他也无法辩解，这个让人难堪的问题他怎能坦然地和一个女孩子说清楚呢。他有些生气，曼玉怎么可以这样，这么隐私的事情怎么能轻易和别人说。

55

毕业后的时光真是无情，再也没有时间和令人无比羡慕的青春拿来挥霍，没有闲情逸致和老乡聚在一起吃吃喝喝，开心地谈天说地。甚至连回老家看望父母的时间都是一拖再拖，成为难以实施的计划。

他们各自投入快节奏的生活中，快到来不及回头望，像上了发条一样停不下来。偶尔，大家会在 QQ 上留下只言片语，在忙碌的缝隙中了解彼此的大概情况。

后来，大家都有了手机，却很少拨打对方的号码。大家为了各自心中的美好生活而疲于奔命，再无暇见面。

也许，有些往事终究会归于平淡，有些人总会优雅地转身。是远是近，或浓或淡，终是匆匆过客。偶念之人，已成回忆，未成之事，闭口不谈。

时光匆匆溜走，日新月异的都市光阴呼啸而过。飞龙终于通过努力工作加上极度的省吃俭用攒了一些钱。经过一段时间的相处，飞龙用实际行动为自己做了最好的证明——他真的是一个可以托付终身的男人。姚莉莉的父母也真心认可了这个善良踏实的农村小伙子，并开始催促他俩早日结婚，好了却一桩心病。

这个夏天，飞龙终于可以带着未来的媳妇回老家见父母了。春生和兰芝激动得几天都睡不着，全村人都为他们感到高兴。兰芝自豪地认为，这个城里闺女又漂亮，家庭条件又好，还对飞龙死心塌地，这可是他们家上辈子修来的福气。

即将面对公婆的姚莉莉当然也少不了兴奋和激动。出发前在家里换了好几件衣服，最后选择了一件淡黄色的条纹连衣裙，脚踩一双精致的米色高跟鞋，头发高高地盘在脑后，雅致清丽、光彩照人。

美丽大方的姚莉莉即将成为他的媳妇了，这是让他多么激动和忐忑的一桩大事啊。不到谈婚论嫁这一步，飞龙的心倒是平静如水，如今，就要成为一家人，永远生活在一起了，他反倒有些莫名的不安。

姚莉莉是家里的独生女，从小衣食无忧，自然是娇生惯养。飞龙可以接受姚莉莉的一切要求，事事都听她的安排。他认为这是男人应有的胸襟，男人就要娇惯自己的媳妇，就像他爹对他妈那样。甚至，他觉得他要感恩姚莉莉，认为是她给他带来这么多好运气，让他可以顺利找到工作，顺利买房，让他在城市中拥有自己的家。他自豪，是他的优秀，是他父母培养了这么优秀的他，是月牙沟那片热土养育了这样的他。

这些年爹妈为他操碎了心，这次该让他们高兴高兴了。在村里的同龄人当中，他是结婚最晚的，他妈常说村里的谁谁孙子都会跑了，甚至有的已经上了小学。他妈急着抱孙子，眼看就要实现了。

他们兴致勃勃地到了火车站。经过一个晚上翻山越岭的跋涉，终于快到下车时间了。飞龙很早就醒来了，或者说一个晚上他都没睡踏实。

窗外那熟悉的麦田正泛着绿油油的光，大片大片旺盛的生命冒着一股股催人向上的力量。

“莉莉，醒醒，该下车了。”

“真讨厌，没有飞机吗？在火车上我怎么都睡不着，好不容易刚睡着，你就把我推醒了。”

飞龙心里有些歉意。刚从出站口走出来，迎面一阵冷飕飕的风把姚莉莉额前的碎发吹得乱糟糟的。姚莉莉烦躁地扒拉着头发，站在原地直跺脚。

“哎呀，讨厌死了。这是什么地方，哪有夏天还吹这么冷的风的？”

“莉莉，忍耐一会儿，中午就热了。”

冷风裹在周身，飞龙不禁打了个寒战。习惯了北京的温度，他竟然忘记老家的夏天该怎么穿衣服。老家的温差确实很大，俗语有“早穿皮袄午披纱，晚上围炉吃西瓜”。别的城市是一年四季，他的家乡是一天有四季。

他拉着满脸怒气的姚莉莉走出火车站，迎面一阵风呛入喉咙。刚走几步，又冲过来一些人，有的还穿着大棉袄，不停地喊叫着。

“二位去哪里?”

“住旅店吗？搭车吗?”

吵吵嚷嚷的声音一阵阵传来，让姚莉莉感觉头昏脑涨、心烦意乱。环顾四周，只有低矮、土气的楼房，狭窄的街道和稀稀拉拉的行人。和繁华的北京比起来，这里的落后真是让她难以接受。路上坑坑洼洼的，姚莉莉穿着高跟鞋走得很慢。

“这是什么破地方！你的老家怎么会这么落后。这里到处都是脏兮兮、臭烘烘的。”

“我觉得挺好的，哪有那么差劲。”

“这还不够差劲吗？早知道是这么个破地方，我就不跟你来了！”

“大城市和小城市本来就有差别，这很正常。”

“不，飞龙，以你这样的外表和气质，难以想象竟然是在这样的环境下长大的。”

“莉莉，你有偏见我可以理解。但是，这里的人们是非常善良淳朴的，你会慢慢接受的。”

“不，飞龙，我从下火车的那一刻就讨厌这个地方！我要回去，现在就要回去！让你的父母来北京见我们不可以吗？为什么一定要我们来这个地方?”

飞龙沉默片刻，还是拽着姚莉莉走向汽车站。

“飞龙，你从来都没有告诉过我你的家乡这么落后。你是在故意隐瞒我！”

“我为什么要隐瞒，这有什么好隐瞒的？这个地方是比北京落后，但我没有必要隐瞒你。再说，你从来都没问过我。”

“我问你你就说，我不问你就什么都不跟我说？”

汽车站很小，去往林水县最豪华的汽车是一辆年头已久、陈旧的中巴。一路上，姚莉莉噘着嘴不说话。车窗外只有层层群山掠过，越走越荒凉。

“飞龙，我不想继续走了。你们家到底在什么地方？坐了那么久的火车还没到，还要坐汽车，我要下车回北京。”

“莉莉，马上就到了。”

“司机，停车！”姚莉莉像个孩子似的，任性起来。

“莉莉，你别闹了行吗？车上这么多人看着呢，我们好歹是有文化的人。”

56

大约一个小时后终于到了林水县，已近中午时分。飞龙感觉饥肠辘辘。下车后，在路边找到一个比较干净的小饭店。

“莉莉，你饿坏了吧。早上起来也没有吃东西。我们先在这里吃点儿东西吧，好吗？别生气了，这些都是小事，不至于生气。我会对你好一辈子，这才是大事，这才是重点。”

“好，飞龙，你记住你说的话。我当初喜欢你，主动追求你，你也是知道的，不是光图你长相好看，更是图你和别的男人不一样。”

“莉莉，你放心吧。这么多年你还不了解我吗？我在你面前是完全透明的。我就是一根筋，只会对你一个人好，对你专一。”

吃罢饭，太阳正热辣辣地炙烤着大地，飞龙抓起纸巾抹了一把头上的汗水。这天气真是让人受不了，早上还是冷风嗖嗖地吹，现在又要被太阳烤化了。

“莉莉，我去找一辆出租车回村里。”

姚莉莉瞪着眼睛。

“怎么还要坐车？我都快累死了，你家到底在哪里？”

“莉莉，再忍耐一下，一会儿就到了。”

飞龙的心情非常糟糕，他在极力克制着情绪。他伸出手臂拥抱姚莉莉，却被她猛地推开。他向后退了几步，被脚下的一块石头绊倒，一屁股坐在地上，生疼生疼的。姚莉莉却昂着头走开了。

他忍着火气从地上爬起来追上去，紧紧抱着姚莉莉。

“莉莉，你能不能冷静一下。是，我的老家是不够繁华，不够漂亮。你当初不是说只要我人好就够了吗？我对你不够好吗？不好的话，我可以改正，继续努力。”

姚莉莉稍作平息，却还在努力挣脱飞龙的手臂。他抱得很紧，没有松手。县城的街上行人稀少，他们纷纷投来诧异的目光。飞龙喘着粗气，把姚莉莉包围在他宽大的怀抱里，她仰起脖子瞪着他。

“余飞龙，我长这么大，从来没有受过这样的罪。我当初不顾爸妈的反对，坚持和你在一起，我坚信你会给我幸福。现在你却让我跟着你吃这样的苦，受这样的罪！”

“莉莉，你没有看错人。我的老家是什么样子并不影响我对你的感情，这里只是我们暂时需要回来的地方，今后，我们结婚了，是要生活在北京的。”

姚莉莉不再说话，被飞龙拽上一辆出租车。

汽车在崎岖颠簸的山路上行进，姚莉莉闭着眼睛不说话。车轮卷起黄色的烟尘，挡住了他遥望故乡的视线。他的心里泛起一阵悲怆。车窗外，熟悉的羊肠小道蜿蜒向村庄，麦田在风中摇曳，仿佛是在愉快地歌唱，欢迎他回家。他的眼眶里不禁冒出一汪清泪。他曾一度认为，故乡是他离开后随时都可以遗忘并不会再有任何感情的地方。他不会再因为村庄的一草一木或喜或悲。可是，此刻他的心却无比疼痛。

离开故乡十几年，读书、工作、买房，一件件、一桩桩，每一件事情都不容他迟疑，不等他停歇。他马不停蹄地奔跑在城市宽阔的大道上追逐梦想。只有在春节时才可以回一趟村庄，故乡的一草一木更是无暇进入眼帘。

这个夏天，飞龙将再次迎来人生中重要的时刻，那就是和姚莉莉结婚，让父母高兴，也让他们可以放心。他们念叨了多年的问题即将有个满意的结果。

远远地，美凤已陪着父母站在村口迎接。

飞龙猜到他们一定等了很久。久到他的父母皮肤、嘴唇已经干裂，头发被风吹乱。

车子停稳，一阵尘烟飘散在眼前。勉强从车里钻出来的姚莉莉板着脸，好像要去见仇人。她脚下的高跟鞋一摇一扭的，在布满砂子和石头的地上艰难向前挪动。村庄里除了青草的味道还有羊粪味，她掩着鼻子，满脸不悦。

春生和兰芝脸上灿烂的笑容瞬间凝固了，顿时感到手足无措。

“莉莉，这是我爹和我妈，这是美凤。”

姚莉莉用余光瞥了他们一眼，一句话都没有说，继续扭着腰肢，气鼓鼓地向前走。

“走，莉莉姐，赶紧进屋歇着，一路上累了吧。”

“哎哟，这路让我怎么走啊，全都是土。”

飞龙扶着姚莉莉走在前面，像宫里的太监搀扶着娘娘一样小心谨慎。春生、兰芝和美凤跟在后面碎步而行。

全村的人几乎都出来围观了，一些热情的大婶冲在前面，扯着大嗓门嚷嚷着，好像姚莉莉是嫦娥降落人间，让她们充满好奇，赶紧出来看个究竟。

“老愚头，你家飞龙终于领回媳妇了？”

“哎呀呀，就是不一样，你看看人家大城市来的闺女。啧啧，脸蛋水灵灵的，细皮嫩肉的，穿着打扮和咱村里的闺女就是不一样啊。”

“哎哟，老余家真有福气啊。”

“飞龙有本事，领回个城市闺女。”

“有什么了不起的，瞧她那样儿，装什么大瓣儿蒜！”

“一看就知道着闺女不是什么省油的灯……”

姚莉莉看到这么多土了吧唧的村妇热闹地围观讨论自己，狠狠瞪了飞龙一眼。

“她们这是干什么？太讨厌了！”

“你不要这么想，她们那是稀罕你，她们没见过大城市的闺女，看你长得好看。”

57

再见久别的老屋，斑驳的土墙饱经沧桑，就那样在山脚下慢慢老去。飞龙良久驻足，那只大黑狗早已不是从前的“年轻力壮”，慵懒地卧在鸡舍旁边，曾经的花公鸡也不见了踪影。

姚莉莉扭过头，咬牙切齿地瞪着余飞龙。

“余飞龙，你不会告诉我，这个小茅屋就是你家吧?”

“莉莉，进屋吧。”

飞龙心里涌动着悲怆，拽着莉莉往前走，她却不断向后退。

“我不进去！这哪里是人住的地方，这就是个鸟窝！”

飞龙强忍着不快，拉着姚莉莉进门，竟然忘记低头，狠狠地碰到了前额，生疼生疼的。其实他知道，那不仅仅是因为他的额头被撞疼，也是因为这个小山村和这间小茅屋伤了他的心，更是因为姚莉莉这样的态度让他极为失望。

炕上换了新的布单，那一定是美凤买回来的。他父母是万万舍不得花钱购置家用的。

莉莉嫌弃极了，始终不愿意坐到炕上，一直站在地上不说话。

春生从箱柜旁边拿起小炕桌，用抹布认真地擦了又擦，放在火炕中间。显然他们已多时不用。飞龙和美凤不在家，平时吃饭，他们就直接把碗筷放在炕上，盘着腿坐在炕上吃。夏天天气好时，就直接蹲在家门口吃。吃饭对于他们来说，就是用最简单的食物填饱肚子，并不需要那么多的讲究和花样。无非就是土豆、白菜、莜面、馒头、面条、大饼，再多不出什么别的花样，鸡蛋和肉也是很少见的。

那张陈旧斑驳的桌子还是当年的样子，飞龙和美凤曾点着煤油灯趴在上面读书、写字。

美凤始终面带笑容，把饭菜一一端上来，油炸糕、油饼、炖羊肉、炒芹菜、炒白菜、炒土豆、炒鸡蛋……这是他们过年时才可以吃到的最好的饭菜了。

美凤还特意为姚莉莉准备了一块粉嫩嫩的新毛巾，在掉了漆的搪瓷盆里清洗了一下，递到姚莉莉眼前。

“莉莉姐，快擦擦手上炕吃饭吧。”

姚莉莉没抬眼皮，一把推开美凤的手，毛巾掉到了地上。美凤什么都没有说，把毛巾捡起来抖了抖。那块崭新的毛巾是兰芝准备过年时用的，是全家人共用的一块新毛巾。平时他们用旧的毛巾已经失去了原貌，显得脏兮兮的，洗了又洗，用了又用，直到满是窟窿，再也提不起来才会扔掉。

飞龙憋着一肚子怒气，强装微笑。

“美凤，没事没事。莉莉不习惯就不要勉强，随她好了。”

美凤的脸上掠过一丝不易察觉的怒气，但她很快笑了。

“哥，你看咱妈，做了这么丰盛的饭。赶紧上炕趁热吃，不能辜负咱妈一天的辛苦。”

美凤把春生和飞龙推到炕上去，他们盘着腿坐在炕上，兰芝用一块无法辨认色彩的抹布重新擦了擦筷子，然后盘腿坐在春生的旁边。

美凤拉着姚莉莉的手说：“莉莉姐，快脱鞋上炕。”

姚莉莉被美凤拉到炕上，身体浅浅地搭在边上。

屋子里的气氛越来越凝重，空气仿佛凝成一块巨大的膜，罩在全家人的头顶上，让人喘不过气来。

春生和兰芝一脸难堪，美凤便装出十二分的热情招呼着每个人，好像她才是一家之主，又是夹菜，又是逗他们开心。

“妈呀，今儿这饭是我吃过最好吃的饭了，真的，多吃点儿。”

“莉莉姐，快多吃点儿。保准儿你没吃过我们这里的油炸糕，好吃着呢，只有过年才能吃到呢。”

“爹，您也吃，平时您可吃不上这么好的饭菜。”

“妈，您辛苦做了半天，不能把咱家的大厨给饿着了。”

“我说哥啊，你还忸怩啥呢，等我喂你不成。”

大家埋头有一口没一口地吃饭，姚莉莉一直阴沉着脸，飞龙给她夹菜，她撇嘴摇头，拿着筷子瞟了一眼，嫌弃地丢在桌上再没动过。只有美凤使出浑身力气化解尴尬。

盘和碗是极其简陋的，有的盘子被磕破了边缘，裸露着伤疤。飞龙埋头嚼着饭却感觉没滋没味儿，也没品尝到记忆中油炸糕喷香的味道。

黄昏已逝，夜色笼罩着月牙沟。一轮明晃晃的大月亮从玻璃窗边缓缓爬过，稳稳地挂在了南山顶上，屋内光线随之变得昏暗。从前，飞龙和美凤不写作业，兰芝是不会开灯的。

美凤挪到炕头边上，使劲拽了一下那根陈旧的线绳，一盏昏黄的灯忽地被点亮。几乎所有人同时停止了对食物的咀嚼，放下了手里的筷子。

吃过晚饭，气氛更加沉闷，每个人都感到手足无措。春生本就不善言辞，他用手背抹了一把嘴角，一声不吭从炕上挪下来。飞龙突然发现，他爹依然光着的灰突突的脚丫子，像极了一截粗糙的老树根，泥土深陷在裂缝里。

春生从不穿袜子，即使冻疮在冬天发作起来又痒又红肿，有时还会化脓，硬是忍了一年又一年。他把可以节省的全都节省下来，把所有的钱都留给飞龙和美凤上学用。就算兰芝用旧秋裤给他缝了一双袜子，他依然舍不得穿，只有到了数九天才会穿上。

说实话，爹的脚真的很难看，羞于见人，尤其让姚莉莉看到了，飞龙觉得很不妥。爹为什么不能穿一天袜子，哪怕等姚莉莉走了再脱下来也可以啊。他心里很不是滋味。他爹很固执，总说这样挺好，谁看着难看就不要看嘛。总之，节省钱就是硬道理，就是天大的道理，谁都说服不了他。

春生坐在炕边，一只脚在地上来回摸索着鞋，像一只慵懒的猫钻进那双打着补丁的黑布鞋。他双手搭在背后到了屋子外面，蹲在台阶上抽起了烟袋，大口大口吐着烟圈。他目不转睛地望着南山，烟圈仿佛飘到山上变成了羊群。山坡上绿油油的麦田，在这仲夏时节，正绿得浓烈。

抽完一锅烟，站起身，春生在窗沿上磕了磕烟锅，把烟袋别在裤腰带上。说是裤腰带，其实只是一根变了色的红布条。他走到院子的角落里拿起一把生锈的镰刀走向南山。

“妈，看我爹干啥去了。黑天半夜的咋又拿上镰刀出去了。”

“别管他了，真是个倔老头，又去麦地里除草了。”

美凤把饭菜收拾下去，默默地洗了锅碗。清脆的洗碗声变得异常响亮，让小屋显得更加沉寂。

兰芝坐在炕上望向窗外，月色映照着她好看的脸庞。二十多年了，她和春生从来没有吵过架，再穷再苦的日子都是温馨和睦的，手挽手一起熬过来就不会觉得那么苦。她一直坚信，如果他们一直生活在县城里，春生一定会干出一番事业的。

58

飞龙心里正懊恼着，他曾诗意地和姚莉莉谈起过自己的家乡，虽然贫穷落后，但，那是一个纯朴美丽的村庄，那里的人们相亲相爱，过着和和美美、与世无争的日子。姚莉莉说她会喜欢的，那是真正的“采菊东篱下，悠然见南山”的诗意生活，最重要的是那里养育了飞龙这么一个优秀的男人。姚莉莉印象里的农村是山清水秀、鸟语花香、风光旖旎的，是远离城市的世外桃源。她无论如何都想不到，余飞龙这样英武俊朗，有着独特儒雅气质的男人成长、生活的地方，竟会是一个如此贫瘠、偏僻、丑陋的山沟。

“飞龙，我要上卫生间。”

“让美凤带你去外面的厕所。”

其实，那怎么都称不上是个厕所，就是小土墙围起来的一个坑。

“凤儿，把你的外套拿上，外面凉。”

美凤提起自己的外套，追出家门给姚莉莉披在身上，姚莉莉却一把掀开了衣服。

“什么味儿！我不需要。”

衣服掉到地上，溅起浅浅的灰尘。美凤狠狠地瞪了她哥一眼，捡起衣服拍打了几下，噘起嘴走到姚莉莉的前面。到了厕所边上，她用手指向那个小土墙，“呶，这就是村里的卫生间。”

姚莉莉看到了那个样子的厕所，刚走进去便立即捂着鼻子跑了出来，却因为高跟鞋陷进土里，打了个趔趄，一屁股就坐在了地上。

“啊……讨厌死了，什么破地方！余飞龙你这个骗子！我要回去，我要立刻就回去!”

“莉莉，要回也得明天，今天已经没有车了。我和出租车司机留了电话，我现在给他打电话，让他明天一早开车过来。”

飞龙费了半天劲才把姚莉莉扶起来。

美凤实在看不下去了，穿上手里的外套，扭头走向南山，气呼呼地去找她爹了。

春生提着镰刀一头扎进麦地里，仔仔细细、认认真真地割草，一根麦穗都割不到，一根野草都不放过。

村里的夜晚，冷风习习。

“这是什么鬼地方，中午还被大太阳晒得流汗，晚上就冷得发抖。”姚莉莉恼着脸，简直要恨死飞龙了。

飞龙脱下外套给莉莉披上，她缩在衣服里面，没有再拒绝，跟着飞龙回了屋。

“飞龙啊，给闺女倒口水喝吧，饭也没吃。”

飞龙正准备拿起家里的碗倒水，姚莉莉刚从包里拿出来一个精致的水杯，却听到美凤提着嗓门嚷嚷道：“爹呀，这是干啥么，黑灯瞎火的干啥割草呢。这下好了，把手指也割破了。这么深一道口子啊，真是没事找事!”

飞龙迎出门，没想到又被门框狠狠地碰了额头。他顾不得疼痛，看到他爹的手指正在滴血。

美凤又瞪了她哥一眼，“哥，你干的好事!”

“我干啥好事了?”

“爹心里不痛快，都是因为你!”

“凤儿，别瞎说。”春生说了一句，再没吭声。

走进里屋，美凤从箱柜的一个布包里拿出一小块棉花递给兰芝，又取出一块白棉布，用剪刀剪开，用力一扯，扯下来一块二指宽的布条。兰芝从角落里拿出一截蜡烛，用火柴点燃，然后把棉花点着。春生脱鞋坐在炕上，乖乖地把手指伸到兰芝面前，像犯了错的孩子。兰芝把燃烧的棉花猛地按在伤口上，血止住了，手指上留下一片烧焦的棉花，黑乎乎的。美凤在小炕桌上用擀面杖将包在纸里的止痛片碾成细粉末，撒在春生的伤口上，然后用白布条给春生包好手指，又拽了一根白线绳绕了几圈系紧。

“哥呀，你可是咱家的大功臣，你有功劳了。我早就给你说好了，你和爹去刘大爷家睡觉吧。我们现在要睡觉了，累。”

“妈，咱早点儿睡觉吧。明儿还得早起。”

屋子里只剩下沉默，黑漆漆一片，飞龙耷拉着脑袋去了刘大爷家。

刘三娃心疼春生，也替飞龙担忧。他的三个儿子在城里打工，费了好大力气才勉强娶了媳妇，差点儿就打光棍了。

“飞龙，不管咋样一切等明天再说。依大爷看，那城市闺女心高气傲的，看不上咱这庄户人家。咱攀不上高枝，不能勉强。”

“嗯，大爷，我明白。”

“咱祖祖辈辈都是庄户人啊……”

第二天早上天刚蒙蒙亮，飞龙就听到了美凤的声音。

“哥呀，快起来了，莉莉姐等你出发呢。”

飞龙揉揉惺忪的睡眼，一个激灵爬了起来。姚莉莉早已收拾好行李站在院子门口等他。她是一刻都不愿意多停留，见飞龙走出来，自己便朝村口走去。

兰芝拿着一块湿毛巾追上去说：“飞龙啊，好歹擦把脸。”又塞给飞龙一个小包。“飞龙，里面是妈做的烙饼，你最爱吃的。”

飞龙胡乱擦了一把脸，接过烙饼大步追上莉莉。

听美凤说姚莉莉几乎一夜未睡，她就那样坐在后炕上，都不愿意躺在被窝里。她们也是假装睡着了，一夜都没敢翻身。

一路上，姚莉莉不理飞龙，一句话都没有和他说。

回想起当初，那个热情似火、义无反顾的姚莉莉怎么变成今天这个样子了？她当时的坚定究竟是真是假，真是难以分辨了。

从前姚莉莉那些坚定的话语，飞龙依然清晰地记着。“姚莉莉，你究竟是一时冲动，还是真的确定自己的内心了？”

“我第一眼就喜欢你了。就是当年那个拾金不昧的英俊青年让我一直心心念念的。你高大帅气的样子吸引了我，而且你为人踏实、稳重。我就是想找一个像你这样诚实又有才华的男人，让我有安全感。”

“拾金不昧？”

“对啊，你不记得了吗？你保管过我丢的书包。”

“不记得。”

“是，你肯定不记得。你都没有多看我一眼就跑了。可是，我当时就认定你了。”

“我有那么好吗?”

“你为人真诚，这点最可贵。”

“可我是农村人。”

“农村人怎么了？你这么优秀就已经足够了。连我爸爸都说你骨子里都是正气，的确是个可造之才，将来前途无量。”

…………

女人心，海底针。飞龙一路上都在想着这句话。姚莉莉究竟是个什么样的人，他摸不透她的心思。

刚下火车，姚莉莉径直走向地铁站，头也不回。

“余飞龙，我自己回去。你让我好好冷静一下，请不要打扰我。”

飞龙呆呆地看着她冷漠的背影，像一块冰。他站在原地愣神许久，人海将他淹没。

姚莉莉对飞龙家庭环境的失望，足以将他的专一和真诚全部抵消，变得一文不值。

59

地铁在各种绚丽的广告牌的光影中呼啸而过，对面的玻璃上映照着飞龙清瘦的身影。他靠着车厢愣神，身边很多情侣亲昵地相拥。一阵电话铃声打断了他的思绪。

“飞龙，国庆节回趟老家吧。我要结婚了，你一定要回来参加我的婚礼。”

“曼玉啊，好久不见。你这悄无声息的都要结婚了。”

“还悄无声息啊，难不成我要敲锣打鼓告诉全世界吗？我也快三十岁了，再不嫁人我就成大龄剩女了。不多说了，我再通知一下林子航。”

本想了解更多，曼玉却匆匆挂了电话。

只有借着曼玉的婚礼才能和子航好好叙叙旧了。这个理由可以让他们都暂时放下工作轻松见面。

出发前，飞龙知道姚莉莉绝对不会再和他回村了，但还是给她发了短信：“莉莉，不知道你最近忙什么，一直没有消息。国庆节放假我回村参加曼玉的婚礼，不能陪你了。”

姚莉莉没有任何消息，他心里不免失落和懊恼。当初那个死缠烂打，对他无比崇拜和爱慕的姚莉莉不见了。

这些年，飞龙按部就班过着机械的生活。而林子航埋头苦干成绩不错，在公司已晋升为大区经理，并且拥有了一家小公司，还在丰台区买了房子。其他几个老乡也都在北京成家立业了。相比之下，他的未来和爱情突然失去了方向，面对曼玉的婚礼，他心里更不是滋味。

曼玉结婚那天很热闹，全村老少都到齐了。在村里，瑞声为大伙儿做了不少好事，慷慨奉献，村里人都记着他的好，他家有大喜事，大家都高兴地过来帮忙。瑞声特意请了村里的秧歌队，还从县里请来专业的婚庆团队，唱歌、跳舞，热闹极了，那是月牙沟最盛大的婚礼场面。

十月初的天气凉爽怡人，按照老做法，占用各家各户的房子摆喜酒。她家盖了新房子，几间宽阔的砖瓦房在村里格外显眼，窗户亮堂堂的，在村里是最阔气的人家。

曼玉和新郎官过来敬酒时，飞龙才发现新郎并不是何向北。他虽只见过何向北的照片，但也不至于认错人。见飞龙满脸狐疑，美凤真是有点儿心疼他。

“哥，不是我不告诉你，是曼玉不让我说，哪怕是我的亲哥，我也得遵守我和闺蜜之间的约定，我不能言而无信。”

“他们是怎么认识的?”

飞龙突然生出好奇。这几年，他一心工作，一心和姚莉莉谈恋爱，他和曼玉几乎失去了联系。

“说来话长。曼玉打工挣钱供养何向北上完学，毕业以后，何向北立马就翻脸不认人了，说白了就是过河拆桥。后来，他天天和曼玉吵架，尤其是说到买房子，究竟谁出多少钱，首付怎么付，贷款怎么还，房主写谁的名字，每一件事他都斤斤计较。”

“这种人，曼玉还离不开他。”

“哥呀，人家会说软话啊，每次都是跪地求饶。”

“曼玉是怎么想的，怎么没看清他的真面目呢?”

“那她还能怎么办，她为何向北付出的太多了。更过分的是何向北每天盯着曼玉。曼玉和哪个男人说了几句话，说了什么话，都要向他汇报清楚。”

“那曼玉能忍受得了?”

“是啊，不论曼玉要去哪儿，都必须和他提前打招呼。如果不打招呼就不见了人影，何向北就会没完没了地折磨她，一定要她承认错误。”

“飞龙，这人有精神病吧。”子航插嘴道。

“子航，别瞎说，吃你的饭。”

“更过分的是，何向北竟然让曼玉给他下跪，原因是曼玉叫男同事一声‘哥哥’了，不下跪何向北就会一直折磨她。曼玉又气又闷，哭着跑到外面，稀里糊涂地就跌进了一家酒吧……”

“可恶！”子航又插一嘴。

“自从分手后，曼玉经常一个人去酒吧听歌、喝酒。后来竟然还在那个酒吧唱起了歌。看上曼玉的人很多，有一个见义勇为的男人，一直在追求曼玉，直到成为今天的新郎官，名叫蒋墨文。”

“真没想到啊，曼玉现在是苦尽甘来。”

“那是啊，曼玉以后就是住着别墅的阔太太了。”

“对了美凤，我一直想问你，唐语汐怎么没有来参加婚礼？她们可是最好的闺蜜，怎么说都应该来。”子航放下筷子，着急地看着美凤。

“快说，美凤，我后来再没见过语汐，她咋没来？我本想着在这里能见到她呢。”

美凤喝了一口饮料，橙红色的液体色泽鲜艳得那么不真实，甚至有些吓人。

“语汐在坐月子，过不来。”

“什么！她……她都生孩子了？”

…………

月牙沟回荡着欢乐的笑声，一派祥和的喜气。

山脚下，一大片麦田正散发着金黄色的光泽，在夕阳里熠熠生辉，仿佛在歌唱着风调雨顺，分享着丰收的喜悦。就连山坡上的风都像一个调皮的孩子在麦地里来回穿梭，麦浪像大海的波浪一层层涌过来又退回去，也像飞龙的心事，一层层涌上心头又落下去。

飞龙和子航没有多停留，第二天一大早，二人带着各自沉甸甸的心事出发了。

“飞龙，这辈子我和语汐都不可能在一起了吗?”

“你很快就要结婚了，早该放下语汐了。”

飞龙在想，忘记一个人有那么难吗？既然不属于自己，苦苦思念又有什么意义，只会让自己徒增烦恼。

“飞龙，你这样的书呆子不会明白的，虽然我现在有结婚对象，但其实我根本不了解她。她是我三叔介绍的，说咱们普通人结婚，不就是生娃过日子吗。”

“先结婚后恋爱也是可以的。”

“嗨，就那样的一个女孩，我哪有心情和她谈恋爱。既然三叔都这样三番五次地说了，我想娶媳妇是完成我人生当中的一个任务，就是为了让我父母心里踏实。”

“你不能就这样草率地下决定。婚姻大事可不是儿戏，你要考虑清楚。即使你不能和语汐在一起，也要认真对待婚姻。”

“道理我都明白，但是，已经决定了，懒得改变。”

子航忧伤地看着车窗外，飞龙的心情也变得格外沉重。一片片金色的麦田从眼前飞速闪过，他不禁感到惭愧，他已经是大老爷们儿了，却不能替父母分担农活儿，还因为找了姚莉莉，给父母心里添堵。

60

下了火车，飞龙和子航各自忙碌。

姚莉莉始终没有回信息。飞龙忽然有种不祥的预感，姚莉莉怎么都应该回他一句话的，哪怕是一句“我们分手吧”。

飞龙突然感觉头皮发紧，立即拨打姚莉莉的手机，她不接电话，又发了信息她也不回。他有些沮丧，垂头丧气地回到公寓。

又过了一些日子，姚莉莉依然没有任何回应。她不能这么牛气吧！飞龙憋着一肚子气跑到姚莉莉的公寓。他按响门铃，一个陌生的女孩从门缝瞄了一眼，慢慢打开门。

“您好，请问您找谁？”女孩上下打量着飞龙。

“我找姚莉莉，她在吗？”

“她早就搬走了。”

女孩话音刚落，飞龙的脑袋便开始“嗡嗡”作响。

“搬走？搬去哪里，你知道吗？”

“听说是出国了。”

“出国干什么？”

“出国留学呗。”

女孩把一句话和飞龙都留在了门外。出国？怎么会突然出国了，连个招呼都不打？

他哆嗦着手从裤兜掏手机，几次都掏不出来，干脆坐在台阶上把手机拽了出来。她竟然关机了。为什么关机？连一个电话和信息都没有给他留下，怎么可以这样？他的心顿时凉了半截，强打起精神站起来，眼前一黑，差点儿晕倒。他缓口气，扶着墙走到楼下打了一辆出租车。

从电梯里出来，飞龙踉踉跄跄地走到门口，拿出钥匙开门，怎么都打不开。他抬头看一眼门牌号，对啊，就是这个房子，没错，他记得很清楚。这可是他在北京的房子，记忆深刻着呢，就等着和姚莉莉领结婚证，然后一起买家具入住了。

猛地，门从里面打开，出来了一个陌生男人。

“干吗，干吗？你怎么开我家的门？”

“这是我家？怎么成你家了呢？”飞龙的脸冷一下热一下，声音变了调，木木地盯着他。

“怎么就是你家了，我们刚买了这套房子。”那人毫不客气。

“你们买的？和谁买的？怎么不经过我？我是这房子的主人。”飞龙感觉自己的胸腔里充满了气体，像一只气球随时都会被戳破。

“我们和谁买房子关你什么事？你谁呀？我们有合同，和房主姚莉莉签的购房合同。”

那人说完“咣当”一声，将重重的防盗门紧紧关闭。

这句话像一块砖头重重地拍在飞龙的脑袋上，他眼前突然一黑，“咚”的一声便倒在地上。

不知过了多久，他感觉脑袋沉沉的，很想坐起来，但浑身仿佛被绳子绑得死死的，动弹不得。他好不容易睁开眼睛，眼前白花花的一片。他想，这是去另一个世界了吗？突然，一个模糊的影子朝他移动过来。

“余飞龙，你终于醒了。”这个声音仿佛从远古传来，“家属可以进来了，回去一定要给他加强营养，一个大男人身体也太虚弱了。”

“飞龙，感觉怎么样？”耳边是熟悉的乡音，他的眼皮好重，听到这么甜美动听的声音，身体内突然涌出一股力量，慢慢睁开眼睛，是曼玉和子航。

“飞龙，你要振作，留得青山在，不怕没柴烧，千万不要想不开。

你是大老爷们儿，多大点儿事。”

“是啊飞龙，是你的跑不了，不是你的跑了更好。”

“从今天起好好吃饭，健康的身体才是最重要的。”

“我给你买了营养品，回去好好补补。”

曼玉美丽的容颜和子航高大的身影逐渐清晰起来。

原来，飞龙晕倒在自家门口，不，那已经是别人家了。屋里的人将门关上以后，看他站在门口像木头桩子一动不动，就从猫眼儿里观察。忽然听到门外“扑通”一声，打开门时飞龙已经倒在地上不动了。那人从飞龙身上找到一部手机，拨通了通讯录里美凤的电话。

这样的结果，并没有让美凤大吃一惊。她曾想过姚莉莉一定会和她哥分手的，把她哥给甩了是极有可能的。但姚莉莉怎么能这么狠心呢，就算对她们家再不满意，和平分手不就好了吗，一定要把事情做得这么绝？非得让她哥一无所有才满意？这不是把人往死路上逼吗？她了解自己的哥哥，他在北京这么多年非常辛苦，舍不得吃舍不得穿，别说什么山珍海味，连最基本的营养都保证不了。她哥从来都没有胖过，现在更是瘦脱相了。唉，这下可好了，没有娶到姚莉莉，还比任何人都输得惨，她哥心里怎么能受得了呢？他从小就是那么要强的一个人。

偌大的北京城，在他遇到难处时，能够及时赶过来的是曼玉和子航，飞龙很感动。可是他的心，再次不可遏制地疼了起来。他怎么面对远在老家的父母，怎么和他们解释。他省吃俭用攒下来的这些积蓄，还没有来得及孝敬父母，更没来得及为自己添置些东西。

晚上，飞龙一个人躺在病床上发呆，这些年，他严重营养不良，完全是一种信念在支撑着他，那就是改变命运，回报父母的养育之恩。他突然分外想念爹妈，也分外想念那个让他心痛的月牙沟。一整夜他都在做梦，梦到那片麦田，梦见他妈烙的大饼散发着麦香味儿，他正想拿起来吃，忽然就醒了。

清晨，四周寂静得让人发慌，只有树上不知名的鸟在不停地鸣叫，“叽叽喳喳”的，仿佛在嘲弄飞龙，让他体验到无尽的挫败感。

勉强洗漱完毕，曼玉便风风火火地赶了过来，见飞龙耷拉着脑袋，她二话没说便跑出去办完了出院手续。

“曼玉，我真的很过意不去，让你这个新娘子跑来跑去地照顾我。我该怎么感谢你呢。”

“瞧你，跟我还客气，酸死了，以后少和我客气。我现在也没事干，闲人一个。蒋墨文说我这个寒酸的专科文凭赚不到几个钱，干脆就在家做全职太太。”

“你过得幸福就好，我觉得自己就是一个笑话，你可别笑我。”

“看你说的什么话！什么笑话！要说笑话，我就是 本笑话大全。以前我和何向北分分合合，吵吵闹闹，那时我死的心都有了，鬼使神差地就去了酒吧。现在很后悔，我干吗要去酒吧呢，还学着别人喝酒。让我爹妈知道了不得伤心死了。”

“是啊，那个时候我在干什么呢，我什么都没有帮到你。”

“飞龙，你要想开点儿，没有什么大不了的事情。女朋友跑了可以再找，钱没有了可以再赚。男人就是一座山，要给女人一辈子的依靠，你可不能变成一摊烂泥巴。咱还年轻，以后的日子还长着呢。”

曼玉的话在飞龙耳边回荡，赶走了他心头的阴霾。

61

飞龙不敢给他爹写信，更不敢回村，他不忍心面对爹妈那善良、温暖的眼神和刻满贫穷的一道道皱纹。

美凤悄悄给飞龙买了很多食品邮寄过去。每天打电话、发信息给他安慰和鼓励。懂事的美凤让飞龙的心里暖暖的，让他明白此时更加应该振作精神，努力工作。

春生和兰芝最终还是知道了这件事情，他们心里难过极了，却也不能去北京看看飞龙。这去一趟北京的路费得不少钱，不如省下来，日后用处多着呢。春生默默提笔写了一封信：

我儿飞龙：

人一辈子总会遇到挫折，不会永远平平顺顺。没有什么大不了的，只要你好好的，我和你妈就放心了。你一定要咬紧牙关，熬过去就是平坦大道。咱是男人，要拿得起放得下。你妈说了，人家是金凤凰，咱不强留，咱家祖祖辈辈就没有那梧桐树。钱，咱可以慢慢挣，没有过不去的火焰山。无论干啥都得有个好身体，听爹的话，你要尽快振作起来，你还有这个家。

爹

飞龙捧着他爹的信读了好几遍，流着泪在异乡昏黄的孤灯下提笔回信。城市的夜晚渐渐从白日的喧嚣和吵闹中安静下来，让他分外想念村庄和那片麦田。也许，村庄的一切已渗入他的经络，根深蒂固的牵念决定了他无法真正离开，更无法将村庄彻底抛弃。他内心怀揣着对亲情的感怀，让他始终像一串沉稳的音符，从未有过跳跃、欢快的节奏。

“爹啊，儿子没出息，原谅儿子的不孝和无能……”可是，他没有写出来。只在信里告诉他爹：“放心吧，一切困难都打不倒我，等着儿子的好消息吧。”

他把所有精力都放在了工作上，别人闲谈时，他埋头干活；别人按时下班，他独自一人加班。

一次，飞龙无意间发现邮箱里的一封邮件：

说实话，是我太天真，看错了你，也对你抱有太多幻想。你给我的印象一直都是老实、本分，甚至是愚钝的，原来这一切都是错觉，实际上你是一个狡猾、精明、有城府的男人，你的手段真是好高级啊。退一万步，就算你不是心机男，作为男人，你真不是个东西。你心里很明白，那个贫穷的家庭就是一个巨大的包袱。从一开始你就应该老实告诉我，你父母和你老家的真实情况。可是你只字未提，鬼才知道你有什么打算。那么破烂的地方还好意思让我去？那是对我的欺骗和侮辱！你让我和我爸妈怎么交代？我永远都不要再见到你。你耽误了我大好的青春，浪费我了的感情。所以，你应该得到一个教训。无论怎样惩罚你，都不为过。

姚莉莉总算给了他一个了断，他突然感觉轻松了很多。这样的惩罚，他认，只是他从未故意隐瞒，更没有什么算计。

他把邮件彻底删除，没有做任何回复。

…………

有一阵子，他真的误以为过去的伤痛已经被他彻底忘记。直到那天，林子航突然来找他。

“飞龙，最近咋样？我要结婚了。到时候你得来呀。”子航手里除了请柬，还有一瓶酒。

“结婚？这么快！”

在狭小的单身宿舍里，飞龙和子航边喝酒边聊天。子航一杯接一杯地将白酒灌进嘴里，一会儿工夫便面红耳赤。

“飞龙，咱哥俩惨啊……”

“你都要结婚了，怎么还说惨。谁能有我惨，什么都没有了，要钱没钱，要人没人。”

“可我一点儿都不喜欢邓彩丽。我三叔说人家挺好的，女孩什么要求都没提。我爹妈听了我三叔的话，都认为这么好的姑娘上哪儿去找，天天催我结婚。”

“别再挑剔了，把语汐彻底忘了吧，她永远都不属于你了。”

“语汐，我恨你！”子航用拳头捶着桌子。

“子航，你没有唐语汐，还有房子，还有公司。当初，我为了让姚莉莉看到我的真心，买房子时户主只写了她的名字……”

“够爷们儿，飞龙！”子航又将一杯酒倒进嘴里。

“飞龙，没关系，钱是人挣的，以后咱努力，加把劲儿可以再挣回来。结婚是人生大事，人不对，一辈子糟心，一辈子多么漫长，可怎么熬下去呢。人不对，就算有钱、有房子，也没意思。”

子航结婚那天把自己喝得烂醉，久不见面的老乡们都有了各自的幸福家庭。新婚之夜，子航却伤心大哭，嘴里一直在喊：“唐语汐，我恨你……”

下

62

好像总是这样，随着一个人年龄的增长，能够使他感到快乐的事情却越来越少。除了全身心投入工作，飞龙似乎再无事可做。他对工作的热情日渐高涨，工作成绩给他带来的欣慰足以让他把过去那些烦恼彻底忘记。

对工作，几年如一日，飞龙总是能够全力以赴。那天，他刚圆满完成一项工作，正心满意足地收拾东西准备下班，同事却拽住了他。

“余科长，今天说什么都应该请客了吧!”

“嗯？请客？为啥让我请客?”

“装，继续装。”

“你小子，别逗人家余科长。”

“我们可都知道了，余飞龙先生升任咱们科长了!”

…………

飞龙在把半个月的工资搭了进去。那天晚上上他喝得酩酊大醉。其实他心里并没有那么快乐，而同事却都在羡慕着他，佩服着他。

“飞龙，不是说你，省吃俭用不能解决问题。”

“是啊，无论长相和才华，你都是无可挑剔的。”

“哥们儿要是有你这样一副好皮囊，当然，还有这才华，那还不好好利用一下。”

“你这样有才华的美男子，机会多的是。”

“哈哈哈……”

“去他妈的美男子……”不胜酒力的余飞龙又干了一杯，很快便烂醉如泥。

…………

他梦到自己睡在麦地里，轻柔的晚风正吹拂着他的脸颊。一阵忽远忽近的声音在他耳边不停地响着，他迷迷糊糊地抓起枕头边的手机。那是一部多年未换的老旧手机，他使劲按了几下才接通。

“飞龙，怎么还在睡觉?”

“啊，谁啊？今天不是周末吗?”

“飞龙，不和你废话。你赶紧收拾一下，把原本那个英俊的余飞龙给我还原回来。”

曼玉命令式的口气，让飞龙突然清醒了，他挠了挠沉闷的脑袋。久未联系的曼玉怎么会突然给他打电话。他一个激灵坐起来，一看时间，可不是，都快中午了。

“曼玉，你不在家看孩子，跑出来可以吗?”

“放心吧，孩子有她爷爷奶奶呢。”

“你找我什么事?”

“给你介绍对象，不许挑三拣四!”

飞龙本无心再见任何女孩，可是曼玉口气强硬，不容他推辞。这几年，同事也没少给他介绍女孩，都被他的贫穷吓跑了。他当然能够理解，谁家的宝贝女儿不想嫁个家境不错的男人，美凤不也一样。如今美凤嫁得好，全家人真是为她开心。

曼玉带来一个长相普通的农村女孩儿，矮矮的个头，浑圆的身体，皮肤稍显黝黑。女孩笑起来，眼睛眯成一条弯弯的月牙，嘴角还挂着两个像兰芝和美凤那么好看的梨涡。光凭这一点，便让飞龙心里生出许多好感来。她一直笑着，想必性格是极好的。曼玉给他们互相介绍完，女孩朝他很恭敬地点头。

“你好，我叫余飞龙，和曼玉一个村。我爹妈在农村种地，只有一个妹妹，已经结婚。我工作稳定，现在的存款可以在北京郊区买套房子，不过只是够付首付，还贷款是没问题的，我……”

女孩看着他无比认真的模样，突然“咯咯”地笑起来。

“你好，我叫云菲菲，家在农村，父母在老家种地。我是专科毕业，是个打工妹。”

“飞龙，你这是跟菲菲汇报工作呢?”曼玉跟着“咯咯咯”地笑了起来。

她的名字真好听，说完名字后，飞龙还没有回过神来。她的名字和她普通的长相不太匹配。可是，他还挑剔什么呢?曼玉如此郑重地给他介绍，说明这姑娘的人品一定错不了，其他的都不重要。

曼玉显然很高兴，好像为飞龙解决婚姻大事是她的责任。

“菲菲，飞龙可是万里挑一的好男人。长相你都看见了，重要的是非常有才华，而且心眼儿好，我没有和你吹牛吧？”

云菲菲低头羞涩地笑。

“飞龙，人我可交给你了，你要相信我的眼光。菲菲绝对是个过日子的好女孩。她从小懂得帮父母干活儿，不是娇滴滴的花瓶。你们好好相处，尽快结婚。我就等着喝你们的喜酒了。”

63

短暂的相处之后，飞龙便下定决心和云菲菲结婚了。她是个安安稳稳过日子的人，而他自己只是个农民的儿子，就是应该找一个普通人过普通的生活。

那日，飞龙在电话里和云菲菲约好在西单地铁出站口见面。等他下班从地铁站出来的时候，见云菲菲已经等在那里了。她站在夕阳里，远远地朝着他欢喜地挥着手。她普通的外表看起来可爱了许多，也让他荒凉的内心生出几多暖意。也许这种质朴的温暖才属于他，让他的内心更加坚定。

“菲菲，你来得好早啊，让你久等了。”

“呵呵，没有，我高兴。希望是我等你，而不是让你等我。”

“谁等谁有什么区别呢？”

“有啊。我等你，是幸福的等待。你等我，我会心急，会慌张，会自责。”

“那你愿意等我慢慢挣钱吗？”

“当然了，等一辈子都愿意。”

“你真是个好姑娘。我们尽快结婚吧，都老大不小了。”

“真的吗？我当然没意见。我也希望尽早结婚呢……”

云菲菲一直开心地笑着，质朴的笑声穿过黄昏的云层，飘向远方。和云菲菲在一起就是这样轻松。唯有一颗质朴、快乐的心才能让幸福更加长久。

“既然你什么意见都没有，那……我们见一下双方父母，如果没问题就先领结婚证吧。”

“嗯，我全听你的。”

“你就没有什么要求吗?”

“没有，真的没有。你说咋办就咋办，我高兴还来不及呢。”

两个人边说边走，看见一家小面馆，飞龙的肚子顿时叽里咕噜叫了起来。云菲菲停下脚步。

“我们就在这个面馆吃口饭吧。”

“那怎么可以，恋人吃饭要去像样子的餐馆。”

“不用，那样太浪费钱了。”

说着，云菲菲便拉着飞龙走进面馆……

很快，一切都确定下来了。春生和兰芝终于盼来了这一天，飞龙能够尽快结婚，他们心里就踏实了。

飞龙带着云菲菲，坐火车、坐汽车、坐出租车，直奔村庄。

中途路过县城，飞龙建议在小饭店吃午饭，云菲菲却不愿意了。

“飞龙，咱们带着面包和牛奶，路上吃一口就好了，不要耽误时间，别让老人等着急了。”

没想到云菲菲这么懂事，飞龙心里一热，顿时眼眶湿润。

到了村口，他的父母依然像上次一样穿戴整齐出来迎接。村妇们又出来围观讨论。云菲菲只是朝着她们微笑，友好示意。

谁知兰芝和云菲菲竟一见如故，亲热得像上辈子就已是婆媳了，云菲菲那些体己的话，让全家人心里都乐开了花。

兰芝拉着云菲菲的手进屋，进门时飞龙竟因高兴再次碰到额头，“哎呀，我的妈呀，疼死我了。”

他抱着额头两眼生泪。云菲菲转身踮起脚尖，无比心疼地给他揉着额头。

“没事吧飞龙。你看你，自己家的门都不知道高低啊。”

“嘿嘿，我记性不好。”飞龙心里美极了。

“闺女，赶紧脱鞋上炕歇着，大娘这就给你端饭去。”

兰芝忙着去灶台边端饭，云菲菲也赶忙过去帮忙。兰芝打心眼儿里高兴，看到云菲菲那朴素的样子，她也敢多说话了。春生抿着嘴巴满脸笑容，眼角的皱纹更加明显。

上次姚莉莉来，他们大气都不敢出。而这一次完全不一样，家里一团和谐喜庆的气氛。

“使不得，闺女，这初来乍到的，哪能让你干活呢。”兰芝亲切地拉着云菲菲的手坐到炕上。

“大娘，没事，我从小就会干活儿，家里、地里啥活儿我都会干。再说，您不让我干活儿就是拿我当外人了。”

饭菜上桌，云菲菲立即把鞋脱掉，盘腿坐在炕上，一家人其乐融融，有说有笑地一起吃着饭，吃得有滋有味，吃得踏实开心。

吃过饭天色尚早，飞龙心里高兴，突然来了兴致。

“菲菲，我带你出去看看吧。”

“飞龙，先不去了吧。你好不容易回趟家，多陪父母说说话。”

没等飞龙回话，云菲菲拿起抹布，从水缸里舀了一瓢水倒进盆子里，动作娴熟，俨然是这个家的一员。她端起盆子走到外面，开始擦玻璃。

“闺女，使不得，使不得，哪能让你干活儿呢。”

“大娘，我在这儿干坐着才难受呢。您就让我干吧，也不是什么重活儿。”

安静的村庄总会因为一个外乡人的到来而热闹起来。

“呀，这个闺女和上次那个不一样。啧啧啧，你看看，还给老愚头干上活儿了。”

“这次飞龙真是选对了人。这下老愚头可以歇心了。”

“这个闺女一看就是农村人，和上次那个没法比，简直是天上一个地下一个。飞龙的眼睛长后脑勺了。”

云菲菲听到她们的话也不吭声，埋头默默忙着手里的活儿。

“别听她们瞎说。”

飞龙把云菲菲拉回屋里，她反倒安慰起飞龙来。

“飞龙，我真没在意。谁能管得住别人的嘴呢，她们想说啥就说啥。我知道你的心，你对我好就够了。别人的话我当耳旁风，我是和你过日子，又不是和她们过日子。”

兰芝和春生会心一笑，云菲菲一番话让兰芝心里更踏实了。

“好闺女，已经跟你父母都说清楚了吧？大娘可是有啥说啥，哪句话说得不合适，你也别往心里去。”

“大娘，您尽管说。”

“咱农村人结婚讲究彩礼钱、衣服钱、离娘钱、改口钱、上轿钱、下轿钱……你们那边都有啥讲究，你和大娘说说。”

“大娘，什么都不要，真的，我们那边也没有什么特别的讲究。”

“闺女，那可不行。咱家没有多少钱，但该讲究啥礼节还是得讲究的，这可是你的人生大事，不能让人家笑话咱不懂礼数。”

“大娘，您千万别这么说，我真的能给自己做主。飞龙人好，心眼儿实。你们对我也这么好。飞龙在北京有那么好的工作，文凭又高，长得也帅。飞龙不嫌弃我，还对我这么好。我知道自己根本配不上飞龙。”

“好闺女，可别说配得上配不上，飞龙心眼儿好，他真心对你好才是重要的。可是，千万别让你父母埋怨我们。”

“怎么会呢，我父母千叮咛万嘱咐，我家条件不好，什么要求都不能提。过日子是和人过呢，嫁对人，将来的好日子长着呢。他们还说飞龙人好比什么都强。”

“好，咱们真是有缘。”

…………

结婚那天，月牙沟锣鼓喧天，邻居们都过来为飞龙的婚礼帮忙，贴窗花、贴喜字、贴对联，一派喜气洋洋。

飞龙穿上笔挺的西装，在一阵欢声笑语声中出了门。长这么大，他还是头一次穿西装。和云菲菲挑选衣服时，就连商场的服务员都盯着他目不转睛地看。他身材挺拔修长，浑身散发着沉稳的气质。高高的鼻梁，斜飞的英挺剑眉，侧脸的轮廓如雕刻一般，棱角分明却又不失柔美。最重要的是，他温和的眼神满是谦逊。

“太不容易了，飞龙终于结婚了！你爹妈这块心病终于了结了！”

“咱村就数你最有出息，走出这穷山沟，念书念到研究生，还在北京工作，你给咱村争了光。”

“你爹担心你在北京打光棍儿，这下可好了。”

在村里，年过二十就要娶妻生子，飞龙已年过三十，村里人都认为他读书读傻了，怕是连个媳妇都娶不到了。

一些看笑话的“长舌妇”说着一些风凉话。

“老余家那儿子虽说在北京读了个研究生，最后还不是被人家闺女给甩了、骗了。读书有啥用？白花钱，白浪费时间！”

“如今这闺女要长相没长相，要工作没工作，飞龙这是图了个啥呢。”

飞龙早已习惯，无论什么样的言语传到他的耳朵里，都不会影响他坚定的内心，更不会怪她们多嘴多舌。

飞龙走到大门口，鞭炮声“噼里啪啦”地响了起来。瑞声和文秀早就为菲菲准备好了，菲菲穿着新娘装坐在红被褥上，头上盖着红盖头，激动得几乎失语。

“新郎官，怎么迎娶新娘啊？连个汽车也没有吗？”

“汽车会有的，我这身板，抱着新娘子回家。”在取笑、嬉闹中，飞龙挺直腰板，抱起云菲菲出了门。

“爹，我去送送菲菲。”曼玉高兴地跟着出来。

“傻闺女，你现在是菲菲的姐姐，不能送。姑不娶、姨不送，姐姐送了妹子的命。”

“噢，知道了，我的亲爹。”曼玉立即停下脚步。

乡亲们簇拥在飞龙身边，他昂首挺胸，抱着菲菲从村头一直走回家，头上罩着红盖头的菲菲，眼里是感动，是幸福，是心疼。

64

幸福的日子总是过得飞快，如今，全家人更是喜上眉梢，因为飞龙就要当爸爸了。这真是他们全家的大喜事。春生和兰芝心想着，飞龙总算苦尽甘来。

转眼又到春节，云菲菲已默默准备好了年货，为全家人里里外外购置了新衣服，唯独没有为自己买一件。收拾好东西，云菲菲犯了愁，这么多东西坐火车可怎么拿得了呢。

飞龙刚和子航通完电话，见云菲菲已经把东西收拾好了。

菲菲能想得这么周全，真是让他省心不少。回家过年对于他们这些村里出来的游子来说是多么重要，不只是为了和家人吃一顿年夜饭。父母除了期盼儿女回家团圆，还能期盼什么呢。

“菲菲，这次咱们不用坐火车了，现在你身子重，我和子航约好了。一会儿他开车过来接我们，可以把我们直接送回村里。”

“真的吋，那可太好了！可是，会不会给子航添麻烦呢。”云菲菲顿时忐忑不安起来，平时她最不愿意麻烦别人，欠了人情，心里一直不踏实。

“怎么会呢，子航也是顺路。”

“可是，邓彩丽好像不太好相处。”

“没关系，你这么好的性格，她怎么会针对你呢。”

“好吧。”

子航很快就到了楼下。

见飞龙小心地扶着云菲菲慢慢从家里出来，开车门时还护着她的头。邓彩丽顿时心生嫉妒，她和许多女人一样，心里很不服气，飞龙那么优秀，为什么娶了云菲菲呢？飞龙简直就是女人的梦中情人，云菲菲凭什么能这么幸运呢。

“菲菲，可得注意呢。咱女人不比男人，女人生完孩子就会变丑，年龄大了更难看了。不像男人，越成熟越有魅力，更别说人家飞龙了。”

“彩丽，你都在说什么呢，过分了。”子航一脸厌烦。

“怎么了，我说的不是大实话吗？”

“子航，没关系，我都明白。”菲菲低头瞅着自己微微隆起的肚子不再说话。

“菲菲，你不要在意，彩丽说话没把门儿的。”

“什么没把门儿的，你看人家飞龙多体贴。我哪一点比菲菲差了，可是从结婚到现在，你正眼看过我吗？女儿只是一个意外，后来你碰过我吗？”

“越说越离谱！”子航又气又恼，黑着脸不再说话。

飞龙不知该说些什么，车内一片沉默。子航打开音乐，一首首歌曲环绕在每个人的心头。

终于回到了老家。子航把邓彩丽母女送回家，坚持要把飞龙和云菲菲送回月牙沟。他不想回家面对邓彩丽，这个时候他又无处躲藏，要在平时，他还可以出去跑业务。

飞龙见子航情绪低落，并不急于赶回家，这大过年的，父母该等着急了。

“子航，快回家吧。”

“不想看她那张脸，烦死了。”

“别这么说，孩子都那么大了，多为孩子考虑吧。”

“不说了，一言难尽。”

“好好的日子，别总是丧眉搭眼的。”

“飞龙，不瞒你说，我和邓彩丽早就分居了。我们只不过是‘好邻居’。为了孩子凑合过吧。”

“咋还闹分居了？”

“邓彩丽嫌我天天不回家，不陪她逛街，不陪她买衣服，说我不浪漫、没情趣。说她在北京没有一个认识的人，天天守在家里带孩子，快郁闷死了。她就这样无理取闹谁受得了。”

“子航，咱是大老爷们儿，不能和女人计较。”

“你不知道，我真的对她挺好的。我每天累得话都没力气说了，半夜回家却连口热乎饭都没有，还得自己做饭吃。我赚钱为啥呢，还不是为了这个家吗？”

“子航，你在外面打拼，她看不到你的难处，你带着她出去看看外面赚钱多难，她会理解你的。”

“飞龙，你还真说对了，我真的带过几次，结果她还是说，‘你是男人，谁家男人不是这样啊？天下就你一个人这么难吗？那么多做大事的男人不是照样回家陪老婆孩子吗？’”

“还是赶紧回去吧，这大过年的早点儿回家，别让父母不高兴。”

“什么心情都没有，全都被那个疯女人搞糟了。”

“别这样说，开车注意安全。”

65

送别子航，飞龙转身回到院子里，一串红彤彤的小灯笼映照着安静的乡村夜色。飞龙发现菲菲已经把家里重新布置了一番，玻璃上贴着好看的窗花，炕上换了新单子、新被罩、新枕巾。菲菲还给他父母换了新衣服。

婆媳二人坐在炕上边聊天边包着饺子。电视里歌声动听，即将开始的春节联欢晚会令人期待。这台电视机还是菲菲建议购买的，说都什么年代了，爹妈竟然还没有看过自己家的电视，想看电视还得去曼玉家，那也太不方便了。

红彤彤的对联和灯笼装点着村庄的春节，炊烟正在半山腰袅娜地摇曳。村庄像一幅油画，墨色的山坡、白色的炊烟、红色的春联、橘色的灯火，色彩和谐。此时的月牙沟真美！

天色渐晚，一轮新月挂在南山顶上，村庄的除夕夜更是幽静里夹着甜蜜，淳朴中裹着欢喜。清凉、洁净的空气沁人心脾，所有不快和疲惫都被挤了出去。

春生咳嗽了两下，把烟袋别在腰间。他走到院子一角，拿起柴草，准备堆一个大旺火。飞龙立即走过去，和他爹垒起一个大旺火。

干完活，春生抬头看看南山，山坡上空荡荡的，荒芜的土地上不时飞起一些草根，在空中打着旋儿，似乎已经开始轻唤沉睡的土地。

月光铺满院落，映照着春生布满皱纹的脸颊，时光就是一把刀，在他的眼角边刻下了交错的纹路。飞龙默默地站在他爹身边，为他爹拂去衣服上的尘土，突然觉得他爹像个孩子似的，时光越来越远，他爹却越来越矮。

“爹，有我呢，儿子给你们养老。”

飞龙突然伸出手臂搂着春生的肩膀，春生侧脸，仰头瞅了一眼飞龙，又转过头望向远方。

“爹没啥，就是你妈受委屈了，半辈子跟着爹没过上好日子。”

“爹，以后您可不能这么想。您多疼我妈呀！我妈是村里最幸福的女人”

“嘿嘿，爹没出息。”

“爹是我的榜样，我也要好好疼媳妇。”

“你比爹有出息。你们在北京好好过日子。”

“爹，您放心。我一定能做到。”

“别让菲菲受委屈。不管谁家的闺女嫁给你，咱家都要真心善待。娶回家的媳妇，就是你这辈子的恩人。”

“爹，我明白，咱回屋，外面多冷啊。”

春生背着手往屋子里走，飞龙跟在后面。他爹的脊背已经弯曲，像墙角那把生锈的镰刀，又像南山顶上那弯美丽的月牙。

屋子里，灶上热气腾腾的，正炖着骨头，“咕嘟咕嘟”发出有节奏的声响。兰芝开心地给云菲菲讲着飞龙童年的趣事，婆媳二人有说有笑，每个人心里都怀揣着喜悦，让从前那个温馨的家变得更加和谐幸福。大家心里都有一个共同的期待——即将出生的孩子。

正月初二，美凤一家人兴高采烈地赶回了娘家，自然借住在曼玉家。两大家子人在一起过年，不知有多开心。

在村庄里，春节是那么真实的存在，从每个人的内心里往外散发着由衷的喜悦。

尤其是元宵节那天，夜空洋洋洒洒飘着白雪，正月十五雪打灯，来年一定是个丰收年。月牙沟张灯结彩，亮如白昼，仿佛是和山坡上的月亮争艳，真的是“星月当空万烛烧，人间天上两元宵。”

全村人穿戴一新，聚集到村里那块碾场的空地上。有戴着大头娃娃的秧歌队，有化着浓妆踩高跷、摆船灯的，还有舞狮子的，有的憨厚可爱，有的滑稽搞笑。他们在震耳欲聋的锣鼓声中扭动起来，仿佛要把月牙沟的天掀开一个大窟窿。全村的老老少少挤挤攘攘，看花灯、烤旺火，说着对来年丰收的祈盼。听说，这个用大煤块垒起来的旺火是苏瑞声出的钱，村里的老爷们儿一起垒起来的。烟花爆竹声此起彼伏，“非花却比花甚之”，夜空中不断绽放着绚丽的烟花。南山顶上的圆月周围烟雾缭绕。月牙沟的冬天因为节日的气氛变得异常暖和，变得生动起来，像一首极有韵律的长诗。

66

北京的春天阳光明媚，轻风和暖，街道上开满缤纷的迎春花，飞龙终于拥有了幸福的延续。念祖的出生让家里充满欢声笑语，这就是飞龙想要的平凡生活，忙碌并幸福着。

这些日子里，云菲菲的妈妈把全家人照顾得细致入微，不让云菲菲下地干一点儿活儿，甚至也不让飞龙帮忙。飞龙下班回到家，做好的饭已上桌，进门就可以吃到热乎饭。她说飞龙应该把心思都用在工作上，家里的事情全部交给她就可以了。她对这个优秀的女婿满意得很，女儿能够嫁给这样一个稳重、踏实的男人是她们家上辈子修来的福气。这样幸福的日子，让飞龙内心时时充溢着喜悦，让他动力十足，每天工作都特别有劲儿。

在众人的期待中，念祖已经两个多月大了。菲菲不忍她妈妈受累，强行把她妈妈送回了老家。

一天晚上飞龙下班回到家，念祖安静地睡着，菲菲却披头散发，歪歪斜斜地倒在沙发上。

“菲菲，到床上去睡，你怎么睡在沙发上呢？”

“飞龙，你回来了，对不起，我怎么就睡着了。”

菲菲揉揉惺忪的睡眼，张开嘴巴打了一个大哈欠，起身就去了厨房。

“菲菲，不用总说对不起，是我让你受累了。”

“我没有受什么累，反而是你工作太累了，我也帮不上你，我真是没用。”

“不要总这么说自己，你一个人带孩子太辛苦了。”

“最辛苦的是你，每天回到家里还得工作到那么晚……”

“菲菲，不如把我妈接过来帮你带孩子吧。你可以放心出去做你喜欢的工作，这样你也不至于太憋闷。”

云菲菲随意拢了一下蓬乱的头发，此时的她看起来更像个大妈。从前她也不会搽油抹粉，有了念祖以后甚至连梳洗都顾不上。她抬起虚胖的脸颊看着飞龙。

“你的意见我从来都没有反对过，因为你说得都对，说什么我都愿意接受。但是，我不想这么早把孩子交给咱妈，我不是不信任咱妈。父母对孩子的陪伴很重要，我希望能够时时刻刻陪伴念祖，看着他慢慢长大。”

云菲菲能够这样想，飞龙自然很高兴。

“菲菲，这一次听你的，只要你开心就好。”

“当然开心了，幸好念祖随了你，我们的儿子这么好看，我每天都看不够。”

“可是，你现在不出去工作，以后怕适应不了社会。”

“你嫌弃我了吗？”

“怎么会，我是为你考虑，在这座城市里，年轻人不工作很快就会被淘汰的。”

“我都明白。”

既然菲菲这么坚持，飞龙也不再多说什么。日子虽然平淡无奇，但每天回家可以看到可爱的念祖，他非常知足。

那天晚上下班，飞龙依旧是拖着满身疲惫回到家，却看到菲菲又躺在沙发一角发呆，眼睛红肿，显然是哭过了。

小床上，念祖已经入睡。飞龙轻手轻脚地走到沙发边坐下来，菲菲却无力地倒在他肩上。

“飞龙，为什么会这样呢？”云菲菲捂着脸，极力控制着眼泪。

“你别哭，到底怎么了？”

“一定是她们搞错了，我妈还那么年轻。我妈她……”

“你妈怎么了?”

“不可能，不可能，怎么会是我妈呢，不该是我妈……”

云菲菲大哭起来，吵醒了熟睡的念祖。飞龙赶忙将念祖抱在怀里。

原来，云菲菲的妈妈回去没多久，感觉身体不舒服，开始家里人以为只是重感冒，但一直不见好转，去县城一检查，竟是肺癌晚期。

飞龙很快把岳母接到北京治疗。可是，几个月下来，岳母被病痛折磨得骨瘦如柴，最终还是无力回天。

处理完岳母的后事，余飞龙精疲力竭，云菲菲也颓废不堪。她常常一个人坐在窗边发呆，有时甚至会忘记给念祖喂奶，忘记自己吃饭。有时，半夜醒来，念祖在啼哭，她却只是木木地抱着孩子坐着。

“都是妈妈不好，妈妈太没用了，什么都做不好。”

除了自责，菲菲没有别的话说，从前那个时常绽放笑容的云菲菲不见了。

“都是我做得不好，是我把我妈累病的，是我不孝。”

“菲菲，听我说，生老病死谁都没有办法阻止和改变。你还有儿子啊，你看在儿子的面子上，振作起来，好吗?”

飞龙想尽办法安抚菲菲，却一直都不见她有所好转。她时时刻刻都抱着妈妈的照片，一天天呆坐着，默默流泪。

一次，念祖掉到地上大哭起来，她才意识到孩子的存在。

“念祖，你摔疼了吧？妈妈是世界上最没用的人。”

飞龙看着菲菲这个样子，既心疼又着急。这一次，他没有和菲菲商量，决定把他妈接到北京。

67

自从兰芝来到北京，一心想着照顾好云菲菲和念祖，而云菲菲的悲伤情绪却日渐加重。看着她每日神情呆滞，以泪洗面，兰芝和飞龙焦虑万分。

那天晚上，云菲菲又没吃饭。连续几日，她都说没有胃口，身体一天天消瘦下去。

“好闺女，妈说过，会把你当作亲闺女一样对待的。你千万不能这样伤心下去了。”

“我妈还年轻，她还没有跟着我享过一天的福。”

“闺女，咱不难过了，生老病死不由人。人死不能复生，谁也没办法。”

“我想看见我妈，我特别想她。”

“为了念祖，你得振作起来，不然你妈也不会安心。”

“我就是个没有用的人。我还能做什么呢？我连自己的亲妈都没有照顾好。”

“闺女，千万要想开，你就当我是你亲妈。我会对你好，你可不能再这样哭了，身体受不了。”

兰芝越是这样说，云菲菲越是伤心。

“不，我妈没死。她不是刚伺候我坐了月子吗？我要见我妈，我给她打电话，可我爸非说她死了……死了，说再也见不着了……不会的，不会……”

无论怎样，云菲菲都无法抑制内心的悲伤。飞龙绞尽脑汁都不能让她有半点儿开心，无法将她从痛苦的深渊中拽出来。

“飞龙，咱妈真好。可那不是我妈，不是生我、养我的妈。我再也看不见、摸不着我妈了，永远都摸不着了。飞龙，怎么办呢？我真的好想我妈。”。

“我理解你的悲痛，但你总得走出来呀，生活还要继续向前。你还有我，有咱儿子念祖，咱爹、咱妈和美凤都会对你好的。”

“不一样，我妈只有一个，谁都不能替代我妈。”

无论美凤和曼玉怎么安慰她，给她买礼物哄她开心，都无济于事。全家人的心情都分外沉重，短暂的美满生活突然间被套上了无形的枷锁。每个人的眼前都笼罩着厚厚的乌云，难以驱散。

那天，飞龙强打精神，依然早早出门去上班。

云菲菲给念祖喂过奶，意外地收拾了一下自己的衣着，梳洗一番，脸上还抹了化妆品。那是曼玉和美凤送给她的，她一直没舍得用。化妆品抹在脸上，一阵清新的香味荡漾在房间里。

兰芝见状，心里也跟着轻松起来，心想菲菲终于想通了。

“妈，我想出去走走。”

“好，好啊，出去买点儿喜欢的东西，高高兴兴的。妈在家看娃，念祖很乖，妈会看好他的。你放心地出去转转吧，想多会儿回来就多会儿回来。”

“妈，这些日子让您受累了。”云菲菲朝兰芝深深鞠了一躬。

“你跟妈还客气。妈为你们做什么都是应该的。”

“妈，念祖交给您照看我放心。”

“对，这就对了，尽管放心。听妈劝，以后日子长着呢，飞龙可是天底下最好的男人，他会疼你一辈子的，妈敢保证。凡事要往好处想。”

见云菲菲穿戴整齐出了门，兰芝长长松了一口气，唉，可怜的菲菲，这个闺女多懂事呀。她自己从小没有妈，心里明白那是个啥滋味。可是，无论遇到多么大的事，总得坚强地活下去。

中午时分，念祖醒来像蚊子一样哼哼了几声，兰芝一看墙上的钟表，已经到喂奶的时间了。她赶紧冲了奶粉。念祖吃饱又安安静静地睡着了。念祖从出生就不挑食，无论是母乳还是奶粉，只要捂在嘴巴上，他就吃得欢，吃完不哭不闹，继续睡觉。看着香甜入睡的念祖，兰芝沉重的心总算轻松了一些。

她想，也许菲菲出去逛街走远了，常听飞龙说，在这大北京城，上下班要坐地铁，路上少说得两个小时才能到家。她也不知道这北京城究竟有多大，美凤说可大可大了，什么一环、二环、三环的，她也搞不清楚一环有多大。

想想也是，当年她从山西跟着她爹来到陌生的林水县，身边只有爹一个亲人。刚开始不习惯，心里是多么孤独、害怕，幸运的是遇到邻居余庆山大叔一家，让她感到了亲人般的温暖，才能很快融入林水县的生活。兰芝突然又想到，春生一个人在月牙沟，尽管她知道有瑞声一家人的关照春生不至于挨饿，但她还是不放心。他们自从结婚就没有分开过一天，相守在那月牙沟里，互敬互爱，彼此心疼，这种情分是人世间取之不尽用之不竭的财富，让兰芝感到心满意足。

念祖醒来，眨巴着眼睛东瞅瞅西看看，好奇地打量着这个世界，时不时张开小嘴朝兰芝绽放着无邪的笑容。念祖真是太乖巧了，和飞龙小时候一模一样。那个时候，兰芝没有奶水，最好的食物就是春生从供销社买回来的奶粉，更多的是羊奶，那可是瑞声和文秀送给她们的一只奶羊……

兰芝想着月牙沟的那些日日夜夜，不觉间天色渐晚。她又看了一眼墙上的钟表，起身到厨房张罗着做饭。

飞龙按时回到家，一进门发现家里静悄悄的。

“妈，念祖睡了吗？真乖。”

“是啊，念祖真是个省心的娃，不哭不闹，和你小时候一样乖。”

“菲菲呢？”飞龙很奇怪，菲菲并没有像往常一样站在门口迎他。

“菲菲出去散心了。”

“哦，那感情好，到外面多走走总是好的。”

晚饭是小米粥、炒鸡蛋和几个大白馒头，放在锅里只等云菲菲回来了。这时，念祖又嘤嘤地哭了几声，粉嘟嘟的屁股底下尿湿了一大片。飞龙拿着几块厚厚的尿垫子到卫生间清洗了起来。换好干净的尿垫子，兰芝小心翼翼地把念祖抱在怀里喂奶粉。飞龙坐在旁边，念祖的小嘴巴吸着奶，喉咙里发出“咕咚咕咚”的吞咽声，几口下来便喝了个精光。

飞龙心头的阴云渐渐散去。可爱的念祖给了他无限的希望。有了希望，人才可以活得有力气、有乐趣。

飞龙抱着念祖玩儿了一会儿，很快，念祖就在他怀里睡着了。

68

天色昏暗下来，早已过了晚饭时间，依然不见云菲菲回来。飞龙拿起手机给她打电话，一直没接通。又给曼玉打过去，曼玉说菲菲没去找她，她正想着过几天来看菲菲呢。飞龙突然紧张起来。

“妈，菲菲没说去哪儿了？她怎么不接电话呢？她在北京就曼玉一个朋友，这一整天也没有找过曼玉。”

“菲菲就说出去走走，妈还劝她买点儿自己喜欢的东西。”

兰芝的心忽地紧张起来，头上和手心冒出一层细细密密的冷汗。她抬头看窗外，阴沉沉的，眼看就要下雨了。

“呀，飞龙，这么晚了，菲菲一整天都没个消息，你说她不会出什么意外吧？”

“妈，别瞎想。菲菲好久没有逛街了，也许走远了。您还不知道，北京大着呢，路上且得一会儿呢。不会有事的，您就放心吧。”

这时，沉闷的天空传来轰隆声，接着一个炸雷滚过，仿佛即将破窗而入，像是憋了一股怒气，终于发泄出来了。没几秒钟，暴雨如泻，冲刷着大地。窗沿上溅起高高的水花，拍打着玻璃发出“噼噼啪啪”的声响。睡熟的念祖被惊醒，“哇哇”大哭起来。兰芝赶紧把念祖抱在怀里，一边念叨一边揪着念祖的耳朵。

“奶奶抱，念祖不怕，不怕。我娃不怕。”

“妈，都秋天了，还下这么大的雨，有点儿反常。”

“就是啊，眼看就要入冬了。啊呀，飞龙，菲菲出门连把雨伞都没有带。”

“妈，没事，随便找个商场就可以躲雨，再不行，她可以到地铁站躲雨。”

“不对，妈心里不踏实，突然心慌得厉害。”

天黑漆漆的，一道闪电划过，天空仿佛被撕开一道口子，雨下得更大了。飞龙突然感觉头皮发紧，这时手机铃声响了起来，是陌生号码。

“喂，是飞龙先生吗？这里是派出所。”

在菲菲手机通讯录里，飞龙的号码名称是“最帅老公飞龙”。

飞龙瞬间急出一身冷汗，身上仿佛被电击中。怎么是派出所给他打电话？

“警察同志，怎么了？”

“我们刚才从河里打捞出来一具女尸，河岸上留有一双女鞋和一部手机……”

警察的话犹如五雷轰顶，飞龙的脑袋“嗡嗡”直响，一片空白，心里闪过一个可怕的场面。

“菲菲！河边？”

他双腿发软，差点儿瘫坐在地上。他扶着墙壁，嘴里念叨着：“不可能，不可能，警察同志，你们搞错了吧？”

兰芝还不知道是怎么回事，飞龙已跌跌撞撞地冲出了家门。他的心里像着火一样熊熊燃烧着，嗓子眼儿里直冒烟，身体又仿佛结了冰，手脚是冰凉冰凉的。他发疯一样跑向河边，那是他和菲菲从前常去散步的地方，环境优美，是个少有人打扰的清净去处。

秋雨突然停了，河边的空气夹着浓浓的湿冷气息，让这条原本幽静的小河变得苍白、凄清。

飞龙喘着粗气跑到河边时，见云菲菲躺在河边的石头上一动不动。她的脸在夜幕下铁青铁青的，湿漉漉的头发贴在额前。飞龙突然感觉天塌地陷，眼前一片漆黑，五脏六腑都碎了，在胸腔里绞得生疼。他呼吸费力，浑身瘫软，打了个趔趄，差点儿跌倒在地。四周一片寂静，只有风和落叶在空中簌簌地响着，仿佛即将把他掩埋。这毁灭性的灰暗，给他致命一击，瞬间将他打得遍体鳞伤，让他无法呼吸。

“不!”飞龙用尽浑身力气呼喊着，却只从他胸腔里发出了微弱的一声。

“你是飞龙先生，死者的爱人吗？请辨认一下遗物吧……”警察在旁边说着什么，可是飞龙的耳朵嗡嗡作响，什么都听不清。

“不可能，不可能！菲菲不会死。”

飞龙的腿像灌了铅一样沉重，他用力拖着双腿挪到菲菲身边，无力地跌坐在她面前，缓缓地把菲菲抱在怀里。她的身体冰冷、僵硬，像一块冰，不，像一块寒冬里的铁，把他的心硌得生疼。菲菲真的死了，一动不动，始终没有睁开眼睛再看他一眼。

眼泪“呼”地从眼眶里飙出来，他撕心裂肺地喊着。

“菲菲，菲菲！为什么？你为什么要这样？究竟为什么……”

无论飞龙哭喊成什么样，都喊不醒菲菲，她悄无声息地离开了这个世界。她无情地抛弃了他和念祖。他就这样一直抱着菲菲坐在河边，久久回不过神来。

他感觉命运就是神枪手，枪枪都能击中他。为什么要这样对他？他想不明白。他对菲菲已经很好了，还有什么地方没有做好吗？他犯了什么错误吗？即使犯了再大的错，也不能用死来惩罚他呀！

一阵阵冷飕飕的秋风吹过小河，像失去了理智，肆无忌惮地发出疼痛的呼喊，仿佛地面都被振得嘎嘎作响。河面上漂浮着许多落叶，因为惧怕这秋风，有的聚集在角落里，有的随着河水漂向远方。

生命来来往往，哪有什么来日方长。他们的来日方长，已经成为永远无法实现的诺言。

69

兰芝大病一场，躺在床上几天起不来。

“妈有罪，这可咋办呢？妈对不起菲菲，这可叫妈咋活啊！”

飞龙躲在屋子里不愿出来，不洗脸、不刮胡子。巨大的痛苦在他脑子里缠绕在一起，他似乎处于一种失重的状态，难以找到平衡点。眼前仿佛有千万只羊在山坡上的麦田里奔跑，轰轰作响，扬起一片灰尘，蒙住了他的记忆。他不知道自己身在何处，不知道自己是谁，也不知道该做什么。

这让春生又想起当年母亲的去世，他心如刀绞，痛苦万分。

“飞龙啊，听爹的话。人活着，都要经历生死离别，你得挺住，还有念祖需要你照顾呢。记住爹的话，老天爷不会一直让你不好过的。你要坚强起来。”

“爹……”飞龙抱着手机，失声痛哭起来。

“儿啊，爹相信你，没有什么能打垮你。”

“爹，我就是想不通，菲菲这是为什么。”

“飞龙，有时候压垮人的也许就是一根稻草。这不是你的错，也不是你做得不好。”

送别菲菲最后一程，刚步入初冬，强劲的西北风毫不知趣地扯开村庄的寂静，树梢上空无一物，残留在枝头的思绪在空中不停地发抖。

云菲菲是念祖的妈妈，是飞龙曾经下定决心这辈子要好好照顾的人。他认为自己已经尽了全力对她好，可她就这样走了……

菲菲的爸爸又该怎么活下去？刚送走老伴儿，还没有缓过神来，又是当头一棒，自己的女儿就这样不声不响地走了。飞龙怎么能继续颓废下去。

云菲菲去世的消息很快传遍了月牙沟。让春生再次感动的是，乡亲们再次默默地凑了一些钱和粮。那天，瑞声和文秀带着乡亲们进了屋，见春生早已打包好了简单的行李。

“春生，听哥的话，咱是爷们儿，天塌下来咱也得顶着。”

“老愚头，这是我们的心意，你可不能拒绝。”

“那可真是个好闺女啊，咋就那么想不开呢，可惜啊。老愚头，我们的心意不能拒绝，娃那么小就没妈了，可怜的娃，我们也没法去看娃。你和兰芝就留在北京，安心给飞龙照顾好娃。”

“飞龙这命……”

春生抹了一把老泪，看着满屋子的乡亲们，内心的悲凉感减轻了一些。

“瑞声，我都明白，你们要保重……”

“春生，你要给飞龙带好娃，等娃长大成人、娶了媳妇，到那个时候，你就可以享福了。”

“老愚头，我们都会想你的。”

汽车慢慢驶出村庄，故乡变成一株风中的麦穗，在记忆里轻轻摇曳。春生坐在车上迷迷糊糊地进入了梦乡，他做了一个长长的梦，见到了周玉莲和余庆山，春叶、春花还有春旺，一家人坐在热乎乎的炕上团团圆圆，正吃着肉馅的饺子，咬一口满嘴油，全家人都高兴得呵呵笑。欢乐的笑声回荡在林水县上空，那是多么温馨的一家人……

梦还没有醒，汽车就到了北京。面对这高楼林立，车水马龙，春生顿时感觉眼花缭乱，头晕目眩，如梦如幻。

春生头重脚轻地踏进家门，见兰芝正抱着念祖在门口迎接他。

“他爹……”

“咱孙儿念祖好啊，和飞龙长得一模一样……”兰芝怀里的念祖竟朝着春生一个劲儿地咧嘴笑。

这天真的笑脸让飞龙好想回到无忧无虑的童年时光……

“这个灰小子飞龙，真能折腾，不是上房顶就是爬上了树。”

“飞龙这小子不知道遗传了谁，一点儿都不像老愚头。”

“飞龙这小子长大了肯定有出息，以后老愚头有福气了。”

“那是当然。我儿飞龙是个机灵娃，以后保准有大出息。”

从前，飞龙是村里人议论的焦点。而如今，他感觉自己像戴上镣铐的囚徒，悲哀地在巴掌大的自由领地里兜圈子，怎么走都走不出去。也许，这世上会有人和他一样，在忙碌中突然停下来时，会忍不住感到悲伤。

70

那个下着小雨的黄昏，飞龙下班路过银行取了刚发的工资，认真清点了一下，很快便揣在衣兜里，独自一人走在回家的路上。小雨淅淅沥沥，密集地拍打着大地，他就那样木木地走着，全身都湿透了。他甘愿被这雨再多淋一会儿，把他从里到外彻底清洗一下，让他的心再冰冷一些，直到麻木，直到忘却悲痛。

对面的雨幕中一个黑影从眼前闪过，重重地撞了他一下，他捂着胸口跌坐在地上。

回过神时，那人早已消失在雨幕中。他很气愤，恼火地抹掉脸上的雨水。生活怎么能这样对待他，是他哪里做得不好吗？他犯了什么错？为什么要这样折磨他？

他垂头丧气地回到家。

“飞龙，你咋不避雨呢？看看，湿成啥样了。妈知道你心情不好，可也得注意自己的身体，你是家里的顶梁柱。”

见飞龙全身都在滴水，兰芝心疼极了。

“妈，我知道了，今天就是回家着急了，没来得及避雨。”

飞龙垂着眼皮换衣服，摸了一下上衣口袋，竟然是空的，什么都没有。他明明从银行取了钱，这些钱是留不下的，每个月几乎都得花个精光。明天需要给念祖买奶粉，再置办一些生活必需品。这一个月的工资还没有在手心里捂热，立即就要花出去一大半儿。

所有的地方都找过了，钱确实不见了。他整个人都懵了，一定是被刚才那个人偷走了，可恨的小偷，一定是他！飞龙把衣服甩在地上，恨恨地骂了一句：“王八蛋！”

“飞龙，怎么了。快喝点儿姜汤，小心感冒。”春生从厨房里端出来一碗姜汤。

“是不是工作不顺利？”

“妈，没事。”

“那怎么了？飞龙，你脸色很难看。快和妈说说，不要憋在心里。”

“真没事。我头疼，先睡了。”

飞龙没有吃饭，把自己蒙在被子里，强忍着悲伤。他不能哭，他是男人，要挺住。白天因为自己晃了神，工作出现了一个小失误，给单位造成不必要的麻烦，领导并没有批评他，却让他更加自责，羞愧难当。这么多年，他所有的精力都放在了工作上，从来没有出过任何差错。

早上起来，飞龙床上乱糟糟的。

“他爹，昨天是飞龙发工资的日子，他没有把生活费留出来。你说他是不是遇到啥事情了？”

“飞龙太难了。”

“莫不是他丢了钱？”兰芝了解自己的儿子。

“差不多，我看他昨天掏了半天衣兜。”

“美凤给咱寄的钱，咱就拿上用吧。以前飞龙总不让用那些钱，他是舍不得。”兰芝说着就去抽屉里取钱。

“行，本来是要多攒一些再给飞龙的。”

“先吃早饭，今天天气好，一会儿带念祖下楼晒太阳去。”

这一天的时间，春生和兰芝或者在院子里的健身器械上锻炼一会儿，或者坐在太阳下听听收音机里播的戏。

下午刚回家，念祖就喊肚子疼，捂着肚子直打滚，头上冒着冷汗。这可怎么办？念祖向来没有生过毛病，身体结实得很。这医院在哪里他们都不知道。

“他爹，这可怎么办？飞龙一时半会儿也回不来。”

“兰芝，咱自己想办法吧，不要耽误飞龙工作。”

“对，咱要给飞龙多分担一些，他心里已经够苦了。”

春生和兰芝赶忙抱上念祖出了门，附近总会有诊所的。

飞龙闭着眼睛跪在殿堂里，胸腔里涌动着一股股悲悯，他感觉疲惫不堪，只想赶紧逃离，无力应对生活。

寺庙里安静极了，傍晚的光线有些暗淡，院子被清扫得干干净净，没有一丝杂乱，不时传来诵经声和钟声。香炉里的灰烬只剩了最后的余温，一团团似有非有的烟雾弥散开来。

“余飞龙先生，就算你已经想好要出家了，也必须经过你父母的同意方可。”

飞龙的手机铃声一直在急促地响着。

“你还是接一下电话吧，万一家里人有急事。”

飞龙紧锁眉头，犹豫片刻，还是接起了电话。

“飞龙，你在哪里，怎么不接电话?”

“妈，原谅儿子不孝，我在寺庙，我……我要出家了……”

“飞龙，你糊涂啊！天大的事情也不至于出家呀！这个世界上谁能不经历挫折呢。”兰芝心里一惊。

“飞龙，如果你真的想好了，爹不拦你。是爹对不起你，什么都帮不上你。念祖交给我们你放心吧，爹拼了老命也会把他带大。”

“他爹，你也糊涂了，胡说啥呢!”

“兰芝，我没糊涂，飞龙心里苦。别让他活得太憋屈，吃苦也该是我替他吃。”

“他爹，飞龙这是在逃避现实！人活一辈子，哪能一帆风顺。”

“爹，妈，你们别说了，是我不孝……”

天已经完全暗了下来，飞龙终于拖着消瘦的身影回到家。兰芝从锅里端出来一碗热气腾腾的肉馅饺子。

“飞龙，饿一天了，快坐下吃饺子。”

“你妈包的饺子香着呢，快多吃几个。”

飞龙默默坐下来，大口大口吃着饺子，大口大口吞着泪水。

71

门铃响了，念祖兴高采烈地蹦着跳着跑到门口。

“曼玉妈妈和怡然姐姐来了，我去开门。”他知道这个时候一定是曼玉过来了，每个周末，念祖都会早早起床，等待曼玉的到来。

春生和兰芝相视一笑，念祖天天盼着曼玉过来，见他高兴的样子，他们心里也轻松了不少。

“看把你能耐的，你能打开门吗?”

兰芝打开门，见曼玉带着怡然，手里依然提着大包小包。

“曼玉，这咋行呢，每次你都给念祖买这么多东西。”

“婶子，别说这见外的话，我可是您的干闺女呢。闺女孝敬爹妈，天经地义。婶子以后别愁了，有我呢，我一有空就来陪您，等念祖长大了，我带你们逛北京。”

“好闺女，婶子的好闺女。快坐下，看看这是啥。”

“呀，婶子，我最喜欢吃油炸糕了。太香了，我好久没有吃了。”春生从厨房端出来一盘黄澄澄的油炸糕和一小碟白糖。

“余叔做的炸糕真地道，看这泡泡，太有食欲了。”

“你兰芝婶子喜欢吃，我就得会做。”

“哈哈哈，对！”

“快吃吧，凉了就不好吃了。蘸点儿白糖更好吃。”

“嗯，真好吃。又劲道又软糯，还有红豆馅呢。”

“一会儿你带几个回去。”

“嗯，行。”曼玉一口气吃了两个油炸糕。

曼玉每个周末的到来，为家里增添了不少欢声笑语，全家人渐渐走出了悲伤。

念祖玩儿累了已经睡着。几个人围坐在一起正聊着月牙沟的往事，曼玉的手机再次响起，她只好起身告别。见曼玉满脸不悦，兰芝赶紧让飞龙送曼玉下楼。

“喂，我知道，马上赶回去。你不要啰唆了。”曼玉不耐烦地接起手机。

“喂，曼玉，你在说什么？我是何向北。”

“什么，你是何向北……”

曼玉愣住。这个几乎被她忘得一干二净的名字突然出现在耳边，竟有些莫名的悲伤。

见曼玉眉头紧锁，着急地开车远去，飞龙心里顿生不悦。

这个何向北为什么会突然给曼玉打电话呢？他还有什么脸再联系曼玉。

过了几天，曼玉准时从幼儿园接怡然回到家，汽车刚停稳，蒋墨文就迎出来拽着曼玉进屋。蒋墨文每天早出晚归，平常基本见不到他。

“爸爸，爸爸，你怎么在家呢？”

怡然亲昵地扑到蒋墨文的怀里。他举起女儿，在脸上亲了亲，逗得怡然“咯咯”直笑。

“怡然，你先回自己房间，爸爸和妈妈要说很重要的事情，好吗?”

“乖宝宝，妈妈一会儿就给怡然做好吃的去。你先回房间自己玩儿一会儿。”

平日里，蒋墨文总说自己生意很忙，无暇回家陪伴她们。曼玉已经习惯了。给她衣食无忧的生活，她便很满足了，还能提什么额外的条件和要求呢。

见怡然失望地上了二楼，回到自己房间里，蒋墨文一把夺过曼玉的手提包，从里面翻出手机，打开手机通讯录，让曼玉一一解释清楚。

“苏曼玉，你给我说清楚。通讯录里每一个男人，你必须给我说得明明白白的。这些人你都是怎么认识的?”

“你发什么神经?”

“你每天出去究竟干什么去了？是不是干了见不得人的事情？你老实给我说清楚!”

“蒋墨文，你也太龌龊了。我每次出去都带着怡然，我能干啥？就是去看飞龙他们。我在北京无亲无故，除了找他们说说话，再没有可以说话的人了。再说，老人从农村出来，不习惯在北京生活，又不会说普通话。他们能给飞龙来看孩子，那也是因为念祖没妈了。他们一家人多可怜，我能不去关心一下家乡人吗？这也是我能做的最基本的事情，他们是我在北京唯一的亲人。”

“你别扯这些没有用的。你花多少钱我不管，但你不能给别的男人花钱。”

“我从来没有乱花钱，给念祖买东西算是给别的男人花钱吗？”

“你别用念祖打掩护，别让我给你说出来。你这个女人就是不干净，老子真是瞎了眼了。”

“你……”

曼玉开始怀疑，眼前这个人还是当年那个挺身而出，充满正义感的，不顾一切为她解围的男人吗？他怎么可以这样说她！

那时，蒋墨文为了保护曼玉，和几个醉酒的流氓大打出手，还被送到派出所，曼玉怎么会不感动。即使这样，曼玉还是没有答应他的追求，连续换了几次工作躲避他的追求。但他依然不死心，他送的高档服装和奢侈品都被曼玉拒绝了，所以，蒋墨文更加坚定了对她的追求，认定曼玉是个单纯的女孩。

“老子告诉你，这几天，我哪里都不去，我倒要看看你每天都干什么去了。”

“随便你……”

72

曼玉心情很不好，不愿把自己的坏情绪带给别人。她已经好久没有去看兰芝婶子了，她不想让他们发现，其实她过得并没有那么快乐。就在这个时候，唐语汐打电话说要来北京出差。把曼玉高兴坏了，烦恼顿时烟消云散。

子航提前到达餐厅，他终于要见到日思夜想的唐语汐了，这是他期待已久的重逢，梦中出现过无数次的重逢。

那是一家高档的餐厅，是子航为语汐出行方便特意选定的。

老乡们整齐落座，互相询问着这些年各自的情况。

在众人当中，从前那个朴素、柔弱的唐语汐已是一位端庄优雅的美丽少妇，长长的大波浪披肩发蓬松柔软地散落在后背，身材依然窈窕，面容更加妩媚动人，脸上始终挂着温婉的笑容。她的美，传统却不流俗，尤其是她的眼眸亮到发光。

难得聚在一起的老乡们聊得高兴，几杯酒下肚，有些醉意的子航目不转睛地瞅着唐语汐，再也挪不开视线，仿佛要把十年时间都在这一刻追回来。若不是唐语汐出差来北京，他恐怕这辈子再难见到她了。

“语汐，你现在更漂亮了。”

“语汐，自从你回了老家，都没来北京看过我们。”

“唐语汐，你真是不够意思，回老家过上幸福的小日子，就把我们都忘了。”

一时间，唐语汐成为整晚的焦点，恰到好处的言行举止，不矫揉造作，也不刻意讨好。

“哪有啊，你们这一个个的，把我批评的。每个人有不同的选择，我觉得自己适合回老家过平淡的小日子，哪像你们这么有出息。”

“语汐，其实你回老家也挺好。生活过得比较舒适，也没有什么压力，活得多滋润。”

举手投足之间，唐语汐的脸上是满满的幸福。

飞龙的目光很快转向了曼玉，无意中发现她的胳膊上竟有大片瘀青。曼玉许久没来家里了，不知道究竟什么原因，他也不好多问。

没等众人聊得痛快，子航一会儿哭一会儿笑，已经喝得不省人事了。唐语汐明知道子航对她还没有死心，却没有因为子航的表现有丝毫的动容。

子航念着语汐的名字，跌跌撞撞地走到她的身边，不顾老乡们诧异的眼神，猛地将她抱在怀里。

“语汐，我忘不了你，你不能对我这么冷漠。”

唐语汐涨红脸，用力推开子航。

“子航，你这是干什么！请你自重，这么多老乡在，影响很不好。我们都是成年人，你控制一下自己。”

“不，我控制不了！我没有一刻不想你，怎么控制！我什么都可以控制，就是控制不住去想你。”

唐语汐起身欲离开。她很生气，这么多年过去了，大家各自有了各自的家庭，他怎么可以有这么不理智的行为。

“语汐，你给我留个电话，让我能和你随时联系。”

“子航，不可以。我们都已为人父母。”

“你太无情了，这么多年你把我折磨得很痛苦。我只求和你做好朋友，可以经常看到你。”

“不，子航，不可能，我们要为各自的家庭负责。”

“我做不到！”

“你再这样，我们永远都不要再见面了。”

“不，语汐，我爱你……”子航把餐桌上的酒杯一扫，杯子摔到了地上，众人起身。

“你这是干什么！林子航，这么大的人了，让大家笑话。”

飞龙上前欲拽开子航，却被子航甩开。

曼玉示意老乡们都撤了吧，大家不欢而散。

林子航半夜回到家，邓彩丽已经睡了。他伤心地躺下，睡着以后，他又梦见了唐语汐，正朝他微笑。那抹温柔、迷人的笑容，把他的心都融化了。他正要张开双臂去拥抱唐语汐，却被邓彩丽从床上踢了下去。

“干什么你？又发疯了？”

“你不要脸，还说我发疯。”

“怎么了，我又怎么了？”

子航心烦意乱，脑海里回荡着唐语汐的微笑，眼前却是这个凶神恶煞的疯女人。真是让人受不了，他心里烦躁极了，痛苦不堪，草率结婚是多么大的一个错误。

“林子航，这一次，无论如何我是一定要带孩子回老家的。你同不同意我都要回去了，到时候别怪我没有提前告诉你。”

“你以为搬回老家很容易吗？我们在北京的房子怎么办？回老家住在哪里。”

“林子航，我不是傻子，我知道这些年你在外面赚了一些钱，可以轻松地在老家买一套房子。老家的房子也就几十万，你完全可以拿出来。如果你不给我们母女买房，大不了我租房，到时候，受罪的是你的女儿。”

“那也得让我安排好工作吧。”

“有什么可安排的，你的业务不是在华北大区吗，住在哪里并不会影响你的业务。”

子航扭头不想再看彩丽那张脸。他也曾无数次试着喜欢她，哪怕做到不讨厌也行，可他一看到那张脸就心烦。

“不行，一刻都不能等！”

“你真是个疯子。”

“我疯？本来不想说你。昨天晚上见到你的梦中情人了吗？”

“你胡说什么？”

“是谁喊着：‘语汐，你别走，别走！’”

“我有吗？”

“你有吗？十年了！今天我就回去，不然我真的要疯了，我要让你这辈子都后悔。我死给你看信不信，好让你和唐语汐在一起！”

邓彩丽又开始摔东西了，直到电视机也摔到地上，实在摔不动了，就坐在地上大哭起来。这样的场景林子航已经面对过无数次了。他麻木地看着地上的碎屑，电视机的屏幕也碎了一地。任由她撒泼吧，他只有更加努力在外面忙碌，多赚一些钱，尽可能少回家面对这个女人。

子航没有办法说服邓彩丽，为了孩子他只能同意。他早已经厌倦了这无休止的争吵。

73

那天的聚会不欢而散，曼玉心里本就恼火。她都多久没有见到唐语汐了，这个子航真是个没有分寸的人。把好好一个老乡聚会给搞砸了。送别唐语汐，从火车站回家已是深夜。这个时候，怡然在奶奶家已经睡着了。

曼玉一进门被坐在黑暗里的蒋墨文吓了一大跳。他高高跷着二郎腿，嘴里叼着烟，家里烟雾缭绕。

“你大半夜坐在这里吓人呢?”

“是你自己做贼心虚吧。”

“我有什么好心虚的。”

“苏曼玉，我是不允许你出去的。一会儿工夫没看着你，你就偷偷跑出去了。说，干吗去了?”

“唐语汐从老家来了，我必须出去见她。”

曼玉没好气，原本送别闺蜜，她心情不好。曼玉没有抬眼看蒋墨文，换了鞋就要进卫生间洗漱。

见曼玉对他爱搭不理的，蒋墨文心里更是来气，从前总是黏在他身上的那个娇宠的曼玉越来越不把他放在眼里了。他猛地将茶几上的东西推到地上。

“蒋墨文，你想干吗？就是因为这事不至于吧！你在外面做了什么，都一五一十地告诉我了吗？我这几个老家的好朋友，你又不熟悉，我们说家乡话，你也听不懂，你去了大家多别扭啊。”

“不对，你肯定有什么事情瞒着我。你为什么要瞒我？一定是做了什么见不得人的事情，你老实告诉我!”

“懒得理你。”

“没想到你这么不要脸。”

“蒋墨文，你给我说清楚，我咋就不要脸了！我没有做一点儿对不起你的事。”

“别废话，你说，何向北是谁？你给我解释清楚!”

“你什么意思?”

蒋墨文从裤兜里掏出一张纸条，举到曼玉眼前，那是她给何向北打款的单据，她心里“咯噔”一下。

“你从哪儿拿的，你翻我的包了？”

“他是不是你养的小白脸？”

“何向北是我的同学，他爹摔断了腿，实在没钱看病。当时情况紧急，我连想都没有想就答应借钱给他。他以后会把钱还给我的，不就是五万块钱吗？”

“苏曼玉，没有那么简单吧，这些年，你认识的那几个人我都是知道的，我从来没有听过这个人的名字。他怎么就突然向你借钱，他怎么不找别人借钱？你是不是用我的钱在外面养了小白脸？”

“你胡说！你怎么能这样污蔑我。你自己在外面拈花惹草，以为我不知道吗？你怎么还有脸回来责怪我？”

最近两年，蒋墨文总是很晚回家，身上各种香水味不说，衣领、脖子上也有各种颜色的口红痕迹。她几次想问，但是没有证据也不好多说，反而会把事情搞糟。后来，蒋墨文竟然明目张胆地带着年轻女人出入各种场所。以前的同事曾给曼玉发了蒋墨文和女子亲密的照片，提醒她要看管好蒋墨文。曼玉左思右想，既然蒋墨文已经不把她放在眼里了，她又何必自讨苦吃。

“闭嘴吧你，你给我说清楚，这个男人是谁！你凭什么给他钱？”

蒋墨文上前把曼玉拽住。

“你放开我，你别以为有几个臭钱，就可以在外面花天酒地。”

“那又怎么样？是我赚钱养你，你在家里什么都不用干，享受你的阔太太生活就行了。你还敢挑老子的理，反了你！”

“你无耻！”

“今天你不给我说清楚，什么都别想干。你哪里都不能去。你给我说清楚，何向北到底和你什么关系！”

“只是单纯的老乡。”

“别骗我了。把你手机交出来，我看看你都和哪些臭男人联系。”

“哪有什么臭男人，和我来往的男人只有飞龙。”

“给我啊，你为什么不敢给我看手机。”

“你凭什么看我的手机，有什么可看的？”

“不听老子的话，是吧？”

蒋墨文抢夺曼玉的手机，曼玉躲闪，蒋墨文一怒之下，用力把曼玉推开，将手机抢了过来。曼玉被推到了窗台上，眼前一黑，什么都不知道了……

74

蒋墨文非常后悔，让曼玉的头部受了那么重的伤，并非是他故意要伤害她。所以曼玉执意要回老家，他欣然同意，只等她从老家回来，也许这气就会消了吧。

可是蒋墨文没有想到，曼玉从老家回来，进门就开始收拾东西。

“蒋墨文，我们平心静气地分手，好聚好散。你不缺钱，不愁再找个年轻的女孩儿。甚至不用你追，屁股后面一大堆女孩子等你呢。”

“曼玉，我错了，我不该怀疑你。我以后一定会改的，你原谅我好不好？”

“蒋墨文，我瞧不起你。”

“你凭什么瞧不起我?”

见曼玉仍未消气，蒋墨文摔门而去。他以为曼玉只是说说气话，她怎么舍得抛开富有的生活跟他离婚呢。

晚上，蒋墨文又是喝得醉醺醺的回到家，非要拽着曼玉回卧室。

“曼玉，今天让怡然自己睡觉。她都这么大了，该自己睡了。”

蒋墨文把房门关上，然后“扑通”一声跪在曼玉面前，抱着曼玉的腿说：“曼玉，求你了。我从来都没有想过要和你离婚。我不想离婚，我爸妈会伤心的，他们那么喜欢怡然。再说，怡然需要爸爸妈妈，也需要爷爷奶奶，更需要一个完整的家。曼玉，你不能这么狠心。我以后改还不行吗?”

“你真的愿意改吗？你还能回头吗?”

“曼玉，我不想离婚，你再给我一次机会吧。”

“我还能再信你吗?”

“曼玉，离婚可是伤筋动骨的事。”

就在刚才看到怡然回头的一瞬间，她确实心软了。然而，她低头时又看到蒋墨文衣领上的口红印，还闻到了他身上浓重的香水味。曼玉对蒋墨文已经彻底失望了。

“蒋墨文，我们好聚好散，不要闹得鸡飞狗跳，对大家都不好。你说个时间，我们办手续吧，不要再多说了。”

“老子都这么求你了，你还来劲儿了，妈的……”

一个重重的巴掌落在曼玉的脸上，鲜血瞬间就从她的嘴角流出来。曼玉被打倒在床上，蒋墨文便扑了上去，曼玉挣扎着用力躲闪，衣服被扯破，脸上又接连挨了几个耳光。

蒋墨文像发疯一样，曼玉不敢喊叫，她怕吓着怡然。她努力伸长手臂，从床头柜上摸到台灯，好不容易抓住台灯的底座，朝蒋墨文的背部砸去。蒋墨文顿时疼得“嗷嗷”直叫。

“妈的，你敢打老子，反了你了！”

眼看蒋墨文要再次冲过来，曼玉从床头柜上的水果盘里拿起一把水果刀，举起来。

“蒋墨文，不要逼我，你要是把怡然给吓着，我一辈子都不会原谅你，也不会让怡然再见你的父母。”

“爸爸妈妈，你们干吗呢？”这时候，怡然的声音从门外传来，接着怡然大哭起来。

蒋墨文痛苦地抱着头蹲在床边，曼玉趁机跑了出去。

曼玉拉着怡然的手快步走回房间反锁房门，把手里的水果刀放在窗台上。直到蒋墨文没有动静，曼玉才带着怡然悄悄走出家门，在附近的宾馆开了房间住下。

第二天早上，曼玉从宾馆的窗户望出去，看到蒋墨文若无其事地开着车出去了。她赶紧回家收拾东西，带着怡然搬了出来。

…………

75

时间过得真快，眼看着就要过年了。这么久了，曼玉一直都没有再过来，不知她究竟什么情况，飞龙也不好联系她。

吃罢晚饭，见飞龙依然在埋头工作，春生几次欲言又止。

“爹，您有话就说吧。”

飞龙把电脑关掉，这岁末年根儿的，他突然感觉太累了，也该休息一下，好好陪陪家人了。

“飞龙，念祖也长大了，爹想回村看看。”

“回村？”

“是啊，我们都老了，今年咱全家人回村一趟吧。”

“飞龙啊，你看你都有白头发了。”兰芝站在飞龙一侧，满是心疼。

“行，咱回家。今年过年咱全家一起回村。”

“好，儿子，咱回去。”

兰芝高兴地收拾行李，春生跟在后面像个孩子，嘀咕着翻找东西。飞龙心里顿时生出了许多愧疚，这么多年了，父母为他操心受累，一直都没有回过月牙沟。为了给他省钱，他们每年都极力反对回老家过年。

北行的车轮卷起黄色的烟尘，这里蓝天白云悠悠，这里的春天还未来临，这里的一草一木熟悉而又陌生。不远处，节日的气氛正步步逼近。在他们心里，那条回家的路始终不敢荒芜，一直那么葱茏。

终于到达月牙沟了。寒风将记忆吹散，一些错落的时光稀疏地穿过。下车后，春生却站在原地发着呆。

“飞龙啊，过去你一回来，全村人都会知道，大伙儿围过来问东问西，就连羊啊、狗啊也叫唤起来了。现在咋这么冷清，这人都上哪儿去了？”

熟悉的空气，熟悉的草香和那段再也回不去的时光。再没有袅袅炊烟荡漾在山腰间，飘浮在村庄上空，荒芜的大地失去了往昔的温馨，四周一片寂静。

不远处，树上挂着一块灰布，仿佛一只迷途的羔羊，又多么像飞龙逝去的童年。这个村庄给他烙下印记，不是他想忘就可以忘记的。这是他曾经极力逃离的地方，是他曾憎恨的地方。此时，他真想躺在山坡上好好晒晒太阳，让山上的风带他回到少年时光。他真想捧一口甘甜的泉水，润泽他干涸的心灵。

“爷爷，这个地方什么都没有，您为什么总是说想带我回来看看，总是说村里可好呢，可热闹了，这里明明什么都没有。”

“念祖，以前村子里确实很热闹。爸爸像你这么大的时候，和村里的小伙伴儿在山坡上玩耍，还爬到树上掏鸟窝，可有意思呢。”

这时，手机铃声响起来，在寂静的村庄里有点儿刺耳。

“飞龙，我爹让你们去我家，村里的老房子早就不能住人了。”

春生和兰芝恋恋不舍地上了车，一路上沉默不语，望着车窗外不断叹气。

从前那条凹凸不平的小土路已经变成平整的水泥路，没几分钟便到了林水县。

瑞声早已在大门口迎接。春生刚下车，瑞声一个箭步跨上前，紧紧揽住他的肩膀，拍了拍他的后背。

“终于见面了，老了，老了，咱都是满头白发了。”

“奶奶，爷爷为什么哭？”

“高兴呗，你看爷爷没出息的样儿。”

“好小子啊，跟飞龙小时候一模一样。我的大孙子，走，跟苏爷爷回屋去。”

文秀把厨房里早已准备好的年夜饭端上桌，酱牛肉、红烧肉、肉丸子、羊骨头、炖鱼、大拌凉菜、炒芹菜、炒白菜、炒鸡蛋、炒土豆丝、羊肉炒粉条……

老伙伴儿们聚在一起，有说不完的话。

“文秀，让你受累了，你身子弱，还做了这么多菜。”兰芝走进厨房帮忙。

“这都是瑞声做的，早上美凤和曼玉都给我们打了电话，提前拜年。知道你们要回来，放下电话，瑞声就开始张罗做饭了。”

“春生，真想你们，时间过得真快，转眼五六年了。”

“是啊，我们去北京都五六年了。”

“当年咱在那村里，你又是给我放羊又是帮我种地，那穷日子过得也真是有意思。”

瑞声仰起脖子，把杯里的酒一口气倒进了嘴里，春生也跟着干了一杯。

“我为你做啥都是应该的。”

“看你说的，天底下哪有那么多应该的事呢。你对我的恩情我都记着呢。”

“说到恩情，那是你对我们全家有恩啊！”

“哈哈……”

“飞龙啊，你不知道。有一次，你爹一个人在山坡上放羊，眼看黑云压顶，雨说下就下，最后就跟那盆子往下倒水似的。我迎上你爹，紧赶慢赶把羊群赶到圈里。你爹一数，发现丢了一只小羊羔，二话没说又冲进雨里，跑回山坡上一直找到天黑，硬是把那小羔子给抱回来了。你爹被雨淋得大病一场。”

春生“嘿嘿”一笑，说：“看你说的，那羊是你的命，不也是我的命啊。”

说着，瑞声又将杯中酒一饮而尽，眼里闪动着泪光。

过去在月牙沟，他们是多么亲的亲人。多少严寒酷暑，多少风霜雨雪，为什么每个人都活得那么快乐，总是有那么多希望？就是因为他们内心是丰盈的，人与人之间有着深厚的情谊、真挚的情感。

念祖则津津有味地吃着肉，左看右看，满脸不解，自己又抓起餐巾纸抹了一把嘴边的油。

即使再平常不过的农家事，也可以让他们一直在心里惦记着，将点点滴滴的情分挂在心上，将彼此的心坦诚地交给对方。乡里乡亲永远不变的是这份浓浓的情谊，才让他们在山沟里不觉得苦闷，不觉得孤独。

春生举杯，再次将酒一饮而尽。

“瑞声，咱不说那些。你是不知道，我在北京快憋死了，连个说话的人都没有。人家说话咱听不懂，咱说话人家更听不懂，哪儿都不敢去。就说从飞龙家去一趟天安门吧，走大半天才到。不像咱那村，说去哪儿抬脚就到。”

瑞声又“哈哈”笑起来，“你真是个老顽固。”

“哈哈，没办法，我就是这么个没出息的人，就喜欢待在那山沟里，看看天，看看草，给你放放羊。”

“我还不了解你。你憋屈也得憋着，咱孙儿念祖才是最重要的，你不管他，谁管啊？”

“都知道，就是心里不自在。要是没老婆子和我一起住在飞龙家，我自己在那北京能憋疯了。”

“就是个老没出息的，为了娃啥也得做呢。咱没本事，就是为娃们活着呢，咱普通老百姓还能做啥大事呢。”

“说的在理儿。”

新年的钟声敲响，鞭炮声此起彼伏，好像是一场竞赛似的，你追我赶，谁都不想落后。

兰芝和文秀从厨房里端出热气腾腾的饺子。

“吃饺子了，看看谁最有福气。”

“奶奶，我吃到一分钱硬币了。”

“乖孙子，你最有福气了。”

餐桌前方的电视机正在播放春节联欢晚会。小区里家家户户挂着红彤彤的灯笼。绚丽的烟花争先恐后地漫天飞舞，一派祥和的喜气笼罩着家乡的除夕夜。

“爸爸，我们也去放鞭炮吧！”

“好啊……”

76

过完除夕，曼玉带着怡然回到林水县。为了不那么明显地让父母察觉到异样，她还特意穿戴一新，给父母购置了名贵的新衣服，还带回不少年货。

“她爹，曼玉回来了，快，下楼。”听见汽车的动静，文秀穿衣催促瑞声。

“爹，快来看，我给您买的好酒，听妈说您偷偷喝散装白酒呢。”

“咋买这么多东西，说的不让你买。爹都给你买齐全了，不听话。”瑞声心疼地嗔怪，一边把东西搬回家。

“不能让你爹再喝酒了，妈现在都劝不住他了，你还给他买酒。”

见曼玉额头的伤疤比上次好了很多，瑞声怎么都高兴不起来。他强挤出笑容抱起怡然。

“走，咱回家吃好吃的喽。”

曼玉拉着文秀在房间里试衣服，“妈，真好看，您穿哪件都好看。”

“你这又乱花钱，妈老了，穿这么贵的衣服多浪费。”

“看妈穿着好看，我高兴啊！”

没过多久，瑞声就把饭菜做好了，满满一桌子。年前，瑞声特意去省城买了不少稀罕的食物，只等着曼玉母女回来呢。

“曼玉，看你爹提前好几天就开始准备了。你余叔他们刚回北京，你爹就天天念叨你们。”

“我爹最疼我了。”曼玉上前拉着瑞声坐下来。

“爹，看我妈好看吧？咱先吃饭，一会儿给您试一下新衣服。”

吃罢饭，瑞声又喝多了酒，红着脸躺在沙发上。

“怡然，姥爷亲你不？”怡然朝他点头。

“姥爷问你个问题，不许说谎。”怡然怔怔地看着他，又轻轻点头。

“你告诉姥爷，你爸爸为啥每年都不回来？他连个礼节都不懂了，太不像话了，这是不把我这农村老头儿放在眼里。”

说了几句瑞声就在沙发上呼呼睡着了。最近他的心总是七上八下地堵得慌，晚上突然醒来就睡不着了。

文秀取了一块毛毯搭在老伴儿身上，然后拉着怡然的手坐下来。

“怡然，跟姥姥说说行不？其实你姥爷都知道了，爸爸妈妈是不是离婚了？你悄悄和姥姥说。”

怡然闭紧嘴巴不肯说。

“妈，对不起啊，我让你们担心了。我办的兴趣班学生可多呢，可以让我们过上衣食无忧的生活，我现在谁都不用靠，放心吧。”

“这以后可咋过？这么大的事情你为啥不跟我们说？你咋这么不让人省心呢。当初你爹就不看好这个蒋墨文，我们是咋反对的，跟你说找对象要找个知根知底的。你倒是有主意，非要嫁给他。看看现在，你还这么年轻，一个女人家家的带着个娃在那大北京咋活呀。”

“妈，不用担心，兴趣班效益好得很。”

“当初不让你留在北京，你不听。现在你一个人在北京过日子，叫我们咋能放心。”

村里的孩子都是在挨饿、挨骂、挨打中长大，而曼玉是在苏瑞声手心里捧大的，她心里充满阳光和自信，所以从小就是个乐观的女孩。

文秀不禁抹了一把泪，她们多么牵挂女儿，这颗心总是踏实不下来。她这身体一直比较弱，瑞声也不想让她坐长途车，更不放心把她一个人留在家里。这么多年一直没有去北京一趟，亲眼看看曼玉的生活。

“妈，大过年的不要哭。我们的日子不是越来越好了吗，哪有那么多可担心的。”

“可别让你爹知道。这些年，他虽然不说出来，但是妈心里清楚，他不放心你，一直惦记着你。”

“妈，我知道，我很快就会把你们接到北京住。”

“说得轻巧。”

“真的，等我挣到钱……”

“曼玉，有啥事可一定要和父母说，不能自作主张，虽说你也是当妈的人了，但是毕竟多一个人多一个主意。”

瑞声躺在沙发上，眼角悄悄淌出了眼泪。从前再苦再难都没有见他流过半滴眼泪。曼玉就算是要天上的星星，苏瑞声都会建一个梯子给她摘下来。

有一年的寒冬腊月，十二岁的曼玉得了重感冒，半夜里突然高烧不退。苏瑞声用棉被裹着曼玉，赶着马车连夜到了县城的诊所，硬是敲开诊所的门，请求医生给曼玉输液，一直守着曼玉坐到天亮。

77

这年已经过去多时，却不见曼玉回来。以往过完年，曼玉总会带着怡然过来给春生和兰芝拜年的。飞龙有些纳闷儿，就连兰芝都有点儿着急了。

“飞龙，要不问一下曼玉?”

“兰芝，兴许曼玉已经回家，飞龙打电话不合适。”

飞龙依然在单位伏案工作，蹙眉思虑。突然，他的心一阵慌乱。他放下工作，起身倒了一杯水。最近念祖念叨了好几次，说要找怡然姐姐玩儿。他是否该关心一下曼玉。正盯着手机屏幕纠结，曼玉的电话就进来了。

“飞龙……”电话那头曼玉泣不成声，“我爹，去世了……”

“什么？怎么可能……”

“飞龙……”

“怎么会这么突然呢？春节回去那几天，我爹和你爹还喝酒喝得高兴呢。”

“飞龙，我爹……”

曼玉哽咽，说不下去了。

“你要坚强，我这就请假回去……”

悲痛哽在喉咙，堵得慌，飞龙一时说不出任何安慰的话，匆忙请了假，从单位赶回家，一进门就低着头收拾东西，他还不知道该怎么和他爹妈说。

“飞龙啊，你这是咋了，今天咋提前下班了？念祖就要放学了，我们正要去接他。”

兰芝这一问，飞龙终于忍不住，悲伤从喉咙冲了出来，跌坐在床边掩面而泣。

“妈，曼玉她爹……去世了……”

“啥？你说啥？飞龙，你说啥胡话呢？”

“不可能啊，不可能！瑞声的身体好好的。他从来不生病，他连个止痛片都没吃过。”春生的脑袋顿时嗡嗡作响。

“爹，曼玉刚给我打的电话。”

春生和兰芝被惊得一屁股跌坐在床上，家里的气氛顿时被悲伤笼罩。

“爹，妈，我赶时间，你们就留在北京照顾念祖上学，过几天我就回来了。”飞龙心里着急，准备自己赶紧出发。

“飞龙啊，这可不行，我们得一起回去。瑞声走了，我和你妈得送他，看他最后一眼，这以后再也见不着了。”

春生和兰芝顿时老泪纵横。

黄昏将近，天色渐晚，初春依旧萧瑟的寒风让人瑟瑟发抖。凄冷的空气笼罩着寂静的林水县，四周一片喑哑。

子航、唐语汐和美凤一家人也先后回到林水县。

瑞声的灵棚搭在小区的角落里，远远望去显得分外凄凉。节日的余温还在空气中飘荡，院子里散落着烟花的碎屑，有的被风吹到墙角堆砌在一起，像一群失魂落魄的乞丐。大门口的红灯笼在风中摇曳着单薄的身躯，蒙着一层重重的悲伤，失去了春节该有的喜庆。

西北风从山间呼啸而来，卷起了地上的残枝败叶，卷起一阵尘土和烟花的碎屑，在空中随风散去，有一些飘落在他们的头上和身上。

曼玉披麻戴孝，在夜幕下显得苍白无力，像一张白纸随时会被风吹走，她的脸和手被冻得发青。豆大的泪珠簌簌滚落。

“爹……余叔他们都回来看您了……”

瑞声的音容笑貌在春生眼前不断闪现……

“我说，春生啊，你能不能快点儿。你这总是慢悠悠的，别说把人急死了，把我的羊羔都急死了。”

“呵呵，急啥?”

“哎呀，我的娘呀！你这慢动作，啥时候才能赶回羊群，眼看太阳就要落山啦。”

春生不紧不慢地甩起鞭子。

“瑞声，不急。羊儿们得边走边吃，急了能吃到草吗，能吃得肥壮吗?”

…………

仅仅分别数日，再次相见却是阴阳两隔。

“说好的，你要去北京和我们一起看天安门……”

“他叔啊，你留下文秀和曼玉她们娘仨日后可咋办呀?”

“苏爷爷……”

“瑞声啊，你咋能说话不算话呢？你可是从来都说话算数的。”

一阵阵悲凄的哭声，一阵阵哀伤的唢呐……

哭声响彻县城的黄昏。天色很快暗下来，风更紧、更密了，像一张巨大的网罩着县城的天空，让人感觉憋气又寒冷。

坟地选在村里的山坡上，那是瑞声和他的羊群常待的地方。

78

曼玉自然是会留下来多住一些日子。几个月过去，飞龙不敢有太多的打扰。失去至亲，需要一个漫长的疗伤期，谁都帮不了她。从小到大，曼玉对她爹的依赖，更是让她难以走出悲伤。

飞龙的单位又分配来好多高材生，一张张朝气蓬勃的面孔，让他不禁想起自己和曼玉从前那些青涩的时光。单纯又美好、青涩又倔强的青春一去不复返。

同事像事先商量好的，突然扎堆儿给飞龙介绍对象。

“余处长，给你介绍个对象，去见见吧，万一看中了呢。”

“以前给你介绍对象，你说念祖太小，怕后妈对他不好。现在念祖都长成大小伙子了，是该考虑自己的时候了。”

“飞龙，别犟了，再成个家吧，哪怕只是为了让你爹妈放心呢。”

…………

从前，他只知道埋头工作，那股勤奋的劲头，同事们都不忍心打扰。他们心里都清楚，一个农村来的穷小子在北京打拼不容易，紧追慢赶已经落在后面了。不光是因为他又当爹又当妈，还因为他的爹妈没有任何收入，更因为他这个人比较刻板。

“我余飞龙感谢你们看得起，好心为我考虑，我都记在心里了。”

“等什么呢，等你变成糟老头子还能找个可心的吗？”

“你这么帅，趁着年轻再找个好女人。”

“我们要是有你这好看的脸盘子，早坐不住了。”

“哈哈哈……”

“见就见呗，有什么大不了的。”

接下来的几天，飞龙分别与几位女士见了面，地点选在咖啡店或西餐厅，那是他从未光顾过的地方，那些地方让他清楚地感觉到自己的寒酸。咖啡店和西餐厅虽是有品味的约会场所，但是他的钱包比脸还干净，让他羞于出入。

经过几次相亲，飞龙自然很失望，他现在只希望他们不要再劝他相亲了。兰芝见飞龙一次次失望而归，既心疼又着急，这一次她再也看不下去了。

“飞龙啊，你不要考虑爹妈。该花啥钱就得花，念祖也懂事，让他艰苦点儿没啥大不了的。”

“爹没用，什么都帮不了你，我和你妈这身板硬朗着呢，不会给你添麻烦的。等你再婚以后我们就回老家养老去。”

“飞龙，我们最愧对的人就是你，没让你生在条件好的人家。”

“妈，看您说的啥话，是我自己没本事，没让爹妈跟着儿子享福，让你们受委屈了。”

“儿子，你是我们的骄傲，我们一点儿都不委屈。妈手里有一些钱，你拿去用。”

她从衣柜里拿出一个小包塞到飞龙手里，那是一块用了几十年的花手绢，里面包着厚厚的一沓钱。飞龙再也无法控制自己的情绪，酸涩的液体充溢在心里，涌向了喉咙，哽咽着说不出一句话。

“飞龙，这是你和美凤给妈的钱，妈一分钱都没花过，都给你攒着呢，你就放心拿去用。”

“飞龙，哪有找对象不花钱的，这个钱咱得花。”

这几万元对于别人来说或许不算什么，可是对于没有任何收入的父母来说太不容易了。他感觉自己的心在颤抖。

“儿啊，听你妈的话，不要灰心，大城市这么多人，总有一个和你看对眼的。”

飞龙心里明白，谁家姑娘愿意嫁给一个背着包袱的男人受罪呢。

在城市生活哪比得了村里，抬脚一出门就得花钱。别说再婚，就是他想为父母和儿子买点儿东西，都得盘算了又盘算。这些年，美凤偷偷给父母钱，他知道美凤不是故意瞒着他。美凤生怕伤了飞龙的自尊，怕他心里不好受。

“飞龙，听妈的话，再难都会挺过来的。祖祖辈辈就是这么过来的，再穷还能打一辈子光棍儿吗？何况我儿在北京是有正式工作的。咱村里没工作的男人不是照样娶媳妇。”

“爹妈是苦出身，是苦水里泡大的，再苦都无所谓。只要你生活好了，爹就高兴了。再说，我儿是有文化的人，什么困难都能用你的智慧解决。”

“答应妈，再见一个，你同事不是刚给你打电话又介绍了一个吗？如果这个还看不对眼，妈就不催你了，行不？妈老了，想早点儿看到你安顿好后半辈子，咋也得有个伴儿呀。”

兰芝的语气让飞龙自责又心酸，他只好答应。他刚刚接的那个电话，都被他妈听出来是同事又给他介绍对象的，说是一位海归博士，离异回国，只想找一个能够靠得住的男人踏实过日子。

他打开同事的微信，说他同意见面。同事回复他一个龇开牙大笑的表情。

“这就对了。你余飞龙就是一条倔强的龙，不是倔强的驴。”

飞龙回复他一个连哭带笑的表情。

“可别灰心，这次没准还真能成。有文化的人，不会计较有钱没钱。你要长相有长相，要身板有身板，要文化有文化，要才华有才华，她肯定能相中你。”兰芝高兴地给飞龙拿出那套西装。

飞龙看着镜子里的自己，穿着过时的西装依然风度翩翩。一丝得意在他眼前飘过，又瞬间消失，苦涩随之占据心头。这套西装很显然已经不合时宜了，还是他结婚时买的唯一一套可以称得上体面的衣服，一直新崭崭地挂在衣柜里没怎么穿过。除了参加同事的婚礼或者出席重要场合，他从来不舍得穿。身上那件结婚前买的夹克，脊背和袖口已经泛黄了。

这年头，谁能坚持常年不换新衣。别说换一件衣服，就是换车、换房都比他换件衣服容易。这种少有的勤俭节约，在别人心底其实都是令人敬佩的美德。但是敬佩归敬佩，没有几个人可以做到。

79

初秋的下午，夕阳依然炽热。飞龙阔步走向那个熟悉的西餐厅，心里还是不免紧张，头上直冒冷汗。

笔挺的西装将他包裹得严严实实，没几分钟便汗流浃背。他提前到达餐厅，径直走向约定的座位，刚坐下，身穿别致小马夹的服务生面带微笑朝他走来，脖子上精巧的黑色领结让他显得格外精神。他用异样的眼神瞅着余飞龙，继而又露出善意的微笑。

“先生，您需要点儿什么?”

飞龙没有立刻回话，先抓起餐桌上的纸巾，抹了一把头上的汗。然后解开外套的扣子，里面的白衬衣已经被汗水浸湿，紧紧贴在身上，他又不好把上衣脱掉。

“先生，卫生间有吹风机。”

飞龙抬头，回以真诚的微笑。

正要起身走向卫生间，迎面走过来一个熟悉的身影。

“余飞龙，好久不见。”

时隔十多年，飞龙虽从未想起这个女人，但这样突然出现在眼前时，他还是能够一眼认出她。

飞龙很奇怪，难道同事给他介绍的相亲对象就是姚莉莉？他没有去卫生间，转身又回到座位上，内心开始不平静起来。他原本不希望再见到她，尤其是在这种地方，在这样的情况之下。

他绷着脸，姚莉莉却含情脉脉地注视着他。

服务生再次走过来，手里递过来一本精致的菜单。

“女士，您需要点儿什么?”

“两杯咖啡，两杯常温柠檬水，一份火焰牛排八分熟，一份经典批萨，两份意面。”

姚莉莉没有看菜单，依然直勾勾地盯着飞龙的脸。他很想立即起身，挥袖而去。

“好的女士，请稍等。”

很快，服务生端着盘子送来两个精致的水杯和一个玻璃水壶。款式洋气的水杯泛着蓝色光泽，里面飘着一片薄薄的柠檬，散发着清爽的、淡淡的香气，沁人心脾。服务生在杯子里倒了半杯水，飞龙端起水杯立即将水倒进嗓子里。这杯水仿佛冲开了堵在喉咙里的那团东西，让他松了一口气。

但他依然不想说什么，却又不知该怎样离开。

接着服务生送来两杯咖啡。飞龙低头，不停地用勺子搅动着咖啡。

姚莉莉依然盯着他，让他觉得脊背发麻，浑身发冷。

“飞龙，对不起。这么多年来，我一直想当面和你道歉。当初我一气之下不告而别，我知道你还恨我。”

姚莉莉突然激动起来，说了两句话，便掩面而泣。

“这么多年，我真的特别后悔，真的……”

姚莉莉的声音颤抖着。

飞龙抬眼，姚莉莉的眼神充满悔恨。在漂亮衣服的包装下，又拥有海归博士的头衔，她显然是相当有魅力的。

“我们不该再见面的。”余飞龙平静地说。

“我都明白，可是我太想你了。我知道你一定不想见我，所以只能以这样的方式见你一面。我出国读完博士就嫁给了一个老外。当然，他非常有钱。但是，结婚以后我才发现我们不合适，最终还是离婚了。”

对于姚莉莉的事情，飞龙不想知道太多，他对她已经没有任何感情可言，他起身欲离开。

“我们就此作别。我先告辞了。”

“飞龙……”

他转身，姚莉莉却急急地喊住了他。

“你就这么讨厌我吗？多说一句话都不愿意吗？”姚莉莉的声音变得柔弱又委屈，这凄楚的眼神是飞龙从未见过的。

“我们还能说什么呢？同事介绍的相亲对象竟然是你，让我太惊讶了。我感觉你是从天而降的，心里一点儿思想准备都没有，你的出现太突然了。”

“飞龙，我知道我错了，我伤了你的心。我回国以后第一个想见的人就是你。我通过朋友千方百计打听你的情况。我知道你的妻子去世了，留下了一个可爱的儿子。我也知道只有你这样的人才是真正靠得住的好男人……”

让飞龙意外的是姚莉莉竟然大哭起来，不顾餐厅里其他人异样的眼光。她从来都没有用这样央求的口气和他说过话。那个骄傲的姚莉莉真的改变了吗？他没有犹豫，还是走向门口。姚莉莉从包里掏出几张百元钞票放在餐桌上，快步追出去。

“飞龙，等我一下，再听我说一句话可以吗?”

飞龙没有理会她，推门而出。一阵清风迎面拂来，初秋的夜晚凉爽宜人，西装的衣襟在微风中轻轻晃动，身上的汗水瞬间被清风驱散。街上人头攒动，路灯点亮城市的繁华，也同时点亮了他内心的孤苦和悲怆，它们瞬间被无限放大。

他头也不回，走向家的方向，那是一个永远充满温情和信任的港湾，也是一个最质朴和让人有些窘迫的小窝。

“飞龙……”

姚莉莉仍不罢休，就像当年追求他一样执着，在人群中大喊他的名字，踩着脆响的高跟鞋跑到他面前，阻挡他的去路，阻挡他的视线以及他内心的茫然。

“飞龙，求你原谅我，我愿意用后半生赎罪。我心里真的放不下你，求你……”

姚莉莉哭到无力，蹲在飞龙面前。飞龙没有想到，姚莉莉竟然可以这样低三下四地求他，可他完全高兴不起来。

他低头看着骄傲的姚莉莉蹲在地上像一只可怜的花猫，心里顿生怜悯。他紧张地瞅瞅周围，行色匆匆的人们根本不会太多注意到他们。马路边上，时常会有拥抱和接吻的情侣，还会有哭闹、吵架，甚至打架的情侣，在城市里这些都不足为奇。如果换在他们那个村子里，男人和女人手牵手出来都会被全村人笑话好几天。

飞龙觉得很难堪，皱起眉头，抓住姚莉莉的胳膊把她拽了起来。她缓缓站起来，近距离站在他面前，猛地扑到他身上，紧紧搂着他的脖子亲吻他。

“飞龙，我每天都在想你，我真的没办法忘记你。原谅我，我想和你重新开始，求你给我一个机会。”

“姚莉莉，请你自重，现在的我已经不是当年的余飞龙了。十多年前，我们真的不合适，如今，我们依然不合适。”

飞龙厌恶地扒开她的手臂，后退一步，他不想再多说什么。姚莉莉失望的眼神满含爱意。他知道她喜欢他是真的，从前嫌弃他家穷也是真的。现在她回过头再来找他，也许也是真的，但他不敢和她再有半点儿瓜葛。

飞龙果断转身，头也不回，大踏步地离开。身后的姚莉莉大喊着他的名字，声音渐渐消失在城市繁华的夜色中。

他站在路边的站牌下，天空突然飘起了小雨，凉丝丝的空气里散发着清爽的味道。他还没有干透的衣服被越来越密的雨点打湿。

他突然感觉不到时空，站在路边愣神良久，竟想起了曼玉。

“您好，您所拨打的电话已关机，请稍后再拨。”

“曼玉，你什么时候回北京……”

他给曼玉发了语音，曼玉却一直没有回复。

80

飞龙好想找个人说说心里话，但他知道每个人都在忙碌着，子航一定很忙的。他又能找谁呢？

子航的业务顺利到他自己都在怀疑。他心情大好，相信这座城市的一切好运都是唐语汐带给他的。这座城市因为有唐语汐而变得那么让人迷恋。他开车漫无目的地游荡在大街上，没想到唐语汐倩丽的身影真的出现了。他心情激动，加快车速，走过路口却很快看不见唐语汐的身影了。他只好向曼玉求助。

“曼玉，求你，给我语汐的手机号吧，我刚才看见她了。”

“好吧，子航，我马上登机了，不能和你多说了。”

子航和语汐约在商场外面的咖啡店见面。

唐语汐提着一大包东西走进咖啡店，依然是那抹浅笑。她从来不会像曼玉一样没心没肺地哈哈大笑，她的微笑总是那么优雅又不做作，总能丝丝缕缕牵动人的情感，让人的心瞬间变得柔软温暖起来。

见唐语汐提着东西很吃力，子航立即从座位上跳起来，大步走到语汐面前，把她手里的东西接过来放在座位上。

唐语汐揉着手，在子航对面稳稳坐下，丝毫没有因为他的突然到来而感到诧异和惊喜。

“子航，你找我有什么事吗?”

“语汐，你怎么自己逛街，最近好吗?”

“我一个人挺好的。”

“语汐，你这话什么意思？你……可以告诉我吗?”

“其实……告诉你也无妨。我离婚了。”

“不会吧，为什么？你不是过得好好的吗？人家都很羡慕你。”

“因为什么重要吗？没有缘分在一起就分开了呗。”

她端起咖啡抿一口，一双白嫩的手放在杯子边上，转头看向窗外。小城的街道上行人稀少，夜晚的街道变得更加空旷。

子航慢慢地伸出手想握住语汐的手。这时，唐语汐的手机铃声响起，子航赶紧收回手臂。

“曼玉，刚下飞机吗？好，旅行愉快，注意安全。”

“曼玉去了哪里?”

“婶子没去过大城市，曼玉带婶子去南方旅行了。”

“这样啊。”

“子航，我先回家了。买了东西是准备给孩子做饭的。我不能陪你了，下次再见。”

唐语汐提着东西起身，不等子航再说什么便转身准备离开，没有让子航送她的意思。

“语汐，我可以送你回家吗？让我送送你，我想为你做一切事情。”子航恳求道。

“不可以，子航，你该好好对待的人是她……”唐语汐推开子航的手臂，转身消失在街角处。

子航不甘心，偷偷跟在语汐身后，直到看着她上楼，屋里的灯光亮了又灭了，他才安心离开。

第二天一早，语汐正待出门，忽然收到快递送来的一大束鲜花。出于对这美丽鲜花的不忍，她还是把花收下了。接连几天，在同一个时间段，语汐都会收到不同的鲜花。她猜到，也许会是子航，也不排除其他追求者。自从她离婚后，身边有几个追求者，都被她一一回绝了。像语汐这样的美丽少妇，有追求者也是很正常的。但她从不接受任何人的任何礼物。

唐语汐能够收下鲜花让子航感到非常激动。终于，他鼓足勇气，在语汐下班回家的那个傍晚敲响了房门。

“怎么是你，你怎么知道我家地址的。”

“我……可以进去坐会儿吗。”

“有什么事情我们出去说吧。”

“不，语汐，你听我说，鲜花都是我送的，我……”

“真的是你。”

子航突然拿出来一张银行卡塞给唐语汐。他涨红了脸，深情地看着唐语汐。他是多么喜欢她，为她着迷。十年过去了，她依然让他魂牵梦萦，让他难以割舍。他太激动了，突然热泪盈眶。

“子航，这是什么意思。”

“语汐，我不忍心看你过得不好。这张卡你拿着，里面有五十万，我希望你过得好点儿。”

“你这是干什么呢?”唐语汐很生气，把卡塞给子航。

“语汐，不要误会。我是真心希望你过得好。”

“不，你是有家室的人，你怎么能这样做。你这样就是在害我，我清清白白的名声都要被你毁了。我们以后不要再见面了。”

子航被关在门外。不再见面他会痛苦死的。

81

过了一阵子，曼玉一直没有回话。飞龙不知道文秀婶子已经跟着曼玉来到了北京。

飞龙心里不悦，这么久了，曼玉总该给他回个信息吧。他不明白，曼玉心里到底怎么想的，她倒是给句痛快话，他们到底能不能在一起。

飞龙莫名的心烦，提上衣服准备去上班，“丁零零……”他抓起手机一看是曼玉，瞬间将烦闷驱散。

“喂。”他赶紧滑动屏幕，接通电话。

“飞龙，你下班来一趟我兴趣班附近的西餐厅吧。我一会儿给你发位置。”

临近下班，他特意跑到单位的卫生间照了照镜子，还是蛮帅气的，他心里正独自美着。

“余处长，这是要去相亲吗？这么开心。”

“也不算是相亲，一个村的，青梅竹马。”

他打算坐地铁去，开车的话可能会很堵。他提前到达咖啡店，曼玉还没有过来。他就坐在约定的座位上安静等待。望着窗外的风景，人潮涌动，川流不息。因为曼玉，飞龙对家庭重新充满了美好的期待。

“先生您好，这个位子是我和一位女士约定好的。请问您是不是坐错了？”

一个南方口音的中年男人突然站在餐桌旁说话，把陷于美好期待中的飞龙惊了一下。

“先生，您好，这是我女朋友预定的座位，我没有弄错。”飞龙身体稍微抖动了一下，很快回过神来。

“那就奇怪了。她明明告诉我就是这个座位号，店里是没有相同的座位号的呀。”南方人坚持着。

“您好，董经理您来了。我迟到一步，不好意思。”曼玉准时到达。

“曼玉，不要喊董经理，你总是这么客气。说过多少次了，直接叫洸阳就好了。”

南方人比曼玉高不了多少，白白净净的脸上堆着笑。飞龙顿时气不打一处来。曼玉这究竟是什么意思？他真想一走了之。

“对了，董经理，这位是余飞龙，和我一个村，北京名牌大学保送研究生，非常有才华，现在在北京工作。”曼玉这样介绍，他心里的气消了一大半。

“哦哟，原来是自家人啊，余先生您好。”董洸阳上前握手。飞龙起身，高出他好多，他仰头一脸尴尬地笑着。

“飞龙，这是董经理，咱们兴趣班一个孩子的家长，在北京有一家自己的公司。”

三人落座。

曼玉随即从包里拿出新崭崭的五万元推到董洸阳面前。飞龙惊讶地盯着曼玉。曼玉朝飞龙微微一笑。

“董经理，这是当年您借给我的五万块钱。您总说不用还，但是我必须还给您，这也是我未婚夫余飞龙的意思。今天让他也过来，就是要当面还清，把事情说清楚。”

“感谢您当年对曼玉的帮助。”飞龙恍然大悟。

“曼玉，你这是搞什么啊？”董洸阳的脸顿时煞白。

“怎么，怎么会呢？你怎么突然间就有了未婚夫呢？我认识你这么久，哪里见到你身边有未婚夫啊！”董洸阳白皙的脸涨得通红。

“董经理，您别急。我知道您对我是真心的，但我们真的不合适，以您的条件，完全可以找个更好的人。”

“你……你们，怎么可以这样对我？”

“董经理，感情的事不能强求。包括我，一直非常尊重曼玉自己的选择和决定。要说适合，那我一定是最适合曼玉的。”飞龙友好善意地微笑着。

“我知道您对我是真心的，但我不能接受您的求婚。”

飞龙将曼玉揽在怀中，轻轻地拍着她的肩膀。他不知道该说什么。

“曼玉，我那么喜欢你，喜欢你的直爽、率真、开朗、能干，漂亮就更不用多说了。这两年，我一直都在等你。我等你那么久，你竟然戏弄了我……”

董洸阳带着怒气、伤心离开了西餐厅。曼玉没有做出任何挽留，也没有表现出任何不舍。

“曼玉，你说我是你的未婚夫，是真的吗？”

“是啊，飞龙，我什么时候说话不算数了。”曼玉转过来看着飞龙，久违的温情眼眸终于再次抚慰了他冰凉的心窝。他很久没有感受到这种眼神了，心里竟涌动着一股热流，紧紧握住曼玉的手。

“当初我们就不该分手。”

“那时我们都太年轻了。”

“都是我的错。”

“你不要这么想。那天语汐不是来了吗，她看到了床单上面的血迹。她说一个男人如果真的爱这个女孩一定会爱惜她，会等到新婚之夜才在一起……”

“曼玉，原谅我吧。”

“都过去了。我真的从来都没有怪过你。还是不要说这些了，说说我们的以后吧。”

“家里一定会为我们感到高兴的。”飞龙心里暖暖的。

“现在还有一个很大的问题。”

“还有什么大问题？董洸阳已经死心了吧。”

“笨，房子的问题呀。你现在的房子怎么能住得下这么多人呢？”

82

兰芝和文秀高兴地打通了电话，电话两端传递着开心的笑声。

“文秀啊，你说你都来北京了，咋不提前给我打个电话？”

“曼玉回来太忙了，我也不好给她添乱。这不是想着，等安顿好了再联系不迟。”

“是啊，这大北京，说见一面可不是月牙沟那么容易的事。”

“兰芝，我听曼玉说她们将来结婚要换个大房子，你都想象不到那得多少钱。”

“对，那得多少钱呀？飞龙这工作忙的，都没来得及跟我们详细说一说。”

“听曼玉说得六百万，六百万啊！”

“啥！文秀，你弄错了吧，咋那么多呢？我的老天爷呀！”这对兰芝来说可是个天文数字。

“可不是，这也太吓人了！”

“我的老天爷，这可了不得！”

“是啊，这可咋办？”

…………

见飞龙大清早穿戴整齐出了门，兰芝和春生心里踏实了很多。网上发布的售房信息很快就有了回复。与买方约定好签合同的时间，飞龙和曼玉手牵手来到中介公司。

“真没想到，这么快就把房子卖了。我们再多看几套房子，对比一下，差不多就办手续买吧。”

“听你的。”

“你还是那个呆子。”

“哈哈哈，改变不了。”

“两室一厅的房子就可以了，我不想让你有太大的压力。”

“行吧，这样父母也轻松了。”

“曼玉，对不起，以前是我做得不好，我太笨了。”

“看你说的，你一直都很优秀，我们取长补短。”

“余飞龙先生，买方到了。你们可以签合同了。”

飞龙和曼玉坐在中介公司的沙发上，正说得高兴呢，工作人员过来叫他。

“怎么是你?”

“是啊，飞龙。我要买的房子竟然就是你的，我们真是有缘分啊!”穿着时尚，打扮贵气的姚莉莉竟然就是买家。

“姚莉莉，我先给你介绍一下吧。这是……”

“我知道，这是你的初恋，和你一个村的，苏曼玉。”

没等飞龙说话，姚莉莉就打断他的话，脸上拧巴着一丝微笑，也隐藏着一丝酸楚，还有一些嫉妒和不服。

“苏曼玉，你很漂亮，也很幸运。真心祝你们幸福。”

“谢谢，我和飞龙已经领了结婚证。等买好房子再办喜酒，到时候你一定要过来喝喜酒啊。”

姚莉莉浑身不自在，她从前的骄横瞬间被击碎。

“飞龙，从前是我太任性，其实，这么多年我反而对此越来越内疚。飞龙，请你原谅我，我真的很在意你。”

姚莉莉终于没有控制住自己的情绪，语气几近乞求。她的目光里似乎多了一丝真诚。

“飞龙，如果你能原谅我，我心里就轻松多了。我知道你这么多年不容易。我也不好过，受到了应有的惩罚。我回国本希望能够和你在一起，用后半辈子赎罪，可是你不给我机会……”

“姚莉莉，我早就不怪你了，你也不必在意了，已经过去的就让它过去吧。”

“飞龙，你对我太无情了吧。”

“是我无情吗？”

“当初是我不对，难道就永远不能被你原谅了吗？”

“我并没有怪过你，我们早已结束。如果你坚持买我的房子，那就签合同吧。”

“好，我们签合同。”姚莉莉还是执意买了飞龙的房子，她悔恨万分，这一生就这样生生错过了这么好的男人。既然她用尽全力挽回已经无望，不如以此补偿飞龙，弥补她的过错吧。

告别时，姚莉莉再次泪眼婆娑。

“曼玉，你真有福气，我真的好羡慕你。”

“谢谢，再见。”

看着姚莉莉的背影，在奢华的衣着之内包裹着一颗孤独的心。飞龙将曼玉的肩膀搂得更紧了。曼玉心领神会，抱着飞龙的腰身，紧紧地。

姚莉莉突然又转身走回来。

“飞龙，让我最后一次抱抱你可以吗？我最后一个心愿，这么多年在国外，我多么想念你温暖宽厚的怀抱。”

曼玉松开手臂，朝姚莉莉张开怀抱。

“对不起，你可以抱我。从今以后飞龙只能抱一个女人。除了我，他再不能碰任何女人。”

姚莉莉后退几步，眼泪冲了出来，她的落寞和失望再也无法掩饰，转身失望地离开。她走得踉跄，走得缓慢。

83

这么多年，飞龙不追逐名利，潜心钻研自己的工作。经过努力，在创新农业和生态环保方面他最终取得了一定的成果，具有可实施性和显著效果，得到了上级部门的认可和嘉奖。这让飞龙更加有干劲儿了。

这些年的辛苦和努力总算没有白费，在兰芝和春生心里，飞龙是一个不一样的孩子。从兰芝那个神奇的梦开始，他们就坚信这一点。

“我的儿啊，你的苦日子总算熬到头了。妈终于盼到这一天了。”

“好啊，好啊！等你们搬家了，我们就可以放心回老家了。”春生心里一直惦记着回老家。

“爸爸，爸爸，太好了！我终于可以和怡然姐姐天天见面了！”

“儿子，你和怡然姐姐以后可以天天一起吃饭，一起学习，一起玩儿游戏了。”

“飞龙，要认真干工作，可不能出差错啊。”

“妈，放心吧。儿子不会给你们脸上抹黑的。”

搬家的日子说到就到。

打开衣柜，曼玉皱着眉头，说：“这么多年了，你就没有一件像样的衣服。一个大男人没有一件像样的衣服怎么行呢，我得给你重新置办几件。”

“以后就全权由你安排了。我本来就不擅长经营生活。”

“爸爸——”这时，念祖突然大喊，吓得飞龙后脑勺直发凉。

“怎么了，念祖？大惊小怪的，吓死人了。”

“爸爸，你是个大骗子，你骗人！”念祖号啕大哭起来。

念祖手里拿着一张满是尘土，发黄、破损的信纸。

飞龙：

对不起，当你看到这封信时，也许我已经离开这个世界了，原谅我扔下年幼的念祖。日子实在太难熬了，我难受死了，时时刻刻都像百爪挠心。我每天都在忍受着煎熬，整夜整夜睡不着觉，我忍受不了这种煎熬了，让我轻松地离开吧，剩下的日子全靠你照顾念祖了。我知道自己条件不好，既没文化，长得也不漂亮，娶了我，让你受委屈了。你那么有才华，长得又帅，以后一定要找个比我好的女人做媳妇。你是天底下最好的男人。你对我太好了，今生让我拥有过你，现在死了也值得了。

告诉念祖，我对不起他，希望他长大以后可以原谅我。

我要去找我的妈妈了。

菲菲绝笔

“怎么从来没有看到过这封信呢？念祖，你从哪里找到的？”

“就在这个床底下。”念祖哽咽着说。

“那可能是从床头柜上掉下去，然后就飘到床底下了。”

“念祖，不哭了。不是爸爸故意骗你，当年你太小了，爸爸不想让你知道妈妈是怎么去世的。”飞龙把念祖搂在怀里。

念祖撕心裂肺的哭声，让飞龙想起了菲菲冰冷的身体躺在河边的石头上那一幕。

“念祖，听奶奶说，都是奶奶不好，是奶奶没有照看好你妈妈。都怪奶奶，奶奶没用，奶奶从农村来了北京，啥也不懂。”白兰芝站在角落里掩面而泣。

“念祖，听曼玉妈妈说，当时我也经常过来看你妈妈。她看上去真的和正常人一样。她的病在内心深处，别人无法了解到她内心的想法。你不要怨任何人，反而要好好爱你的爸爸和爷爷奶奶。他们为了照顾好你，付出了很多很多。你是个男子汉，是个懂事的孩子，对吗？”

“我的孙儿，可不能怪你爸爸。你还不相信爷爷的话吗？你有世界上最好的爸爸，最努力最勤奋的爸爸，最孝敬父母的爸爸，你明白吗？”

春生心疼地看着飞龙，他不希望伤心往事被重提。飞龙这么多年不容易，让他轻松一些吧。

“对啊，念祖，人一辈子要经历很多事情，有高兴的，一定就会有悲伤的。每天都有人来到这个世界，就会有人离开这个世界。你妈妈是这个世界上最爱你的人。她选择离开是谁都无法预料的。因为我们不懂医学，也从来没有听说过得了抑郁症有可能会自杀。”曼玉耐心地给念祖解释。

念祖低着头，“呜呜呜”地哭了好一会儿，突然停下来看着飞龙，又看看曼玉，使劲抹了一把眼泪，抬起红红的眼睛看着曼玉。

“我要好好学习，长大以后要当医生。”

84

初冬的林水县，已经是寒气逼人，碧蓝如洗的晴空，阵阵冷风拂过脸颊。林水县早已不是原来的样子。从前的小屋不见了踪影，取而代之的是一栋栋整齐的楼房。

自从飞龙和曼玉组建家庭，搬进了大房子里，三位老人天天吵着一定要回老家养老。飞龙和曼玉实在劝不住，只好把他们送了回来。

“还是咱这地方好，我这心啊一下子就轻松了。”

“呀，我的天！这不是老愚头吗？你这是从北京回来了？”

“是啊，是啊。”

原来是月牙沟的老乡，多年不见依然可以认得出乡亲的模样。

“这是刚回来啊，真是有年头没见你了。”

“有年头了。这不孙子长大了，我就吵着闹着要回来。”春生高兴地笑起来。

“哈哈，你个老愚头，没出息。咱都是一样啊，我也刚回来一年多，我那孙子也长大了，我也被释放了，哈哈……”

吃罢饭，三位老人吵着一定要回村里看看。

沿途是稀疏的树林，身后是单薄的村庄，一缕风追着一缕风，一朵云追着一朵云。

站在初冬的风里，疼痛开始清晰，他们用湿润的眼睛收藏故乡的晴空。村子里一个人都没有了，小屋只剩了残垣断壁，已是面目全非。周围的杂草疯长，小土屋几乎被掩盖，像一位残喘的老人，因为年久无人问津，终于停止了呼吸。空空的老屋，静静停摆在岁月里。只有曼玉家的房子还矗立在村头。红砖瓦房虽然还在，但玻璃窗户、房顶都已经面目全非了。

山坡上光秃秃的，就这样突兀在年末的情绪里，所有期待和欣喜都变得那么不安和失落。像迷途的羔羊找不到家的方向，该何去何从，该如何安放那些拿不起又放不下的思绪。飞龙突然感觉，自己好像做错了事情，做了不义之人，抛弃了不该抛弃的东西。“对不起，我的家乡，当年我不得不抛下你，离开你。待我再次归来，已然没有了容身之所。”

“她余叔啊，咱回不来了！再也回不来了。你看看，咱们的家都没了，什么都没有了！”

“文秀，还有瑞声呢。他在那山上啊。”春生看着他曾经放羊的山坡，安静极了，一只羊都没有，只有苏瑞声永远住在那冰凉的地下。

众人潸然泪下。

北方的初冬，天高云淡，风清气爽。山坡上的草早已泛黄枯萎，村里的树也似衰老的故人，在风中轻轻摇曳，发出一阵阵轻微的响声，像是在哭泣，又像在诉说。

山坡下那片曾经丰收过的麦田变得寂静、荒凉，一根麦穗的影子都找不到了，宛如一个硕大的疤痕，结痂的伤口就暴露在阳光之下。

一阵视频通话的铃声响起，曼玉和两个孩子都在等飞龙回家。他将视频对着村庄各处，让她们看看故乡的模样。

“飞龙，咱村啥都没有了。听说很多村子都合并了，有的村子搬迁了。飞龙，快回来吧，天黑了开车不安全，明天你还要上班呢。”

曼玉的话将飞龙带回现实。是啊，他身负重任，故乡也将永远珍藏在他的内心。

飞龙和曼玉各自忙着各自的工作，怡然和念祖投入紧张的学习中。一切都是忙碌而有序的状态。只有到了晚上，一家四口才能坐在一起，趁着吃饭的空档和彼此说几句话。然后卸掉一天的疲惫进入梦乡，每天像打仗一样。

那天晚上飞龙没加班，他按时回到家，把精心做好的饭菜摆放在餐桌上。他抬头瞅一眼墙上的时钟，在围裙上擦擦手，兴奋地给曼玉拨通了电话。

“曼玉，学生都接走了吧？今天要早点儿回家啊。”

“好啊，你今天咋回家这么早呢？我很快就到了。”

刚放下电话，念祖和怡然就背着书包一起进了家门。

“咦，感觉气氛不对啊。飞龙爸爸，这是什么情况？是不是你犯了错，才会做这些丰盛的饭菜讨好妈妈呢？”

“是啊，爸爸，今天这是怎么了？”念祖也很好奇，家里的晚饭从来都是极其简单且匆忙的。

“你们两个啊，爸爸什么时候犯过错误？记住，爸爸永远都不会犯错误的。你们听好了，以后可要记住，今天是妈妈的生日。”

两个孩子互相对视，吐吐舌头，不好意思地低下头。

“没关系，从今天开始记得妈妈的生日就好了。”

曼玉终于到家了。

“我的天，飞龙，今天是什么日子？这么隆重啊。”曼玉走进屋里，看到一桌子丰盛的饭菜，又见飞龙从厨房拿出一个精致的生日蛋糕，她脸上顿时露出惊喜的表情。

“飞龙，今天是我的生日啊！你太有心了，谁说你是书呆子啊！”

“哈哈，书呆子也有不呆的时候啊，而且还有生日礼物，你看，喜欢吗?”

飞龙又转身去卧室，拿出来一个精致的女包举到曼玉眼前。尽管曼玉从前的生活并不缺少什么，更别说一个手提包。但是，这个只知道读书的书呆子能够花心思在她生日这天准备礼物，已经非常不容易了，这个礼物显得尤为珍贵。

“太喜欢了，真的很好看!”

曼玉点头，深情地看着眼前这个男人。年过不惑，他更加成熟稳重，帅气十足，魅力四射。

“飞龙，我真的很幸福。”

“妈妈，曼玉妈妈，生日快乐!”

两个孩子抱着曼玉在她脸上一边亲一口，飞龙张开怀抱将孩子们和曼玉一起拥抱在他大地般宽厚的臂弯里。

他感觉幸福极了，原来幸福就是这么简单。用真心为她创造幸福，并不在于给她多少金银财宝，而是用一份真心去付出，她也用一份真心来接受，彼此的心灵才能相通，才会碰撞，才会产生幸福的火花。

飞龙在事业上步步高升，但他质朴的外表和心灵还是当初的模样。曼玉感到分外欣慰。一个好男人，无论在外面有多大的本事，受了多少累，回到家里就是老婆、孩子最温暖、坚实的依靠。

85

子航很久都联系不到语汐，到她楼下等了好几天，晚上都没有看到唐语汐的房间里开过灯。语汐到底怎么了，就算再不想见到他，她也不至于好几天不回家。他心急如焚，从曼玉那里得知唐语汐所在的单位。他跑到她的单位打听才知道，唐语汐请假去北京做手术了。

这么大的事，她竟独自一人去了北京。语汐就那么讨厌自己吗？不，就算她讨厌他，他也要在这关键的时候陪在她身边。

唐语汐不想让别人知道自己生病，就连曼玉和美凤她都没有告诉，更不想让父母为她担心。她想着不管什么病，找到好医生和好医院就可以了。让亲人知道无非就是多几个人担心和着急罢了。

可是，在临近手术时，她心里有些害怕，她该不该告诉曼玉呢，让曼玉过来陪陪她，给她一点儿勇气和温暖。就在她矛盾犹豫之时，没有想到林子航就像从天而降一般，突然出现在她眼前。她不禁感动到泪目，不管她怎么拒绝子航，都没有把他从身边赶走。这是一个对她多么痴心的男人啊！她没有理由再拒绝了。

“子航，你这是……”语汐很意外。

“语汐，别赶我走。让我照顾你，给我一个机会照顾你，求你，依靠我一次，可以吗？”

那些日子里，子航为语汐忙里忙外，还为她雇了最好的护工。语汐出院，他又把她护送回家。为了让语汐更快更好地康复，子航安排好工作，专心守着语汐。为方便语汐随叫随到，他就住在语汐家附近的宾馆，直到她完全恢复才肯离开。

子航对语汐无微不至的照顾，对她的念念不忘，其实彩丽心里是很清楚的。她终于不再纠结，因为无论她怎样折腾，都无法阻止子航对语汐的感情。她感觉疲惫不堪，对这样的婚姻不再抱有任何希望，也不想再白费力气了。

既然已经打定主意，心便平静下来。

“子航，我不会为难你，我们好聚好散吧，我真的想明白了。”

“彩丽，对不起，千错万错都是我的错。你要怎么惩罚我都可以，我都认。”

“子航，你是个好男人，但你真的对不起我。虽然我配不上你，但是你耽误了我的青春，也耽误了你自己的青春。”

“彩丽，你恨我吧。”

“子航，其实在我心里你真的很优秀，对我也真的足够好。你说得对，我不能要求你成为一个完美的男人，既给我赚很多钱，又始终专一地对我。我什么都不会，就连最起码的家务都做不好，又怎么能够要求你十全十美呢。过去是我故意找茬，也不是我的本意，无非就是想得到你的重视，让你时刻感觉到我的存在、我们婚姻的存在。但无论我怎样做，都无法让你喜欢我，我认了。我祝福你们。”

“彩丽，谢谢你的理解和成全。”

邓彩丽没有大哭大闹，很平静，很快和子航办了离婚手续。为了表达自己的歉意，子航将老家买的房子留给了彩丽和孩子，还留给她们一笔钱，足够她们后半辈子衣食无忧。

不久之后，邓彩丽有了新的婚姻。听说是老家亲戚给介绍的，是一个真心喜欢她，愿意一心一意和她共度余生的男人。女人本就应该得到男人的疼爱和呵护，邓彩丽能够找到疼爱她的男人，子航也放心了。

这样的结果，当然令子航无比轻松，邓彩丽对他不再有怨恨，他可以放心、踏实地追求唐语汐了。他要在第一时间和飞龙报喜。

“飞龙，能不能做朋友了？这么长时间都不联系我，也不关心一下我，只顾着你们自己幸福了。”

“抱歉啊，咱是爷们儿，照顾老婆、孩子是应尽的责任和义务。”

“哈哈，飞龙啊，我打电话可不是怪你，我有个天大的好消息要告诉你。”子航咽了口唾沫，异常激动，“告诉你，坐稳了，我离婚了。最重要的是，我很快就要和语汐结婚了！你知道吗，这可是我等了十多年的事，你替我高兴吧？”

“你说真的还是说梦话呢？”

“飞龙，真的，当然是真的！这种事情我哪敢和你开玩笑。我和语汐商量好了，要去马尔代夫旅行结婚。我终于把语汐感动了，她就是一块石头，不，一块钢铁，我的心就是炙热的火焰，终于把她焐热了、融化了。”

飞龙也松了一口气，他和邓彩丽能够和平分手，那就是最圆满的结局。有情人能终成眷属，他和唐语汐应该得到最好的祝福。

…………

“余厅长，您这是人逢喜事精神爽啊。”见飞龙最近总是喜上眉梢，同事们为他感到高兴。

飞龙都有点儿高兴不过来了。这接二连三的好事，怎么能够全部都给了他呢。想着开心的事情，没想到曼玉先他一步。他接通电话，曼玉还没等他开口，就像机关枪似的先说了起来。

“飞龙啊，我告诉你一件大好事啊。这个美凤，又给俩孩子从网上买了礼物，还给咱爹妈在县城买了一套二手房，带上行李就能住。我和美凤说了，你现在真成飞龙的姐姐了。美凤哈哈大笑，她说以前她受到哥哥的爱护，现在她要爱护哥哥，任何感情都是互换的。”

“曼玉啊，这的确是一件大好事啊！父母可以安享晚年，是我们的福气。你说完了吧，该我说了，还有好事……”

“真的啊？真是苦尽甘来!”

“那是啊，人生本来就是先苦后甜的。”

“我都等不及了，今天我们带着俩孩子到外面吃一顿大餐，好好庆祝一下吧!”

“曼玉，你就是我的福星。”

“我早就说过，你一直都是最优秀的。”

86

在林水县，春生终于踏踏实实地住上了自己的楼房，曾经那处小院，曾经那些伤心往事历历在目，仿佛就在昨天。

“春生，你就踏实住吧。咱姑爷有孝心是好事。”

“是啊，他爷爷，闺女、儿子都一样。飞龙在北京不容易，你姑爷有这份孝心，如果你不领情，他和美凤心里不好受。”

“你们说的都有道理。嘿嘿，我这是老脑筋了。”

“他爹啊，不能老脑筋了，咱高高兴兴的，心情好了，身体才能健康，不给娃们添麻烦，让他们都能安心工作才对。”

“是啊，有道理。咱们现在老了，跟不上时代了，孩子让干啥咱就干啥。让咋做咱就咋做，老了就得听话，听儿女的话。”

“这就对了。”

“你们两个老太婆几句话就把我说服了。你们厉害，我听你们的话。”

“不是我们厉害，谁说得对咱就听谁的。”

“哈哈，好！”

正说得高兴，飞龙的电话打了过来。他正开车带着一家人在回来的路上呢。

“爹，今天是周末，我们马上就回来了。我们专程回来给你们祝贺乔迁之喜。”

“好啊，太好了，爹就盼着你们回来呢。爹也要给你祝贺升迁之喜，咱家又是双喜临门啊！”

车子刚驶进小区，春生兴奋地下楼，准备在院子里迎接飞龙一家。一个满头白发的老人，佝偻着身躯站在一旁，一动不动地盯着他们看。春生瞅了一眼，没在意。这时，兰芝和文秀手挽手走过来，后面跟着“叽叽喳喳”一直说话的两个孩子，一片欢声笑语。

那人还在那儿盯着他们看，很快过来一个黑脸老人拍着他的背。

“春旺啊，你杵在这儿干啥？还不赶紧去医院，你这个犟老头子。”

兰芝听到有人喊“春旺”，心里一惊，记忆里的那个影子随之蹦了出来。是的，那个人就是春旺，虽然他明显比春生衰老，但她还是可以认出他来。

“他爹，那是春旺，春旺!”

“春旺?”

“是的，我没认错人，你仔细看。”

春生双手颤抖，缓缓挪动脚步走上前去，对面这个老人，胡子拉碴，衣冠不整。春旺怎么会活成这个样子呢？但是，仔细看五官，确实是春旺，曾经那双毛茸茸的大眼睛有些耷拉，无论过去多少年，他怎么能认不出自己的手足呢。

“大哥，大嫂，是我。我对不起你们……”

“春旺啊……”

“你是春生大哥啊，可算见到你了！这么多年，你咋不回来看看春旺呢?”春旺身旁那个人上前紧紧握着春生的手。

“你是?”

“我是黑子，小时候和春旺一起玩儿大的。我们的回迁房都在这个小区。”

“春旺啊，这么多年你过得咋样?”

“大哥，我……”

“春生大哥，你不知道，春旺他病了，需要做手术，我劝他好几次了，他说要等死，不花那冤枉钱了。”

“得了什么病?赶紧看病呀，咱要好好活着。”

“大哥，我也想好好活着。这些年，我对不起妈，对不起你，我早该死了，我不配活在这世上。”

“你说的什么话，你家里人呢？咋不给你送到医院赶紧治病去?”

“春生大哥，春旺哪有家人啊，他一辈子就光棍儿一个。他也没有钱做手术，我说借钱给他，可他怎么都不肯接受。”

“黑子兄弟，谢谢你这么多年照顾春旺。”

“春生大哥，当年我对不住你们家，我是罪人……”

“大哥，其实我偷偷找过你，可我没脸见你。我也找了媳妇，可是她生下儿子就去世了，因为难产大出血……”

“是大哥不好。”

“大哥，我……”春旺慢慢抬头看着飞龙，“大哥，这是你儿子啊。真好，听说考上大学，还去了北京，真好……”

“爹，这是二叔吗?”

春生扭头看看飞龙，什么都没说。

“二叔。”飞龙上前拥抱了春旺一下。白兰芝拍拍飞龙的后背。

“大哥，大姐和二姐都去世了。我去找过她们……”

“都去世了？唉……”

春生顿时悲痛万分，后悔不已。这么多年，他总是一个人默默地想念姐姐们和弟弟。思念之痛，硬是在他心底埋藏了四十年之久。因为当年发过的誓，一犟就是四十年。

“大哥，原谅我……”

“春旺，都怪大哥……我这牛脾气，太犟……”

春生拉着春旺，扭头又看着飞龙，“飞龙，走，咱去医院，这就给你二叔治病去。”

“就是啊，春旺，医院让咱咋治病咱就咋治，咱得听医院的。”

“大嫂，我对不起你们啊！我在你们面前就是个罪人，我活该这样……”春旺抹了一把老泪。

“不提了。春旺，咱去省城好好给你看病。美凤在省城，咱去了方便着呢。”

飞龙开车去往省城的医院。一阵手机铃声响起，飞龙带上蓝牙耳机接通了电话。

“余部长您好……”

“飞龙，你赶紧回北京，你这刚上任，可不能耽误部里的工作。我们这边你放心吧，有美凤呢。”春生骄傲地瞅着飞龙说。

阳光正明媚地照耀着大地，一阵徐徐的清风吹过来，县城边上的麦田正油汪汪地绿着……

后　记

岁月不老，容颜渐衰。回望远去的时光，越来越清晰地发现自己与日子有了深深的代沟。所幸的是，我一直都在试图借助文字的力量平衡人间的失重。至少，文学可以赋予生命更丰富的意义，在迷茫时，赐予我清晰地指引；在痛苦时，让越来越多的虚无感尘埃落定。

我深知，自己既不是文学专业出身，也没有读过几行经典文学。回想起来，之前两本散文集的出版有诸多的不尽如人意，但我依然需要鼓起勇气乐此不疲地继续前进。我时常沉迷于一个个平凡的人物和曲折的故事中，希望自己能够竭尽全力为此道出一些生活的感悟、生命的提示以及对人性的思考，以此获得一种使人不断向上攀爬的力量。

对于小说创作，我是零基础，只因一颗小小的种子在心中悄悄萌芽。最初听到一位老师的曲折经历，时刻惦记在心，感慨于怀。后又对父亲从小遭遇的坎坷有了些许积累，常怀悲悯之感，难以释怀。我可以隐约感受到那些往事刺目、尖锐的疼痛，我不希望它们是任何人生命中的绊脚石，而是要其成为一种永远光明的启示。希望更多的人能够记得从前那段艰难困苦的岁月，能够时刻铭记老一辈人的传统美德，让更多的人走在阳光的道路上。于是，近几年，我接连创作了四部小说，其中长篇小说《疼痛的麦田》被列入国家社会科学基金项目生态叙事的本体性研究子成果。

对于“生态叙事”这一高深、复杂的命题，我尚且不是太明白，还需要不断学习和思考，继续努力去探索和实践。

一次次地，我规矩地坐下来，虔诚地排列这些熟悉的文字。在矛盾和纷扰之中寻求一小块安静的乐土。我享受其中，坚守梦想。希望这束微光将前路照亮，丰盈萧索，让内心不再荒凉。我相信，风是绿的，早晚会染出一个脆生生的春天。

最后我要特别感谢马明奎教授，他是家乡人的骄傲，更是我的良师益友。他无私地给予我的文学创作以莫大的鼓励和帮助，是我人生之幸。马老师为人谦逊、善良、清正……他是学生所爱戴和敬重的好老师。他从事大学教育工作四十余载，可谓桃李满天下。

因自己才疏学浅，文中不免存在许多不足，请读者朋友给予指正。再次感谢在文学道路上给予我帮助和鼓励的老师和朋友。

2022 年 1 月